Thomas A. Ruhk · *Zonenkrieger*

Gartenstraße 10, D-55469 Simmern
Telefon (0 67 61) 71 42

www.pandion-verlag.de

2. Auflage 2011

Titelfoto und Autorenporträt:

ISBN 978-3-86911-018-9

Thomas A. Ruhk

ZONENKRIEGER

Kriminalroman

PANDION

Gewidmet

Heidi Gansen
2. Februar 1952
18. April 2009

„Die Schicksalsfrage der Menschenart scheint mir zu sein, ob und in welchem Maße es ihrer Kulturentwicklung gelingen wird, der Störung des Zusammenlebens durch den menschlichen Aggressions- und Selbstvernichtungstrieb Herr zu werden.“

Sigmund Freud, Psychoanalytiker (1856-1939)

Einleitung

Vor fast 800 Jahren erschütterte ein ungewöhnliches Ereignis die gesellschaftliche und politische Landschaft Westeuropas.

Im April und Mai 1212 brachen in Köln und nahe der französischen Stadt Vendome zehntausende Menschen auf. Sie machten sich zum Ziel, das Heilige Land von den Sarazenen zu befreien.

Das Besondere an beiden Pilgerfahrten war das Alter der Teilnehmer. Die meisten waren nach heutigem Forschungsstand zwischen sechs und vierzehn Jahren alt, nur einige jung erwachsen und wenige alt. Begleitet wurde die fast 20.000 Menschen zählende Kölner Gruppe von Klerikern, die das „Heer" berieten und organisierten, doch der eigentliche Anführer und Initiator des Kreuzzuges war ein knapp zehn Jahre alter Junge namens Nikolaus.

Nikolaus predigte vor dem Altar der Heiligen Drei Könige, deren Gebeine als Reliquien in Köln aufbewahrt wurden. Er verfügte über ein beachtliches Rednertalent und scharte in kurzer Zeit mehrere tausend Kinder um sich.

Nikolaus versprach ihnen ein Wunder. „Trockenen Fußes" solle sich das „Heer" durch das Meer bewegen, mittels einer Teilung wie einst beim Zug der Israeliten aus Ägypten. Dieser Glaube an das Wunder wird von Chronisten ausdrücklich betont. Die Suggestivkraft des jungen Nikolaus muss ganz außergewöhnlich gewesen sein.

Unter seiner Führung bewegten sich die Kinder rheinaufwärts und überquerten die Alpen in mehreren großen Gruppen.

Nur 400 Kilometer von Köln entfernt sammelte sich in Frankreich ein noch größerer Kreuzzug. Der Anführer hieß Stephan, ein einfacher Hirtenjunge von zwölf oder fünfzehn Jahren. Sein Aufstieg ist ähnlich märchenhaft wie jener des Nikolaus. Stephan ging nach Paris, um von König Philipp Schutz und Segen zu empfangen. Er soll eine sehr helle Stimme gehabt haben, und auch er zog innerhalb kürzester Zeit tausende von Kindern an, ein Zulauf, der selbst die besten Kreuzzugprediger der geistlichen Orden verblüffte.

Gegen Ende Juni 1212 marschierten fast 30.000 Menschen gen Marseille, in ähnlicher Zusammensetzung wie das deutsche Heer.

Auch Stephan versprach seinen Begleitern ein Wunder, sobald sie das Meer erreichen würden. „Trockenen Fußes" sollten sie nach Jerusalem ziehen, um die Heilige Stadt kampflos den Sarazenen abzunehmen.

Die Gemeinsamkeiten zwischen den beiden Wallfahrten, die als „Kinderkreuzzüge" in die Geschichte eingingen, sind unübersehbar. Auch das traurige Ergebnis ist erschreckend ähnlich. Das deutsche Heer unter Nikolaus' Führung erreichte Ende August 1212 die Mittelmeerküste bei Genua – auf 7.000 Kinder geschrumpft. Die Alpen hatten einen schrecklichen Tribut gefordert.

Das fast zeitgleich Marseille erreichende französische Heer war annähernd halbiert. Beinahe 15.000 Kinder waren tot, verschwunden, entführt, krank oder zur Vernunft gekommen und untergetaucht. Von dem übrig gebliebenen Rest sollen die rund 5.000 Kräftigsten auf Schiffe gegangen sein, die zwei Kaufleuten aus Italien gehörten. Die Fahrt war kostenlos – „Gottes Lohn", wie man damals sagte – und sollte nach Palästina führen.

Schon auf dem Meer traf die Flotte mit einem sarazenischen Geschwader zusammen – ein vorher verabredetes Geschäft – und an der algerischen Küste wurden die französischen Kinder an die Araber verschachert. Die Mädchen kamen zum großen Teil in Bordelle, die Jungen wurden als billige Arbeitskräfte genutzt.

Nur wenige der 30.000 französischen Wallfahrer erreichten jemals wieder ihre Heimat.

Die deutschen „Kreuzritter" folgten derweil Nikolaus weiter nach Pisa, wo ein Teil des waffenlosen Heeres auf Schiffe stieg und später von berittenen Bogenschützen kurz nach der Landung bei Akkon aufgerieben wurde.

Der klägliche Rest von etwa 1.200 Kindern zog weiter durch Italien. Da zu dieser Zeit die Staufer und Welfen einen blutigen Bürgerkrieg ausfochten, wurde den Kindern klar, dass sie so niemals ihr Ziel erreichen würden.

Ende September 1212 ging das Unternehmen in Schrecken und Horror zu Ende. In der süditalienischen Hafenstadt Brindisi griff ein Sklavenhändler, der von den Chronisten „Friso, der Norweger" genannt wird, die letzten überlebenden Kinder auf – und auch hier kamen die Mädchen in Bordelle, während sich die Jungen auf nordafrikanischen Sklavenmärkten wiederfanden.

Diese beiden Kinderkreuzzüge müssen von außen gesteuert worden sein. Die Geschichtsforscher sind sich in dieser Hinsicht einig. Theorien über Sklavenhändler, die das Ganze initiierten, werden abgelehnt. Der Bedarf an hellhäutigen Sklaven war zwar enorm, konnte jedoch weit einfacher als durch solche Mammutprojekte gedeckt werden. Auch das Wirken höherer Mächte muss in den Bereich der Fantasterei abgetan werden. Die Frage nach einer Gruppierung, die an einem Kreuzzug von annähernd 50.000 jungen Menschen Interesse haben könnte, führt schnell zur absoluten Großmacht jener Zeit.

Es gibt nur eine Organisation, die in der Lage war, derart zeitnah zwei Jungen zu gefeierten Idolen aufsteigen zu lassen und aus diesen Wallfahrten Nutzen zu ziehen: die katholische Kirche.

Zu jener Zeit herrschte eine gewisse Kreuzzugmüdigkeit, und die Kirche musste sich mit einer wachsenden Zahl von Verbrüderungen mit den dunkelhäutigen Feinden auseinandersetzen. Die jahrelangen Konflikte blieben nicht ohne menschli-

che Kontakte. Papst Innocenz III. soll beim Erhalt der Kunde von den Kinderkreuzzügen gesagt haben: „Diese Kinder beschämen uns! Während wir schlafen, ziehen sie fröhlich aus, um das Heilige Land zu erobern!“

Offenbar erhoffte man sich einen Motivationsschub für bewaffnete Kreuzzüge. Verschiedene Texte deuten darauf hin, dass die Priester, welche die beiden Kreuzzüge begleiteten, in aller Heimlichkeit auf die kindlichen Anführer einsprachen und so die Geschehnisse steuerten.

Dennoch soll an dieser Stelle nicht über die Schuldfrage gesprochen werden. Viel mehr sind die beiden Persönlichkeiten Stephan und Nikolaus von Interesse. Welche Überzeugungskraft mögen sie gehabt haben? Selbst wenn sie heimlich gelenkt und beeinflusst wurden, müssen es doch ganz außergewöhnliche Menschen gewesen sein. Der Nachhall dieses doppelten Kinderkreuzzuges, der einen großen Teil der Jugendlichen Westeuropas das Leben kostete, endete 50 Jahre später zusammen mit dem ungewöhnlichen Verschwinden von 130 jungen Menschen in der Stadt Hameln in der Entstehung eines der berühmtesten Märchen, das wir kennen – des „Rattenfängers von Hameln“, in welchem die Bevölkerung den plötzlichen Verlust unzähliger junger Menschen verarbeiten und weitererzählen konnte, ohne ketzerisch zu sein oder offenen Hass auf die Kirche zu zeigen.

Wir wissen heute von der Wirkung von Menschen mit hoher Suggestivkraft. Pop- und Filmstars gehören ebenso dazu wie der neu gewählte Präsident der Vereinigten Staaten. Die Ikonenverehrung treibt bis über den Tod hinaus bisweilen absonderliche Blüten.

Aber – nur mal angenommen – es gäbe jemanden mitten unter uns, einen jungen Mann, der sich eine heilige Mission aufbürdet, der vorgibt, einem höheren Ziel zu folgen ... würde es ihm gelingen, andere um sich zu sammeln?

Erster Teil

Ein heißer Sommer

1.

„Schlimmer als 2003“, stöhnte Gerlinde Dreher. „Schlimmer als 2003.“

Ihr Mann Karl nickte langsam. Das Ehepaar Dreher verfolgte mit verbittertem Interesse eine Fernsehsendung, die den ungewöhnlich warmen Sommer, der seit Mitte April über Europa hereingebrochen war, zum Thema hatte. Gerlinde Dreher wandte sich vom Fernseher ab und betrachtete einige Bilder an der Wand. Viele davon zeigten eine junge Frau mit einem Kleinkind.

Ihre Tochter und ihre Enkelin.

Beide waren tot. Ihre Lebenslichter waren ausgelöscht worden, am Vatertag, überfahren von einem alkoholisierten Familienvater. Der Todesfahrer hatte den Mumm gehabt, auf der Beerdigung aufzutauchen, gesagt, er wisse nicht mehr, wie er über die beiden gerollt sei. Er fühle sich schuldig und wolle dies durch seine Anwesenheit bekunden.

Gerlinde Dreher hatte kraftlos genickt am Grab ihrer Tochter. Der Vorfall schien ihr immer noch unwirklich, ein blöder Witz des Schicksals, eine Art Traum, aus dem man gleich erwachte, mit dem beruhigenden Wissen, dass alles gut war.

Sie sah immer wieder das Bild vor sich, wie sich der Mann umdrehte und davonrannte, als die Träger einen winzigen, weißen Sarg in die Erde ließen.

Ihr Gatte Karl hatte sich seitdem in einen schweigsamen Mann verwandelt. Gerade jetzt, wo sie ihn am meisten brauchte. Seit der Beerdigung sprach er nur noch das Nötigste. Sein Vokabular verringerte sich zeitweise auf Grunz- und Brummlaute.

Gerlinde verfolgte die Sendung im TV mit schwindendem Interesse weiter. Ihre Gedanken schweiften ab, beschäftigten sich mit jenem Moment, in welchem ein Polizist von ihr die Identifizierung der Leichen verlangt hatte. Es war notwendig gewesen. Es war furchtbar gewesen. Es war die Hölle gewesen. Keine Mutter soll ihr Kind überleben, und keine Großmutter ihre Enkelin. Beides war ihr geschehen.

Gerlinde Dreher war so in ihren Überlegungen gefangen, dass sie den am Fenster vorbeihuschenden Schatten beinahe nicht bemerkt hätte.

Sie sah auf. Etwas Großes war am Fenster gewesen, auf dem gelb verbrannten Rasen hinter dem Haus. Von der Straße gab es keinen Zugang auf das von der unerbittlichen Sonne verblichene Grundstück. Karl hatte es aufgegeben, das Gras zu wässern. Es war sowieso seit Wochen untersagt.

„Karl?"

„Hm?"

„Hast du das gesehen?"

„Was?"

„Da war etwas am Fenster."

„Hm."

Sie kniff die Augen zusammen und schirmte ihr Gesicht vor dem Fernseher ab. Draußen war es dunkel. Die Uhr zeigte halb zwölf.

Die Frau starrte ein paar Sekunden auf das Fenster, aber es tat sich nichts mehr. Sie senkte die Hand auf den Schoß nieder, und das weißliche Flimmern des Fernsehers schränkte ihre Wahrnehmung wieder ein. Die Experten stellten gerade einen Vergleich zwischen südamerikanischen und europäischen Städten auf. Irgendein dünner Professor warnte vor ähnlichen Verhältnissen in deutschen Metropolen. Vor allem die Städte in Flussebenen wie dem Rhein-Main-Gebiet seien betroffen, weil dort die Temperaturen noch etwas höher ausfielen. 40-Grad-Tage waren keine Seltenheit in diesem Jahr. Nach dem harten Winter war ein ebenso harter Sommer gekommen. Es schien, als sei der Frühling einfach übersprungen worden.

Gerlinde Dreher stand auf und streckte ihre Glieder. Langes Sitzen strengte sie an – ein Überbleibsel aus ihrer Zeit als Angestellte im Lohnbüro eines großen Automobilzulieferers. Die Stimmen der Experten begleiteten sie, als sie sich ans Fenster stellte und tief durchatmete.

‚Jetzt sehe ich schon Schatten auf dem Rasen. Oder ist es ein Schatten auf meinem Verstand?'

Sie presste die Stirn gegen das warme Glas der Scheibe. Draußen war nichts zu erkennen. Das kleine Grundstück lag ruhig im heißen Bett der Nacht.

Ein furchtbar verzerrtes Gesicht torkelte plötzlich einen knappen Meter entfernt an ihr vorbei. Ihr Herzschlag setzte aus. Sie fuhr mit einem Schrei zurück, stolperte, und stürzte lang auf den Wohnzimmerteppich.

Ihr Mann stand erschrocken auf.

„Was machst du denn für Sachen? Hast du dir etwas getan?"

Sie deutete mit zitternden Fingern auf das Fenster.

„Da ist jemand, Karl."

„Was?"

„Auf dem Rasen. Da ist jemand auf unserem Grundstück. Jemand mit einem verbogenen Gesicht."

Karl Dreher half seiner Frau auf die Beine. Sie schien zutiefst schockiert. Er prüfte mit schnellen Blicken ihren Körper. Sie war unverletzt.

„Hast du erkannt, wer es war?"

„Nein ... der Bildschirm spiegelt sich auf dem Glas."

Karl Dreher ging zum Fenster. Die Scheibe war gekippt. Er drückte das Fenster in den Rahmen, stellte den Handgriff waagerecht und zog es dann vollends auf.

Während er argwöhnisch auf den Rasen blickte, sah seine Frau an seiner Kopfhaltung, dass er sich fragte, was sie mit „verbogenem Gesicht" gemeint haben könnte.

Unvermittelt versteifte sich seine Gestalt.

„Wer sind Sie? Verschwinden Sie von meinem Grundstück!"

Gerlinde Drehers Sicht wurde größtenteils vom Rücken ihres Mannes verdeckt. Das Einzige, was sie erkannte, war eine schwankende Bewegung auf dem Rasen.

„Weg ist er“, fluchte Karl Dreher. „Torkelt besoffen auf meiner Wiese herum. Na warte, das haben wir gleich ...“

„Was hast du vor?“

„Ich geh’ nachsehen. Bestimmt ist es der Sohn von Theobalds. Der säuft seit ein paar Monaten wie ein Loch.“

„Sei vorsichtig. Der Junge ist kräftig.“

„Ich kann mich wehren.“

Karl Dreher ging mit wiegendem Schritt zur Tür, die auf das Grundstück führte. Eine Taschenlampe hing rechts am Rahmen. Er nahm sie und zog die Tür auf. Sofort drang warme Luft herein, als säße jemand mit einem riesigen Fön auf der Wiese. Die Hitze war wie eine Wand. Sie lastete auf dem Gemüt.

Gerlinde Dreher wusste, dass ihr Mann voller Zorn war. Das, was er aus dem Fenster erkannt hatte, war eine schwankende Gestalt gewesen, und gegenüber schwankenden Gestalten empfand er inzwischen eine tiefe Abneigung.

Ein Betrunkener hatte ihm Tochter und Enkelkind genommen, und jetzt erdreistete sich einer dieser Bastarde auch noch, auf seinem Grundstück umherzulaufen.

Karl Dreher schaltete die Taschenlampe ein und suchte den ungebetenen Gast. Das Licht strich über das strohartige Gras. Nichts zu sehen. Etwas rumorte an der rechten Hausseite, dort, wo der kleine Holzverschlag für das Grillholz stand.

Der zwar ältere, aber immer noch kräftige Mann sah sich Hilfe suchend um. Sein Blick fiel auf einen ehemals frischen Axtstiel, den er gekauft hatte, um für die Grillsaison gewappnet zu sein. Nun war das Holz bereits verblichen.

Gerlinde schluckte betroffen. Das war vor der Beerdigung gewesen. Seitdem hatte Karl nicht einen einzigen Gedanken an seine Feuerstelle, geschweige denn an den Axtstiel verschwendet. Sie fragte sich, wann er zuletzt einen Fuß auf dieses Grundstück gesetzt hatte.

Das Leben war manchmal eine beschissene Achterbahn.

‚Das ist ein idealer Knüppel‘, sagte sie sich und sah zu, wie er den Axtstiel nahm.

Sie stellte sich in den offenen Türrahmen und versuchte, etwas von den Vorgängen auf dem Grundstück zu erkennen. Ihr Mann stakste mit Knüppel und Lampe bewaffnet über das knisternde Gras. Sie konnte nicht sehen, ob er etwas anleuchtete. Das Licht des Wohnzimmers fiel durch die Fenster und grenzte die Dunkelheit klar vom Haus ab, hielt die Schatten fern, die sich nachts in Gerlinde Drehers Kopf heulend um das Gebäude drehten.

„Karl? Hast du ihn? Ist es der Junge von Theobalds?"

Keine Antwort.

„Karl?"

Angst klammerte sich mit frostiger Faust um ihr Herz. Sie sah sich einen kurzen Moment wieder im Krankenhaus stehen. Ein Arzt hob eine Decke grinsend von einer Bahre an. Aus irgendeinem Grund trug er eine blutige Metzgerschürze. Anstelle ihrer Tochter und des kleinen Mädchens lag ein Mann unter der Decke.

„Frau Dreher? Ist das Ihr Mann? Er wäre besser nicht auf den Rasen gegangen. Sie waren doch wirklich oft genug hier in letzter Zeit, oder?"

Sie schüttelte heftig den Kopf, vertrieb das spukhafte Bild.

„Karl, mein Gott, so sag doch ..."

„Sei ruhig", murmelte er. „Er ist am Holzschuppen."

Sie schwieg und wartete. Ihr Herz klopfte wie wild. Sie spürte das Pochen an Hals und Schläfe. Vielleicht benötigte sie die Hilfe eines Arztes? Ihre Nerven lagen blank.

Sie sah anhand der Bewegung der Taschenlampe, dass sich Karl vorsichtig dem Ende der rückwärtigen Hauswand näherte. Um die Ecke war ein schmaler, mit Betonplatten – die seinerzeit vom Terrassenbau übrig geblieben waren – angelegter Weg, an dessen Ende der Holzverschlag stand.

Das Grundstück wurde umschlossen von einer hohen Hecke. Wer auch immer etwas am Verschlag zu schaffen hatte, konnte von dort nicht mehr fliehen. Er musste an ihrem Mann vorbei. Sie sah, wie er den Axtstiel prüfend in der Hand wiegte. Ihre Hände begannen zu schwitzen, als stünde sie neben ihm und wäre ebenfalls bewaffnet. In welchen Abgrund war die Stadt nur gerutscht? Nie hätte sie zu glauben gewagt, auf ihrem eigenen Grund und Boden nicht mehr sicher zu sein.

Egal. Sie kannte ihren Mann lange genug, um zu wissen, dass er, sollte ihn der Unbekannte angreifen, das gut ausbalancierte Holz ohne zu zögern über dessen Schädel ziehen würde. Ein Wahnwitz. Die Dinger lagen in jedem Baumarkt für ein paar Euro. Tödliche Schlagwaffen für den Preis von zwei Zigarettenschachteln.

Gerlindes Mann ging einen weiten Bogen um die Ecke der Hauswand, leuchtete mit ausgestrecktem Arm über die Betonplatten. Der Strahl der Lampe kroch zittrig in Richtung Schuppen.

Etwas gluckste unheimlich – nicht menschlich, wie die immer stärker schwitzende Frau fand – und dann taumelte eine blasse Gestalt über die Ecke hinaus auf den ehemaligen Großvater zu. Wer auch immer es war, bewegte sich mit halb erhobenen Armen langsam vorwärts, wurde vom Licht wie eine Motte angezogen, schwankte gleich einem Untoten vor und zurück.

Karl Dreher hob ruckartig die Lampe und leuchtete dem ungebetenen Gast ins Gesicht. Schlagartig dachte Gerlinde wieder an ein „verbogenes Gesicht".

„Allmächtiger Herr im Himmel", flüsterte sie mit weit aufgerissenen Augen.

„Geh ans Telefon", brachte ihr Mann ächzend heraus.

„Was hast du gesagt?"

„Geh an das verdammte Telefon, Gerlinde! Ruf die Polizei an!"

Sie nickte und eilte ins Haus. Das Telefon lag im Wohnzimmer. Ihr wurde bewusst, dass sie seit Wochen niemanden mehr angerufen hatte, seit dem Tag der Beerdigung.

Sie wählte hastig die Notrufnummer und sprach aufgeregt in den Hörer. Die Worte sprudelten einfach so aus ihr heraus. Sie konnte sich nicht bremsen, wollte zurück zu ihrem Mann, wieder auf den Rasen, wo gerade jetzt weiß Gott was passierte.

Sie rannte zurück hinter das Haus. Sie sah, dass er das Licht ruhig hielt. Offenbar war die Person stehen geblieben. Gerlinde tat einen Schritt zur Seite, um bessere Sicht zu erhalten.

Glaubte nicht, was sie sah.

Noch ein Schritt. Tatsächlich. Sie hatte sich nicht geirrt. Völlig verbogen.

„Oh, Gott, oh, Gott, oh, Gott", entfuhr es ihr, als sie genauer sah, wer da auf ihrem Grund und Boden umherirrte. Die gleichen Worte, die sie auch am Vatertag ausgestoßen hatte.

Im Licht der Lampe stand ein schwankendes Mädchen.

Sie schien völlig nackt.

„Karl, was ist mit ihrem Kopf? Karl, warum hat sie ..."

„Ruhig!", fauchte er, ohne sich umzudrehen. „Hast du Hilfe gerufen?"

„Ja."

War es eine erwachsene Frau? Es ließ sich nicht erkennen, weil das Gesicht ...

Gerlinde Dreher näherte sich und schlug die Hände vor den Mund. Dann nahm sie allen Mut zusammen und ging einen Schritt auf die Nackte zu.

‚Wie kann die noch leben?', dachte sie. ‚Wie kann die mit so einer Verletzung reglos da stehen?'

„Können wir Ihnen helfen?", fragte sie.

Die starke Vibration ihrer Stimme war nicht zu vermeiden. Sie stand jetzt keine zwei Meter von der Fremden entfernt. Die Frau war nicht vollständig nackt, trug einen dünnen, kaum sichtbaren Slip, der ihren wohlgeformten Körper noch betonte. Sie atmete schwer und schnaufend. Der Brustkorb dehnte sich mit auffälliger Gleichmäßigkeit und Ruhe. Was auch immer die Frau am Leben hielt, kontrollierte die Körperfunktionen anscheinend mit dem Rhythmus einer Herz-Lungen-Maschine.

Ein Notfallprogramm.

„Was in Gottes Namen ist Ihnen passiert?", wollte Gerlinde wissen, als keine Antwort von der Fremden kam.

Es fiel ihr schwer, den Blick auf der Frau zu halten. Oder war es doch ein junges Mädchen?

Karl trat neben sie.

„Was machen wir jetzt?“, fragte er. „Ich habe keine Ahnung, wie wir ihr helfen können.“

„Wir bleiben einfach hier stehen“, entschied Gerlinde. „Wir leisten Beistand, bis Hilfe eintrifft. Wenn ich ... wenn ich so etwas erleiden würde, wären freundliche Stimmen eine große Unterstützung für mich. Blutet sie?“

Karl Dreher hob die Lampe im Handgelenk an. Der Lichtkegel wanderte nach oben. Fassungslos betrachtete das Ehepaar den lebendig gewordenen Horror vor ihnen. Frisches Blut war keines zu sehen.

Das, was schon ausgetreten war, klebte wie der verbrannte Käse eines Auflaufes am Hals der Fremden.

Karl Dreher senkte die Lampe wieder. Er wollte die Verletzte nicht blenden, obwohl er sich fragte, ob sie Licht überhaupt noch wahrnahm.

„Freundliche Stimmen?“, brummte er. „Ich glaube nicht, dass sie uns hören kann, Gerlinde.“

Seine Frau lief zurück ins Haus und kam mit einer leichten Decke zurück. Sie näherte sich zögernd der Verletzten, zeigte ihr den blauen Stoff.

„Hier ... nehmen Sie. Es wird Sie schützen“, sagte Gerlinde, aber die unheimlich aussehende Frau schwankte zurück.

Karl Dreher seufzte enttäuscht. „Wir bleiben einfach hier stehen. Mehr können wir nicht tun. Wir ... bleiben bei ihr.“

2.

In einer viel zu heißen Nacht rollte ein einsamer Streifenwagen durch die Straßen von Idar-Oberstein. Den beiden Polizisten in dem blausilbernen Kombi stand der Schweiß auf der Stirn.

Herbert Lanzinger und Frank Müller stöhnten ob der Hitze in dem Fahrzeug. Selbst Fahren mit offenem Fenster brachte kaum Linderung. Klimaanlagen verbrauchten zuviel Treibstoff, deshalb war die Benutzung in der Post-Börsencrash-Ära untersagt. Kalte Luft war teuer geworden.

Die Stadt Idar-Oberstein hatte vor zwei Wochen beinahe Smog-Alarm geben müssen. Für das ehemalige Mittelzentrum mit seinen knapp sechsunddreißigtausend Einwohnern war das ein schockierendes Erlebnis gewesen. Die Massierung von zwei riesigen Baustellen in den Gewerbegebieten vor der Stadt sorgte jeden Tag für endlose Rückstaus. Seit Baubeginn des Überfliegers am größten Einkaufsmarkt der Region und den Strukturmaßnahmen auf dem Gelände des ehemaligen US-Depots lastete eine Staubwolke über der Bundesstraße 41, die an Fernsehbilder aus einer Multimillionenstadt erinnerte. Die Fahrzeuge, die in Richtung Bad Kreuznach wollten, stauten sich an diesen beiden Knotenpunkten wie Wasser an einem Flusswehr, und der im Schritttempo fließende Verkehr, der in dem stetigen Fahr-Stopp-Rhythmus an eine stinkende, lärmende Raupe erinnerte, zehrte an der Geduld der Autofahrer.

Es gab jeden Tag wüste Schimpftiraden, groteske Verbalentgleisungen und sogar Schlägereien mitten auf der Straße, wenn sich aufgebrachte Bürger gegenseitig im Verkehr erzogen.

Der Dienst als Streifenpolizist war in diesem Sommer eine

reine Nervenschlacht, weshalb sich jeder Beamte um eine Einteilung für die Nachtschicht bemühte.

„Ich schwitze", sagte Herbert Lanzinger.

„Das ist nichts Ungewöhnliches", entgegnete sein Partner.

„Nein, Frank, du verstehst nicht. Du hast drei Tropfen auf der Stirn. Ich hingegen schwitze überall. Ich spüre, wie mir jetzt in diesem Moment die Brühe zwischen die Pobacken läuft. Ekelhaft."

Oberkommissar Müller sah ihn von der Seite an.

„Es gibt Dinge, die will ich nicht wissen."

„Wirklich nicht?"

„Nein, Herbert. Alle schwitzen. Manche mehr, manche weniger. Leute mit zuviel Gewicht haben damit vielleicht eher zu kämpfen. Aber du musst mir nicht haarklein schildern, wo genau die Soße steht."

„Was soll das heißen?", säuselte Lanzinger mit verstellter Stimme. „Bin ich dir zu fett?"

„Du bist ..."

Das Funkgerät plärrte und unterbrach die Unterhaltung der beiden.

„Porta60 für 60-20. Kommen."

„Das ist Schneider", meinte Lanzinger. „Der schafft es auch immer wieder in den Nachtdienst. Hat der überhaupt ein Privatleben?"

Er aktivierte das Mikrofon. „Hier 60-20. Kommen."

„Hier Porta60. Ein Notruf kam rein. Auf einem Grundstück an der alten B 41 kurz vor der Struthbrücke ist eine ... verletzte Person aufgetaucht. Der Notarzt ist informiert und unterwegs. Seht euch die Sache mal an. Kommen."

Lanzinger runzelte die Stirn. Auch Müller blickte fragend auf das Funkgerät.

„Hier 60-20. Verstanden. An der Struthbrücke. Gib uns die genaue Adresse. Kommen."

Die Daten kamen durch. Müller wischte sich über die Stirn, wendete und fuhr los.

„Hier 60-20", sprach Lanzinger weiter. „Wir sind unterwegs. Wie ist die Art der Verletzung? Kommen."

Es dauerte ein paar Sekunden, bis die Antwort kam. Schneider druckste herum und übermittelte dann die vage Zeugenaussage.

Lanzinger und Müller blickten sich an.

„Hier 60-20. Verstanden und Ende."

Ein paar Sekunden herrschte Ruhe im Fahrzeuginneren.

„Was hältst du davon?", fragte Müller.

„Ich glaube es erst, wenn ich es gesehen habe", meinte Lanzinger und kratzte mit dem Daumen an seinem Ehering herum.

Der Streifenwagen hielt vor dem Gebäude. Die Nahe plätscherte als ärmliches Rinnsal im Flussbett unter der Struthbrücke. Erst hier genoss sie wieder Freiheit. Vor fast dreißig Jahren hatte man ihr einen Deckel aufgezwängt, der das gesamte Tal Obersteins durchquerte. Der gähnende Schlund der hier beginnenden Überbauung wirkte in der warmen Nacht irgendwie bedrohlich. Wahrscheinlich stank es dort brackig nach Abfall und Rattenkot.

Der Überrest einer alten Tankstelle befand sich weiter östlich in einer scharfen Rechtskurve, die die alte B 41 um eine beeindruckende, massive Felsstruktur herumführte. Lanzinger erinnerte sich daran, dass er als ganz junger Mann von hier aus zugesehen hatte, wie der „Gefallene Felsen", ein gewaltiger Steinbrocken, im Zuge der Tunnelarbeiten für die Naheüberbauung weggesprengt worden war. Das Bild der Stadt, wie sie früher ausgesehen hatte, stand noch immer vor seinem Auge. Damals hatte sogar Deutschlands größte Tageszeitung auf der Titelseite über das Bauprojekt berichtet. Negativ natürlich.

Herbert Lanzinger wandte sich von der Betondecke der kleinen Stadtautobahn ab und sah an dem Gebäude hoch, zu welchem sie gerufen worden waren.

„Komm", sagte Frank Müller, der den Blick seines Kollegen kannte. „Häng nicht trüben Gedanken nach."

Lanzinger nickte und folgte dem breitschultrigen Oberkommissar. Noch bevor sie die Haustür erreichten, wurde diese geöffnet. Eine ältere Frau mit ängstlichem Blick winkte sie herein. Sie mochte Mitte sechzig sein.

„Kommen Sie, schnell. Gott sei Dank sind Sie da. Der Krankenwagen müsste auch gleich hier sein. Karl ist bei ihr. Sie reagiert nicht auf uns ... kommen Sie, kommen Sie."

Die Frau wartete Fragen der Polizisten nicht ab, sondern führte sie direkt durch das Haus auf die Verandatür zu. Die erfahrenen Polizisten betraten mit gespannten Gesichtern das kleine Grundstück hinter dem Gebäude.

In seinen langen Dienstjahren hatte Herbert Lanzinger schon vieles gesehen. Autofahrer, zerquetscht in zerfetzten Wagen; alte Menschen, in ihren Wohnungen gestorben, halb verfault und bevölkert von gierigen Maden; Selbstmörder, verblutet in Badewannen und erhängt an Bäumen; Mordopfer, an Haken von der Decke baumelnd oder vergraben, im Wald unter Fichten; einmal sogar einen brennenden Menschen am Diamantsymbol der Edelsteinbörse – aber immer wieder hatte sein Job Neues zu bieten, präsentierte ihm Dinge, die er nie mehr vergessen konnte.

Vor allem dann, wenn die betroffene Person entgegen aller Wissenschaft noch lebte. Lanzinger hielt die Luft an. Er versuchte die Lage mit einem Blick zu erfassen. Frank Müller erging es nicht anders.

Auf dem Rasen der Drehers befand sich eine nackte Frau. Bis auf den Kopf schien ihr Körper unverletzt. Die kleinen, festen Brüste standen aufrecht. Die Haut zeigte keine Alterserscheinungen. Eine junge Frau.

Welche Kraft auf ihren Schädel eingewirkt hatte, war schwer zu sagen. Lanzinger nahm zuerst an, dass sie irgendwo aus einem verunglückten Auto gekrochen sei.

‚Warum ist sie dann nackt?', überlegte er.

„Wir haben versucht, ihr eine Decke umzulegen", raunte ihm Gerlinde Dreher zu, als ahne sie seine Gedankengänge. „Es hat nicht funktioniert."

„Hallo?", sprach Frank Müller die Verletzte an. „Können Sie mich verstehen?"

Die Frau reagierte nicht. Lanzinger ging näher. Er verstand

jetzt, warum Gerlinde Dreher bei dem Anruf auf der Wache angegeben hatte, die Person habe ein „verbogenes Gesicht“.

Der Schädel der Unglücklichen war stark deformiert. Die Knochenplatte auf der linken Oberseite war eingedrückt. Von vorne sah es aus, als sei ihr mit einem Hammer ein Teil des Kopfes eingeschlagen worden. Das linke Ohr war nicht zu sehen. Eine blutige, verkrustete Masse hing darüber.

Die starke Verformung des Kopfes führte zu einem blutigen Riss auf dem Nasenrücken. Das linke Auge stand diagonal nach oben. Hin und wieder bewegte sie ihre Lippen, als versuche sie, etwas zu sagen, und sah dadurch aus wie eine defekte Animatronik in einer Geisterbahn.

Die Frau war die bizarre Karikatur eines teuflischen Zeichenkünstlers, wirkte wie ein mit einem Gesicht bemalter Ballon, aus dem langsam die Luft entwich. Sie würde nicht antworten auf seine Fragen, das spürte Lanzinger in diesem Moment sehr deutlich. Sie hatte sich vermutlich völlig in sich selbst zurückgezogen und konzentrierte sich ausschließlich auf die Lebensfunktionen. Sie musste unbedingt ins Krankenhaus.

„Der Krankenwagen und der Notarzt kommen“, raunte Müller.

Auf der Straße wurde der Widerschein des Blaulichts sichtbar. Es war nicht notwendig gewesen, das Horn einzuschalten. Die Straßen waren nachts ruhig.

Lanzinger eilte über den Rasen ins Haus und zur Eingangstür.

„Schnell“, rief er den Sanitätern zu.

„Was haben wir?“, sagte der Fahrer und sprang aus dem Rettungswagen.

„Schwere Kopfverletzung, Verletzte ist bei Bewusstsein, aber nicht ansprechbar“, antwortete Lanzinger und rannte zurück.

Der Notarzt stieg gerade aus seinem Wagen und erhielt die gleichen Informationen. Er gab rasche Anweisungen und folgte dem Polizisten.

Herbert Lanzinger und Frank Müller warteten hinter dem Haus auf den Arzt. Der Mediziner kniff die Augen zusammen, als er die Verletzte sah.

„Ungewöhnlich ausgeprägter Schock“, murmelte er. „Das hat ihr vermutlich das Leben gerettet.“

Der Notarzt ging auf die Frau zu, sprach sie leise an und hob den Arm, um nach ihr zu greifen. Alle erschraken, als sie ein röhrendes Geräusch von sich gab und einen schwankenden Schritt nach hinten tat.

„Das kann ja heiter werden“, sagte der Arzt lakonisch.

Die Sanitäter kamen mit der Trage. Auf Geheiß stellten sie sie so um, dass die Verletzte sitzend transportiert werden konnte.

„Beruhigen Sie sich“, sagte der Arzt und näherte sich ihr wieder. „Es ist alles in Ordnung. Wir wollen Ihnen helfen. Sie sind unter Freunden, okay? Ich muss Sie aber anfassen, um mir Ihre Wunde anzusehen, ja? Schauen Sie doch mal, die beiden freundlichen Herren dort haben extra für Sie einen Tragestuhl mitgebracht. Dort setzen wir Sie jetzt hinein und werden dann eine kleine Kopffixierung anbringen. Das ist nichts Tragisches, etwas unangenehm vielleicht, eine reine Vorsichtsmaßnahme, wissen Sie, wir wollen doch nicht, dass Ihnen auf der Zielgeraden noch etwas zustößt, nicht wahr?“

Er war bis fast auf einen halben Meter an sie herangekommen und hob langsam die Hände, eine Geste, als würde er sich einem scheuen Tier nähern. Eine grässliche Sekunde lang blinzelte ihn das schräg stehende Auge an, dann stöhnte die Schwerverletzte hohl und wich taumelnd zurück.

Der Arzt sagte wieder etwas, gab sein Bestes, um die Frau – oder war es noch ein Mädchen? – zu beruhigen, aber es war vergebens. Sie ließ sich nicht von ihm anfassen.

Herbert Lanzinger trat vor und packte den Arzt sanft bei den Schultern.

„Warten Sie“, sagte er. „Ich glaube, ich weiß, wie es geht.“

„Was haben Sie vor?“

„Die Arme hat aus irgendeinem Grund Angst vor Ihrer Stimme. Es muss ohne Worte gehen.“

Der Arzt trat zurück und ließ Lanzinger vor. Der dickliche

Streifenpolizist nahm die Mütze ab und hielt der Verletzten die offene Hand hin.

Frank Müller fand, dass sein Partner in diesem Augenblick wie ein Mann aussah, der ein verängstigtes Kind in den Arm nehmen wollte. Seine Geste war vertrauenserweckend, und in welcher Kultur auch immer sie angewendet wurde, bedeutete sie überall das Gleiche: Lass mich dir helfen.

Mehrere Sekunden lang stand die Frau schnaufend auf der Stelle. Ihr Brustkorb hob und senkte sich unverändert gleichmäßig. Dann blinzelte sie schwerfällig mit ihrem Katzenauge – und tat einen Schritt auf Lanzinger zu.

Hinter Frank Müller schnappte Gerlinde Dreher nach Luft. Auch ihr Mann gab einen überraschten Laut von sich.

Die Nackte mit dem zertrümmerten Schädel setzte erneut einen Fuß vor den anderen.

In einem dramatischen Film wäre sie jetzt wohl gestrauchelt, dem Hilfe bietenden Retter in die Arme gestürzt, aber in diesem Fall hielt der Überlebensinstinkt die Frau aufrecht – sie lief einfach in Lanzinger hinein. Sie war kleiner als er, und er blickte nach unten.

Der Oberkommissar sah sich nur wenige Zentimeter von der Wunde entfernt. Er erkannte Knochensplitter, verletztes Gewebe, Teile der Kopfhaut, das nach innen gesunkene Ohr, geronnenes Blut, ein weißliches Gebilde hinter den verschobenen Schädelplatten, welches ihn irgendwie an einen Blumenkohl erinnerte ...

‚Grundgütiger, ist das ihr Gehirn?'

... und als sei es ein Witz des Schicksals, roch er ihren Atem, der auf seiner Zunge einen unangenehmen Geschmack hinterließ. Es war ein seltsamer Mischmasch aus Wodka und diesem süßlichen, furchtbar nach Gummibärchen schmeckenden Koffein-Drink, der vor allem von jungen Leuten konsumiert wurde.

Sie schien in zwei Richtungen gleichzeitig zu blicken, und aus irgendeinem medizinischen Grund war offenbar das rechte Auge, welches völlig normal aussah, inaktiv, eine blinde Kamera, wohingegen das schräg stehende quälend langsam blinzelte und ihn fixierte. Er schauderte.

„Sie müssen sie jetzt zur Trage bringen", raunte der Arzt so leise wie möglich.

Lanzinger nickte steif und nahm die junge Frau – eigentlich noch ein Mädchen, das erkannte er jetzt ganz deutlich – bei der linken Hand. Ihre Finger schlossen sich um seine wie die eines Neugeborenen. Ein Greifreflex. Lanzinger bewegte sich vorsichtig von ihr weg und zog sie mit sich.

Sie folgte ihm.

Die Sanitäter reagierten richtig und schoben die zum Stuhl umgebaute Trage langsam dem ungleichen Paar entgegen. Lanzinger bugsierte die Verletzte neben die Trage und zog sie nach unten, griff ihre Hände, strich ihr sanft über den Arm, lächelte. Sie ließ sich tatsächlich ohne Schwierigkeiten auf der Trage nieder. Die Sanitäter konnten sie festschnallen und fixierten mit bedachten Bewegungen ihren deformierten Schädel. Ein jeder hatte begriffen, dass diese Frau vor Stimmen und schnellen Gesten zurückschreckte.

Dann geschah etwas sehr Erstaunliches. Lanzinger erhob sich wieder, löste den Kontakt zu dem Mädchen. Sie heulte röhrend auf, gab ein undefinierbares Gebrabbel von sich – und hob ihren Arm, suchte seine Hand.

Suchte Schutz.

Herbert Lanzinger näherte sich wieder und griff ihre Hand. Sie beruhigte sich.

„Sie kommen mit zum Rettungswagen", sagte der Arzt. „Ich weiß nicht genau warum, aber sie vertraut Ihnen. Wenn Sie bei ihr bleiben, kann ich sie vielleicht untersuchen."

Lanzinger tauschte einen Blick mit Frank Müller.

„Geht klar, Herbert. Fahr du mit ins Krankenhaus. Ich hole dich nachher ab. Ich versuche herauszufinden, woher sie überhaupt gekommen ist."

3.

Horst Engel wartete im Schutz der Dunkelheit.

Er hatte die Scheiben seines Fahrzeuges trotz der Hitze nicht heruntergelassen. Niemand sollte ihn sehen, weswegen er dunkle Kleidung trug und aufrecht saß. Sein Kopf befand sich direkt unter dem Dach des Japaners. Ein unachtsam vorbeigehender Fußgänger hatte geringe Chancen, ihn zu bemerken. Nur wenn man wusste, wonach man suchte, sah man ihn.

Das war auch Sinn der Sache, denn Horst Engel befand sich in geheimer Mission. Sein Zielobjekt war ein junges Mädchen namens Patrizia Heringer, oder Pattie, wie sie von ihren Freundinnen gerufen wurde. Ihr Vater, ein alter Bekannter, hatte ihn darum gebeten. Gustav Heringer war im gleichen Alter wie Engel. Er hatte mit seiner zweiten Frau noch spät ein Kind gezeugt – Pattie.

„Ich will kein großes Aufheben darum machen“, hatte Gustav Heringer hinter vorgehaltener Hand geflüstert. „Sie ist gerade erst siebzehn geworden. Wenn ich jetzt die Polizei einschalte, lacht sich die gesamte Nachbarschaft ins Fäustchen. ‚Wir haben es dir damals gesagt‘, werde ich mir dann von jedem anhören müssen. ‚Du bist zu alt, um wieder in die Vaterrolle zu schlüpfen. Es musste schief gehen!‘

Horst Engel hatte nach kurzem Zögern eingewilligt. Eigentlich kam es ihm gerade recht. Seit seiner Pensionierung im Frühjahr war es ihm zwar nicht langweilig geworden, aber dennoch saß das Gespenst der Untätigkeit in seinem Nacken. Er vermisste die Polizeiarbeit weit mehr, als er sich eingestand. Er hatte offene Baustellen zurückgelassen, ungelöste Fälle und Akten, die noch nicht geschlossen waren. Sein ganzes Leben lang war er Bulle gewesen, hatte von der Pike auf die Abläufe kennengelernt, zu Zeiten, in denen Fahndungen noch nicht auf Knopfdruck ausgerufen wurden. Er war immer in der Edelsteinstadt Idar-Oberstein gewesen, hatte die Umzüge der Inspektion mitgemacht, die Renovierungen, die Veränderungen, die Höhen und Tiefen. Er kannte in der Stadt jeden, der auch nur einmal eine Tafel Schokolade gestohlen hatte – und von einem auf den anderen Tag war sein gesamtes Wissen und seine Erfahrung dem Polizeiapparat entzogen worden, extrahiert wie in einem Chemielabor. Engel hatte zu seiner Frau gesagt, er käme sich vor wie die fehlende Geschmackskomponente einer Soße – ihre Antwort auf diesen Vergleich war deutlich ausgefallen: „Glaubst du nicht, dass du vielleicht schon etwas ranzig schmeckst?"

Er hatte ernsthaft daran gedacht vor Gericht zu ziehen, wie vor Jahren der scheidende Oberbürgermeister, aber Hilde hatte ihm fluchend die Reiseprospekte vor die Nase gehalten, die Pläne für den Wintergarten, ihm seinen ungenutzten Raum mit den noch verschlossenen Ölfarbendosen und den staubig werdenden Staffeleien gezeigt.

„Wir haben vierzig Jahre lang den Arsch für Idar-Oberstein hingehalten", hatte sie ihm erneut klar gemacht. „Du, weil du immer im Dienst warst, und ich, weil ich ohne Mann war. Jetzt ist Schluss damit, Horst. Wir haben vielleicht noch zehn gute Jahre, bevor die kleinen und großen Zipperlein kommen, und diese zehn Jahre will ich auch auskosten. Wir haben uns das verdient, Horst."

Er hatte Hilde bei diesem Streitgespräch genau betrachtet. Ihr sonst so sanftes Gemüt war verschwunden, wich einer steinernen Härte. Die im Laufe der Jahre entstandenen Falten bildeten ein unschönes Muster in ihrem Gesicht, und er ahnte – wenn er seiner Idee weiter nachginge – dass dieses Muster zum Alltagsgesicht werden würde.

An jenem Tag beschloss er, die von ihr benannten Jahre so gut wie möglich zu nutzen. Dennoch blieben die Erinnerungen an seine Zeit – an sein *Leben* – als Polizist immer bei ihm, und fatalerweise waren die absoluten Höhepunkte seiner Karriere zum Ende seiner Laufbahn gekommen. Zwei Mal noch war er Teil großer Mordkommissionen gewesen, hatte den Strohbär mitgejagt und entscheidend zum Sturz des „Dunklen Druiden“ beigetragen, Ereignisse, die bei Tischgesprächen der Bevölkerung immer noch thematisiert wurden.

Alles war noch aktuell – nur er nicht.

Diese Gedanken brachten ihn immer auf Finn Steinmann. Es war eine Ironie, dass der Kriminalhauptkommissar aus Trier Engels einziger Kontakt zur Polizei geblieben war. Er hielt sich von der Inspektion Idar-Oberstein fern, verspürte Angst davor, die vertrauten Räume zu betreten.

‚Wenn ich ein Hund wäre‘, dachte Engel, ‚könnte ich dort wahrscheinlich noch meinen eigenen Geruch wittern.‘

Mit Finn Steinmann war er eine eigentümliche Verbindung eingegangen. Der Norddeutsche hatte großes Vertrauen zu ihm gefasst, und es war so etwas wie eine Vater-Sohn-Beziehung zwischen ihnen entstanden. Für Steinmann war das ehemalige Mittelzentrum am südlichen Rand des Hunsrücks ein Ort persönlicher Evolution, und Engel hatte diese Veränderung miterlebt.

Die beiden telefonierten regelmäßig, mindestens einmal pro Woche. Engel genoss diese Telefonate, die vertrauten Ausdrücke und Abkürzungen, die Mutmaßungen und Überlegungen, und am allermeisten gefiel es ihm, wenn Steinmann um seinen Rat fragte – auch wenn dies vielleicht nur kleine Geschenke des Okkultspezialisten waren.

‚Geben und nehmen, so funktioniert die Welt‘, dachte Engel in der Dunkelheit.

Von seinem Standort hatte er freien Blick auf das Wahrzeichen von Idar-Oberstein – die Felsenkirche. Er warf einen Blick auf die Uhr. Es war bald Mitternacht, und seiner Einschätzung nach müsste Pattie bald auftauchen, so wie es auch in den anderen drei Nächten geschehen war. Bis hierhin hatte er sie jedes Mal verfolgt, aber dann war sie ihm entwischt. Er hatte sich entschlossen, das Risiko einzugehen und hier auf sie zu warten.

‚Heute verliere ich sie nicht aus den Augen. Heute nicht.'

Seine Gedanken kehrten zurück zu Finn Steinmann, der inzwischen auch schon Mitte vierzig war – und bisher ohne Halt durchs Leben wanderte. Engel kannte nicht die ganze Geschichte, aber er wusste um Steinmanns verstorbene Eltern und seine Zeit bei der Großmutter.

Das Thema Familie war gelegentlich Bestandteil ihrer Telefonate. Steinmann hatte tatsächlich den Mumm aufgebracht, bei Katja Neisinger anzurufen, der Mainzer Gerichtsmedizinerin, die ebenfalls beide Male in die SoKos eingebunden war, und Engel wusste, dass die beiden gemeinsam das letzte Weihnachtsfest verbracht hatten, kaum vier Wochen nach dem Totenbaumfall. Aber Steinmann schwieg sich mehr und mehr aus über diese Sache – irgendwas war da im Busch. Engel hatte beschlossen, dies beim nächsten Gespräch noch einmal auf den Tisch zu bringen. Steinmann brauchte eine Partnerin, ein Ventil, eine warme Hand auf dem Arm, oder er würde in zwanzig Jahren mit trüben Augen auf leere Wände blicken, dort, wo bei anderen Menschen Bilder von Urlaubsreisen und blond gelockten Enkelkindern erzählen.

Engels trainierter Instinkt stoppte die Gedankengänge, als Patrizia Heringers unverkennbare Silhouette auf der Bildfläche erschien. Er erkannte sie schon am Gang.

‚Pünktlich', dachte er. ‚Als wäre sie auf dem Weg zur Arbeit.'

Er erschrak. War das vielleicht sogar der Grund für ihr nächtliches Davonstehlen? Verkaufte sie sich? Hatte Pattie Gefallen am schnellen Geld gefunden? Die Zeiten waren hart. Der Nachhall der Wirtschaftskrise legte immer noch große Teile der Industrie lahm. Die Welt erholte sich nur langsam vom großen Knall der Immobilienblase. Kriminelle Geldverleiher hatten Hochkonjunktur. Schmuggel, Diebstahl und Betrug ebenfalls.

Und ja, manch junges Mädchen erkannte, dass gute Noten allein nicht mehr ausreichten.

Aber Pattie Heringer stammte nicht aus der sozialen Unterschicht – im Gegenteil. Ihr Vater war ein angesehener Mann in der Stadt, betrieb ein trotz der Krise gesundes Fuhrunternehmen.

Es war klar, dass ein solcher Mann das seltsame Verhalten seiner Tochter am liebsten unter den Teppich kehren wollte.

„Horst, sie verschwindet seit einer ganzen Weile abends aus dem Haus. Anfangs habe ich es ihr verboten, bis ich feststellte, dass sie meine Anordnung einfach ignoriert. Ich stellte sie zur Rede, und weißt du, was? Sie stand nur wie eine stumpfsinnige Kuh vor mir, und hat mich mit einem Blick angesehen, weißt du, so ein Blick, der dir sagen soll, dass du dich besser verpisst, sonst passiert was, weißt du, ich bin nicht der Chef von fünfundvierzig zufriedenen Arbeitern, um mich von meiner Tochter, die zu einem Flittchen mutiert ist, mit so einem Blick abspeisen zu lassen."

Engel hatte ihn gefragt, wie seine Reaktion gewesen war. Gustav Heringer hatte beschämt den Kopf gesenkt.

„Ach, Horst, du kennst das doch, oder? Maßregelst du deinen Sohn, flucht er, prügelt sich vielleicht mit dir, geht sich besaufen und zieht ein paar Tage mit seinen Freunden herum, aber irgendwann kommt er zurück, denn ohne Mami, die ihm die Wäsche bügelt, ist er ein Nichts, ohne ihr gekochtes Essen ernährt er sich nur noch von teuren Imbissbuden, und ohne das Geld vom Vater ist der Tank im Auto ziemlich schnell leer."

Engel hatte genickt. Er kannte Gustav Heringer und seine Weltansichten.

„Aber wehe, du gerätst mit deiner fast erwachsenen Tochter aneinander. Dann zählt sie dir zuerst alle deine Fehler auf, packt einen Koffer – und schwupp! – verschwindet irgendwohin, zu so einem großen Kerl, weißt du, womöglich einem Ami mit Händen wie Bratpfannen, oder zu einem Russen, der schlechter Deutsch kann als mein Hund!"

Heringer bot ihm Geld für seine Dienste, aber Engel lehnte ab. Er bezog Pension vom Staat, und auf gewisse Weise betrachtete er das als Lohn für seine heimliche Polizeiarbeit. Es gab ihm das Gefühl, dass er nach kurzer Unterbrechung einfach wieder seinem Job nachging. Hilde wusste ungefähr, worum es ging, tolerierte es, war aber nicht gerade begeistert, im Grunde hatte er nur mit Steinmann ernsthaft darüber gesprochen. Sein Freund aus Trier war amüsiert gewesen. Wahrscheinlich traf sich Pattie mit einem jungen Mann, der nicht in die Planungen des alten Herrn passte.

„Gib trotzdem Acht“, warnte Steinmann. „Vielleicht hat sie sich wirklich auf eine dumme Sache eingelassen. Es könnte gefährlich sein. Die Jugendlichen haben keinen Respekt mehr vor Erwachsenen.“

Engel war dankbar, dass Steinmann „Erwachsene“ und nicht „alte Säcke“ gesagt hatte.

Der Kriminalhauptkommissar a. D. – im Moment sah er sich eher *i. D.* – beobachtete Pattie Heringer. Die junge Frau war groß gewachsen und ansehnlich, aber keine klassische Schönheit. Ihr langes braunes Haar hatte sie zu einem strammen Zopf gebunden und eine Schirmmütze aufgesetzt. Sie trug ein graues Kapuzenshirt mit dem Aufdruck „US-Army“.

Engel schaltete sein kleines Diktiergerät ein, das er benutzte, um den Moment für später festzuhalten. In den vergangenen Nächten hatte er das aus der Mode kommende Gerät ebenfalls bei sich gehabt. Er vertraute auf das gute, alte Tonband.

„Vierte Nacht, Montag, 26. Juli 2010, kurz vor zwölf. Die Zielperson taucht zeitig auf. Hier habe ich sie bisher immer verloren. Sie trägt, soweit ich erkennen kann, festes Schuhwerk und wirkt von der Aufmachung so, als wolle sie irgendwo Sport treiben, wie auch in den Nächten zuvor. Jetzt bin ich gespannt.“

Patties Elternhaus stand im Stadtteil Hohl, ganz oben, in der Nähe des Tierheims, wo keine Reihenhäuser mehr gebaut worden waren. Von dort war sie zu Fuß heruntergekommen. Die das Tal teilende Naheüberbauung war von Engels Observationsposten gut zu sehen. Das große Stadttheater lag ganz in der Nähe. Über allem thronte die Felsenkirche in der Steilwand – eine beeindruckende Kulisse für Engels nächtliche Mission.

„*Sie bleibt stehen*“, sprach er leise weiter. „*Es ist auffällig, wie sie sich in die Schatten verzieht. Wenn ich nicht wüsste, dass sie da steht, würde ich sie übersehen. Sie versteckt sich, ganz eindeutig. So ist sie mir also entwischt.“*

Engel beglückwünschte sich zu seiner Idee, hier auf sie zu warten. Ob sie ihn in den drei Nächten zuvor irgendwie bemerkt hatte und sich deswegen unsichtbar machte, wusste er nicht. Nach fünf Minuten sah Pattie auf ihr Handgelenk. Er erahnte die Bewegung mehr, als dass er sie tatsächlich sah. Pattie Heringer war verschmolzen mit dem Hintergrund. Engel suchte nach einem Begriff für ihre Körperhaltung, und nannte es schließlich *„lauerndes Warten“*.

Er versteifte sich, als neben ihm ein drahtiger, hoch gewachsener junger Mann mit federnden Schritten lautlos am Wagen vorbeiging. Der ehemalige KHK hielt die Luft an. Der Mann war urplötzlich aufgetaucht. Engel verfluchte sich dafür, seine Umgebung aus den Augen gelassen zu haben. Hätte er jetzt gerade gesprochen – auch wenn er sich bemühte, leise zu sein – wäre die ganze Aktion in Gefahr geraten.

Der Mann war ähnlich gekleidet wie Pattie. Auch er trug eine Schirmmütze. Engel sah ihn nur von hinten, konnte ihn altersmäßig schlecht einschätzen. Heutzutage wurden die Jugendlichen immer schneller groß, aber seiner Schätzung zufolge war der junge Mann älter als Pattie – vielleicht gerade erwachsen geworden.

Der Bursche blieb etwa fünfzehn Meter vor Engels japanischer Limousine an der Straße stehen.

Dann sah er nach oben. Engel verfolgte überrascht, wie auch Pattie Heringer den Kopf in den Nacken hob und mit den Blicken die Häuserzeilen abschwenkte.

Engel aktivierte das Diktiergerät wieder. Er flüsterte, beschrieb die Szene, und aus irgendeinem Grund fröstelte ihm. Alle seine Sinne, die er im Laufe der Jahre als Polizist zu feinen Sensoren weiterentwickelt hatte, schlugen Alarm.

Hier passierte etwas, etwas, das völlig anders war, als von ihm erwartet. Er warf einen Blick nach rechts, in den Fußraum des

Beifahrersitzes. Dort ruhte sein Euro-Tonfa, ein schwarzer Aluminiumschlagstock aus tschechischer Produktion. Der Tonfa war etwa armlang und hatte noch einen kurzen Quergriff – im Fernsehen sah man diese Dinger immer bei Demonstrationen im Einsatz.

Er hoffte, ihn nicht zu benötigen, aber er war froh, dass er den Schlagstock bei sich hatte. Eine Feuerwaffe besaß er nicht mehr.

‚Wäre Herbert Lanzinger jetzt bei mir, hätte er vermutlich eine seiner Vorahnungen.'

Engel konnte nicht wissen, dass sein alter Kollege – das Orakel, wie er immer noch in der Inspektion genannt wurde – im selben Moment keine tausend Meter Luftlinie entfernt auf den Schädel einer furchtbar entstellten jungen Frau starrte.

Engel sprach weiter in das Diktiergerät, als auf der Naheüberbauung ein Rettungswagen mit eingeschaltetem Blaulicht in Richtung Bad Kreuznach fuhr. Der Wagen selbst war kaum zu sehen, aber das visuelle Signal warf gespenstische, blaue Schatten auf die enge Streckenführung der alten Idar-Obersteiner Hauptverkehrsadern.

Engel stockte mitten im Satz, als er sah, wie der junge Mann, auf dessen Rücken er immer noch blickte, direkt nach dem Abebben der blauen Lichtflut der auf der anderen Seite stehenden Pattie zunickte. Er vergaß das Diktiergerät auf seinem Schoß, war ganz gebannt vom Anblick der Menschen vor ihm.

‚Als hätten sie auf den Rettungswagen gewartet', dachte Engel. ‚Gustav, deine Tochter steht nachts in den Schatten und wartet auf dunkle Dinge. Wenn ich du wäre, hätte ich ... Angst vor ihr. Wie hast du es genannt, als sie dich ansah? Verpiss-dich-Blick? Oh, ja, genau das hat sie dir damit übermitteln wollen: ‚Bleib mir vom Hals, Daddy, sonst stehe ich nachts in der Dunkelheit und warte auf *deinen* Rettungswagen.'

Pattie setzte sich in Bewegung. Sie löste sich aus der Dunkelheit der Wand, warf einen letzten Blick auf die Häuser und ging in Richtung Stadttheater davon. Engel hatte ihr eigentlich sofort folgen wollen, aber der junge Mann stand immer noch an der

Ecke, nur fünfzehn lächerliche Schritte entfernt, und beobachtete die Häuser. Seine Körperhaltung kam Engel seltsam vertraut vor. Nach einem Augenblick fiel es ihm ein.

‚Er steht da, als würde er auf sie aufpassen. Hätte er eine Pistole, würde er ihr damit wahrscheinlich Deckung geben.'

Engel gefror auf seinem Sitz, als sich der Mann zu ihm umwandte und die Straße hinauf sah. Es war ganz deutlich: Er wollte wissen, ob irgendjemand den nächtlichen Aufmarsch bemerkt hatte. Engel kommentierte es flüsternd.

Die Schirmmütze verhinderte – in Kombination mit der Dunkelheit – das Gesicht des Fremden zu erkennen. Engel zuckte zusammen, als der Mann zwei Schritte in die Richtung der Limousine machte.

‚Er hat mich irgendwie bemerkt, hat vielleicht ... vielleicht gespürt, dass jemand hinter ihm ist ... über ihn nachdenkt ... sein Tun verfolgt.'

Engels Hand wanderte nach rechts, über die Handbremse hinweg, und griff nach dem Schlagstock. Atemlos verfolgte er, wie der junge Mann nach einigen Sekunden offenbar entschied, dass die Luft rein war, denn er wandte sich wieder zur Querstraße um, sah erneut auf die Fenster der nächsten Häuser, und hastete dann mit langen, schnellen Schritten auf die andere Seite.

Er folgte Pattie Heringer, die von Engels Beobachtungspunkt nicht mehr zu sehen war. Der ehemalige Polizist verfluchte sich und seine überbordende Fantasie, aber die letzten beiden Ermittlungen mit Finn Steinmann hatten ihn gelehrt, dass ungewöhnliche Menschen zu ungewöhnlichen Dingen fähig sind.

Er wartete einige Sekunden. Dann öffnete er behutsam die Fahrertür des Wagens. Trotz seiner alten Knochen gelang es ihm, still und leise aus dem Auto zu kriechen. Der Schlagstock behinderte ihn nicht dabei. Er drückte die Tür in gebückter Haltung vorsichtig zu. Im letzten Augenblick, als der Innenraum des Japaners nur noch durch einen schmalen Schlitz zu sehen war, erkannte er im fahlen Restlicht der städtischen Nacht sein Diktiergerät, das ihm von den Beinen gerutscht war und auf dem

Rand des Fahrersitzes lag. Dann fiel die Tür ins Schloss. Es schnappte kaum hörbar – ein Glück, dass der Wagen ein relativ neues Fabrikat war – aber die Erschütterung reichte aus, das Diktiergerät vom Sitz kippen zu lassen. Es klapperte im Auto.

‚Das Tonband nimmt noch auf. Mist.'

Horst Engel löste sich vom Wagen, stierte rasch zurück in die Dunkelheit der Straße, aus welcher der junge Mann gekommen war, und kroch gebückt zum vorderen Ende seiner Limousine.

Der schwarze Plastiküberzug des Alu-Schlagstocks lag warm in seiner Hand. Noch vor ein paar Jahren hätte er diese schwere Einsatzmehrzweckwaffe, kurz EMW, wie der Tonfa im Polizeijargon hieß, im Wagen gelassen.

Die Zeiten änderten sich. Wöchentlich stand selbst im kleinsten Anzeigenblatt einer jeden Stadt, mit welcher Heftigkeit gegen die Polizeibeamten Widerstand geleistet wurde. Die Streifenpolizisten Deutschlands sahen sich einem Heer uneinsichtiger Schläger gegenüber, die, in Verbindung mit Alkohol und chemischen Substanzen zu unberechenbaren Psychopathen wurden. Mit Grausen erinnerte sich Engel an einen gerade mal achtzehn Jahre alten Discobesucher, der mit einem Stein die Seitenscheibe eines Streifenwagens zertrümmert hatte und anschließend mit bloßen Händen das scharfkantige Glas als Stichwaffe benutzt hatte. Erst mit Hilfe einer zusätzlich eintreffenden Streifenbesatzung war es gelungen, den von oben bis unten mit Blut besudelten Jüngling ruhig zu stellen. Er hatte gebissen und um sich getreten. Der Fahrer des ersten Wagens trug einen tiefen Riss im linken Oberarm davon. Selbst auf der Wache hatte der Junge weitergetobt. Sein glasiger Blick ließ die Polizisten an ihrer Befähigung zweifeln, mit dieser Art von Straftätern richtig umzugehen. Jemand ließ sich zu der sarkastischen Bemerkung hinreißen, dass Exorzisten mit Weihwasser wahrscheinlich besser dazu geeignet wären. Die Burschen hatten den Teufel im Leib.

Engel beobachtete einige Sekunden die Straße vor sich. Der Mann mit der Schirmmütze war nicht mehr zu sehen.

Der Polizist a. D. – jetzt definitiv *i. D.* – drückte sich an die

Wand und lief die fünfzehn Schritte bis zur Kreuzung. Er hielt inne und sah mit klopfendem Herz nach links, dann nach rechts.

Die Straße lag ruhig vor ihm. Während der letzten Minuten war kein Fahrzeug vorbeigekommen. Nur auf der kurzen Stadtautobahn, die etwa sechzig Meter entfernt war, rauschte gelegentlich der Verkehr. Der Deckel auf der Nahe hatte den Betrieb in den früheren Hauptstraßen beinahe zum Versiegen gebracht.

Das war einerseits schön für die Anwohner, weil sie nun die direkte Geräuschkulisse nicht mehr ertragen mussten – andererseits war es aber auch Nährboden für Menschen mit unlauteren Absichten, welche sich nun in den alten Häuserschluchten nach Belieben herumdrücken konnten.

Warum sonst wurden ständig Schaufenster eingeschlagen? Der Leerstand in den Fußgängerzonen der Edelsteinstadt drohte die Anzahl der genutzten Geschäftsräume bald zu überflügeln. Seit das große Kaufhaus leer stand, kämpfte die Stadt verzweifelt gegen die Verödung an.

Engel erinnerte sich daran, wie der Bahnhof von Idar-Oberstein vor Jahren renoviert worden war. In der Zeitung stand seinerzeit, die Bahngesellschaft hoffe, die Renovierungsarbeiten würden „ein paar Tage vorhalten".

Welch ein Armutszeugnis. Kein halbes Jahr später war wieder jede Wand mit Graffiti beschmiert, Mülltonen morgens ausgekippt und Erbrochenes dampfte neben gelben Urinflecken in jeder Ecke fröhlich vor sich hin.

War Engel jetzt zwei Personen auf den Fersen, die mit solchen Vorfällen zu tun hatten? Der Vandalismus war wie eine Hydra – schlug man einen Kopf ab, wuchsen zwei neue nach.

Horst Engel überquerte die Straße und folgte ihrem Verlauf. Nach einigen Metern ließ er die T-Kreuzung hinter sich und tauchte in die schmalen Canyons der alten Straßen ein. Hier war es noch dunkler.

Seine Lungen rasselten. Er bewegte sich zu schnell.

‚Nicht deinem Alter entsprechend', raunte Hilde in seinen Gedanken. ‚Dein Atem geht zu heftig. Du pfeifst wie ein alter Kessel.'

Zehn gute Jahre, Horst. Zehn gute Jahre.

‚Ich könnte natürlich stehen bleiben', antwortete er seiner imaginären Frau. ‚Aber dann werde ich mein eigenes Gesicht im Spiegel nicht mehr ertragen. Hier läuft was, Hilde. Ich weiß es, spüre es. Ich mag ein alter Hund sein – aber auch ein alter Hund hat noch scharfe Zähne.'

Zehn gute Jahre, Horst.

Er drosselte sein Tempo und gab seinem Kreislauf die Gelegenheit, sich zu erholen. Ein Teil seiner Selbst schlug Alarm, warnte ihn vor Überlastung, aber ein anderer Teil, der weitaus größere, genoss jede Sekunde dieser nächtlichen Verfolgung.

Dieser Teil seines Ichs, *der alte Hund*, schnüffelte gierig, berauscht vom Geschmack von Recht und Gesetz.

Sein Geschmack.

Engel unterdrückte ein Lachen. Ein Hochgefühl bemächtigte sich seiner. Eine Regung, die ihn unvorsichtig werden ließ. Alte Hunde wedeln manchmal zu sehr mit dem Schwanz.

Schwertmeister

Ein kaltes Augenpaar fixierte den Rücken des Mannes, der eben an der T-Kreuzung wie aus dem Nichts aufgetaucht war. Der Mann bewegte sich sehr auffällig, als würde er Pattie und dem Capitano folgen. Er roch nach Bulle, wie man nur nach Bulle riechen konnte – oder zumindest wie jemand, der die ganze Mission in Gefahr brachte. Der Mann hielt einen Arm dicht am Körper, und allem Anschein presste er auf diese Weise einen Stock oder etwas in der Art an sich. Er war ein potentieller Störfaktor.

Damit war das Urteil über seine Person gefällt. Der unbekannte Mann durfte den Ablauf der Mission nicht stören. Nicht jetzt, wo all die Arbeit endlich Früchte tragen würde.

Ein weiterer Schatten wurde lebendig, rann wie ein Tropfen von einer Wand ab und setzte sich in Bewegung.

Die alte Frau verlangte es von ihm. Er war es ihr schuldig. Der Schwertmeister nahm die Verfolgung auf.

4.

Die Stimme der Vernunft brachte Engel wieder zurück auf den Boden.

‚Bleib vorsichtig!‘, gemahnte er sich.

Er ging ruhiger, folgte der aufgenommenen Fährte mit erhöhter Wachsamkeit. Ganz vage erkannte er weiter vor sich ein Flimmern in der Dunkelheit, als würde die Nacht sich selbst bewegen.

Das musste der junge Mann sein. Engel blieb stehen und betrachtete die wabernde Finsternis. Dann erkannte er den Unbekannten, der sich etwa hundert Meter voraus hinter einem Baum versteckte und nach einem Moment rasch weiterlief.

Der Schirmmützenträger wollte aber nicht weiter in Richtung Stadttheater, sondern verschwand in einer engen Gasse zwischen zwei Häusern, die direkt an der Naheüberbauung standen.

Engel wartete eine Minute und ging weiter. Er setzte seine Schuhe vorsichtig auf den alten Teer, und es gelang ihm, lautlos dem Mann zu folgen. Er war überrascht, wie anstrengend es war, hundert Meter ohne Geräusche zu überwinden. Es verlangte völlige Körperkontrolle und Anspannung. Er näherte sich unaufhaltsam der Siebzig-Jahre-Grenze. Sein Spiegel erzählte ihm das jeden Morgen. Nach ein paar Metern rann in seine Füße das Gefühl, Gewichtmanschetten um die Knöchel zu tragen.

Horst Engel erreichte den Baum, an dem sich der Bursche kurz aufgehalten hatte, und unterdrückte mühsam ein Keuchen. Sein Herz klopfte einen harten Rhythmus.

Nichts zu hören. Die schmale Gasse war noch zehn Meter entfernt. Engel packte den Tonfa fester. Sollte er die beiden dabei erwischen, wie sie in eines der Häuser einstiegen, würde er ihn vielleicht doch einsetzen müssen.

Jetzt wäre der Punkt gekommen, an dem er eigentlich seine früheren Kollegen hätte rufen müssen. Jetzt wäre der Moment gewesen, sich die Warnung Steinmanns ins Gedächtnis zu rufen oder sich an Hildes eindringliche Worte zu erinnern.

Zehn gute Jahre, Horst.

Aber wenn alte Hunde noch einmal auf die Jagd gehen dürfen, wollen sie die Beute auch selbst erlegen. Das Schicksal suchte sich auf diese Weise seinen Weg, einen düsteren Pfad, an dessen Ende Trauer und Tränen warteten.

Engel drückte sich vom Stamm des Baumes ab und huschte die zehn Meter bis zur Gasse weiter. Sein Schlagstock kam ihm jetzt wie ein Rettungsanker vor.

Gott, was für eine schreckliche Welt war dies geworden, wenn Waffen Sicherheit suggerierten.

Horst Engel schob den Kopf in den Spalt zwischen den Häusern. Er war gerade breit genug, um hindurchzugehen. Der ehemalige Polizist erkannte einen etwa sieben Meter langen Gang, dessen Wände aus rotem Backstein bestanden, ein Material, das in der Nacht wie der verrostete Weg in einen metallenen Abgrund wirkte. Der Zwischenraum wurde am anderen Ende abgeschlossen von einer mannshohen Wand. Darüber glomm die Felsenkirche in ihrem gelben, sanften Schein – eine Lichtquelle, die trotz ihrer Größe hier unten keine Helligkeit verbreitete.

Engel sog geräuschvoll Luft ein.

Der Gang war leer.

Kein offenes Fenster, keine windschiefe Kellertür, keine Leiter, keine Luke, keine kichernden Jugendlichen – nichts.

Engel schlüpfte in den Gang hinein. Die Luft war stickig und abgestanden. Er sah nach oben. Die Wände der beiden Häuser verjüngten sich nach oben zu einer kaum noch erkennbaren Öffnung in den Nachthimmel, so als stünde er in einer Schlucht. Die Hitze wirkte von oben wie eine Presse.

Er durchquerte den Zwischenraum mit weit aufgerissenen Augen bis zu seinem Ende.

‚Die Abschlusswand ist nicht direkt am Haus', stellte er fest. ‚Es ist ein Teil der Naheüberbauung.'

Die Stadtautobahn reichte bis dicht an die Häuser heran. Er hatte es von der Straße für eine Wand gehalten, aber dem war nicht so. Zwischen den Häusern und der Überbauung war noch etwas Platz – nicht viel mehr als in dem Backsteingang.

Engel steckte den Kopf auf der anderen Seite wieder aus der bedrückend engen Gasse heraus. Links und rechts waren jeweils fünf Meter begehbar. Der graue Beton der Überbauung ragte vor ihm auf.

‚Wo zur Hölle stecken die beiden?'

Er glaubte nicht, dass die jungen Leute auf die Überbauung geklettert waren. Alle vorher so empfindlich gehegte Vorsicht wäre dann unnötig gewesen.

Ein schleifendes Geräusch hinter ihm stellte seine Nackenhaare innerhalb eines Herzschlages auf. Engel fuhr herum. Er stieß mit dem Kopf aufgrund der Enge gegen die Wand und schürfte sich schmerzhaft die Haut auf der Wange auf. Ein dünner Riss zog sich bogenförmig auf einer Breite von zehn Zentimetern über sein Gesicht. Es trat sofort Blut aus.

Im Gang stand ein schwarzer Schemen, größer als er. Der Umriss füllte den Gang in seiner ganzen Breite aus, und gleichzeitig hörte Engel hinter sich das Rauschen eines Autos, welches Richtung Bad Kreuznach vorbeifuhr. Der Lichtkegel erhellte einen schrecklichen Moment seine Umgebung wie ein greller Blitz.

Hatte er gerade ein grinsendes, verzerrtes Gesicht gesehen? Und was hatte da silbrig gefunkelt?

‚Hilde, ich habe Mist gebaut. Es tut mir leid.'

Engel wich zurück. Die Scheinwerfer des vorbeifahrenden Wagens hatten ihn nicht geblendet, aber dennoch waren seine Augen von der plötzlichen Lichtquelle irritiert. Die Finsternis im Backsteingang kam ihm auf einmal noch schwärzer vor. Er sah nicht, ob sich das Gesicht mit dem silbrigen Funkeln weiter näherte.

Engel ging zur Seite. Er stand jetzt auf der schmalen Fläche zwischen Haus und Naheüberbauung. Der Gang lag seitlich vor ihm. Er packte den Tonfa fester und versuchte, seine aufkommende Angst zu kontrollieren.

Ob es sinnvoll war, um Hilfe zu rufen? Wohl kaum. Er hätte sehr laut rufen müssen, um Gehör zu finden, und selbst wenn sein Geschrei aufmerksame Ohren fand, war es fraglich, ob ihn diese Person orten konnte.

Schlimmer noch – es war fraglich, ob ihm überhaupt jemand helfen würde.

Er entschied, mit erhobenem Schlagstock zu warten, und verharrte einige Augenblicke.

Nichts.

Niemand tauchte aus dem Dunkel des Ganges auf. Kein Grinsgesicht mit silbernem Mitbringsel. Engel rückte näher an die Öffnung heran, die ihm jetzt wie ein senkrechter Rachen vorkam.

Ein weiteres Fahrzeug kündigte sich mit windartigem Rauschen aus Richtung Birkenfeld an.

‚Jetzt.'

Engel tat einen mutigen Schritt vor den Gang, um im richtigen Moment das Licht auszunutzen.

Er starrte direkt in ein graues Gesicht, nur wenige Zentimeter von seinem eigenen entfernt. Die Augen stachen seltsam betont hervor, ein Antlitz, welches ihm furchtbar gleichgültig schien, und seltsamerweise konzentrierte sich seine Aufmerksamkeit auf die Haare des Fremden, die aus irgendeinem Grund stramm mit Gel an den Kopf gelegt waren.

Oder trug sein Gegenüber einen Helm?

Etwas explodierte an Engels Kopf. Ein silberner Schweif war von oben auf ihn herabgesaust, und er war gerade noch imstande gewesen, den Schädel zur Seite zu nehmen.

Nicht weit genug.

Zehn gute Jahre, Horst.

Er taumelte mit schlaff hängenden Armen nach rechts. Sein

linkes Ohr fühlte sich völlig taub an. Der Schlagstock, seine einzige Verteidigung, kratzte über den Boden. Die vormals finstere Nacht war schlagartig erfüllt mit kreisenden Sternen, die aufplatzten, wieder vergingen, und in einem wirren Reigen um seinen Kopf tanzten.

Ein zweiter Treffer landete an seinem Unterkiefer. Engel spürte, wie seine Schneidezähne wie Chinaböller in der Sylvesternacht auseinandersprangen.

Aber man darf alte Hunde nicht unterschätzen, und diesen Fehler machte der Angreifer in jenem Moment. Siegessicher schwang er seine Waffe erneut, kostete seinen Triumph eine Sekunde zu lange aus – eine Zeitspanne, die Engel die Chance einer Reaktion gewährte.

Er schlug blind zu, aber in der Enge der Arena war ein Fehlschlag nicht möglich. Der schwarze Schlagstock pfiff durch die Luft und traf die Gestalt in der Körpermitte.

Obwohl Engel von den zwei schweren Treffern benommen war, gelang es ihm, sich an seinem Kontrahenten vorbeizudrücken und in den Gang einzutauchen.

Er prallte einem Gummiball gleich von links nach rechts an die Wände, eine menschliche Flipperkugel, und stolperte Blut spuckend wieder auf die alte Straße.

Er wandte sich nach rechts, in die Richtung, in der sein Wagen stand, und spurtete los.

‚Lass mich jetzt nicht im Stich', verfluchte er seinen alt gewordenen Körper. ‚Nur dieses eine Mal noch.'

Er rannte fast automatisch. Es kam ihm vor, als hinge seine linke Gesichtshälfte auf seiner Brust, und scharfkantige Zahnsplitter schnitten die dünnen Häute in seinem Mund auseinander. Er spürte, dass die Oberlippe zu einem Autoreifen anschwoll, und vielleicht war auch sein Unterkiefer gebrochen. Ein Hilferuf war jetzt unmöglich. Seine Mundhöhle füllte sich mit Blut.

Horst Engel sah nicht nach hinten. Es kostete ihn genug Kraft, die alte Maschine auf Kurs zu halten, und hätte er sich umgedreht, wäre diese Maschine wohl ins Stottern gekommen.

Dann versagte sie ihm vielleicht ihren Dienst.

Die Gesamtdistanz zu seinem Auto betrug etwas über hundertfünfzig Meter. Eine lächerliche Strecke für einen jungen Polizisten.

Einem Pensionär, dessen Kopf begann, wie ein Ballon anzuschwellen, kamen diese hundertfünfzig Meter wie der Zieleinlauf nach einem anstrengenden Marathon vor.

Und am Schluss kniete auch er nieder.

Fünf Schritte von seinem Wagen entfernt donnerte eine Urgewalt auf seinen Hinterkopf, und ein weißer Blitz erfüllte sein Bewusstsein.

Horst Engel, Kriminalhauptkommissar a. D., sackte in sich zusammen wie ein von der Leine gewehtes Laken. Seine Konstitution war aber immer noch stark genug, ihm einen Meter erbärmlichen Kriechens zu gestatten.

‚Hilde wird böse sein', dachte er eigentümlich unberührt, zog sich wie das kaputte Spielzeug eines Kleinkindes vorwärts.

Seine Bewegungen waren ungelenk.

Zehn gute Jahre, Horst.

Dann löschte ein zweiter Blitz sein Denken aus.

Er kannte die Wirkung seiner Hiebe sehr genau. Noch vor zwei Stunden hatte er seine Waffe in dieser Nacht erstmals geschwungen. Zuerst war er verraten worden, und dann schlich der alte Sack durch die Nacht hinter seinen Soldaten her.

Der Schwertmeister hob den Blick von dem flach auf dem Boden liegenden Mann, unter dessen Kopf sich eine kleine, dunkle Pfütze bildete.

Seine Augen – immer noch zornig lodernd ob des doppelt zugefügten Schmerzes in der heutigen Nacht – suchten systematisch die Umgebung nach Zeugen ab.

Niemand schien die nächtliche Jagd bemerkt zu haben.

Eine weitere Person näherte sich von hinten mit vorsichtigen Bewegungen. Es war der Capitano.

Die beiden wechselten knappe Worte. Der Schwertmeister gab Anweisungen.

Ein leises Klicken ließ die Männer verstummen. Es klang wie ein kaum wahrnehmbarer Schnappverschluss.

Der Schwertmeister und der Capitano duckten sich und lauschten. Nichts zu hören. Niemand tauchte auf. Niemand störte sie.

Der Schwertmeister drehte den alten Mann, aus dessen Mund Blut und Speichel quoll, auf den Rücken. Einen Moment zögerte er, kniff die Augen zusammen und sah sich das zertrümmerte Gesicht genauer an. Kannte er den Alten? Hatte er diesen Mann schon einmal gesehen? Die Wunde machte ein Erkennen schwierig.

Nur die japanische Limousine neben ihnen wurde Zeuge, wie die beiden Männer den leblosen Körper wie einen Sack schulterten und rasch davontrugen.

5.

„Was hat sie gesagt?“, fragte Herbert Lanzinger.

„Ich hab es nicht verstanden“, antwortete der Notarzt. „Der Wagen ist zu laut.“

„Aber sie hat etwas gesagt, oder?“

„Ich denke schon. Verdammt, hat die ein Loch im Kopf.“

Der Notarzt fixierte erneut den wackelnden Schädel der jungen Frau, der im hellen Licht des Rettungswagens wie eine aufgeplatzte Melone aussah. Sie durfte unter keinen Umständen zur Seite rutschen, weshalb man ihr kreislaufunterstützende Medikamente verabreicht hatte. Der Notarzt gab erst grünes Licht zum Abmarsch, als ihr Zustand stabil genug war.

Sie stellte ein Wunder dar, und Lanzinger wusste das. Sie musste über einen unbändigen Lebenswillen verfügen, um mit dieser Verletzung durch die Nacht irren zu können. Frank Müller war noch vor Ort. Er würde weitere Kräfte anfordern, um zu klären, woher diese junge Frau gekommen war.

Und wer ihr das vermutlich bewusst angetan hatte.

Sie bewegte wieder den Mund – ein grässlich normaler Anblick in dem zerstörten Gesicht.

„Sie spricht tatsächlich“, raunte der Arzt. Im Regelfall befand sich noch ein Sanitäter hier, aber Lanzingers Leibesfülle hatte dies verhindert. „Hallo? Verstehen Sie mich? Wie heißen Sie? Können Sie mir Ihren Namen sagen?“

Die Lippen der jungen Frau formten Worte. Lanzinger verstand nichts. Der Arzt beugte sich über sie, und schüttelte dann den Kopf.

„Es tut mir leid“, sagte er zu ihr. „Ich verstehe Sie nicht. Sprechen Sie deutsch?“

Sie murmelte wieder etwas. Lanzinger lehnte sich nach vorn. Sie hielt die ganze Zeit seine Hand, als wäre er ein Rettungsseil. Jetzt schnappte er ein paar Brocken ihrer Worte auf.

„Das ist Russisch“, sagte er.

Der Notarzt nickte.

„Wir brauchen jemanden, der Russisch spricht“, meinte Lanzinger mit Nachdruck. „Es könnte wichtig sein. Falls sie es ... nicht schafft ... sind ihre Worte vielleicht von großer Bedeutung. Ist im Krankenhaus heute Nacht irgendwo jemand im Dienst, der sie versteht?“

„Das weiß ich nicht.“

Der Arzt sah auf die Werte der jungen Frau, runzelte dann die Stirn, leckte sich über die Lippen und traf eine Entscheidung.

Lanzinger war überrascht, als er zur Trennwand trat und an die kleine Scheibe klopfte.

„Dimi!“, rief er. „Dimi!“

„Was ist?“, kam die Antwort von vorne.

Der osteuropäische Akzent war unüberhörbar.

„Fahrerwechsel!“

„Was?“

„Frag nicht! Halt die Kiste an. Wir tauschen die Plätze. Du musst hier übersetzen.“

Der Krankenwagen wurde langsamer. Lanzinger hörte, wie sich der Fahrer vorne aus dem Anschnallgurt schälte. Er fragte sich, ob ein solcher Wechsel überhaupt erlaubt war.

„Keine Sorge“, sagte der Arzt. „Das dauert nur ein paar Sekunden.“

Der Wagen hielt an. Der Mediziner nickte Lanzinger zu, öffnete die großen Schwingtüren des Transporters und sprang auf die Straße. Lanzinger war allein mit dem deformierten Mädchen. Er kratzte mit dem Daumen hektisch an seinem Ehering herum.

‚Oh, Gott, oh, Gott, oh, Gott, was ist, wenn sie jetzt kollabiert, was mache ich dann, wie soll ich ...‘

Noch bevor der Oberkommissar den Gedanken zu Ende führte, tauchte ein anderes Auto hinter dem Rettungsfahrzeug auf.

Der Wagen verlangsamte und hielt an. Am Steuer saß eine Frau, die, als sie die unheimliche Fracht des rotweißen Transporters erkannte, die Hände vor dem Gesicht zusammenschlug.

Lanzinger stellte sich vor, was die Frau durch ihre Windschutzscheibe jetzt sah: Eine geöffnete Tür, einen dicklichen, verzweifelt blickenden Polizisten mit großen Schweißflecken auf der Uniform, und eine Sitzvorrichtung, die entfernt an einen elektrischen Stuhl erinnerte. Darauf saß das Zerrbild eines Menschen, der zerschmetterte Schädel hell erleuchtet von den Lampen des Rettungswagens, ein Mädchen, das jetzt gerade wild blinzelte, weil es von dem Scheinwerfer des Autos geblendet wurde.

Ein neues, männliches Gesicht tauchte hinter dem Krankentransporter auf. Die ganze Aktion hatte tatsächlich nur wenige Sekunden gedauert, aber Lanzinger war es wie eine Ewigkeit vorgekommen. Der Sanitäter sprang auf die Fläche und zog die Tür zu.

Der Wagen rollte an. Das Brummen des Motors schloss die Insassen wieder in ihrem eigenen Kosmos ein. Lanzinger ahnte, dass die Frau in dem anderen Auto den Rest des Jahres nicht mehr ruhig schlafen würde.

„Hallo“, sagte der Sanitäter, dessen Antlitz – wie auch sein Akzent – unverkennbar osteuropäisch waren.

Der Mann mochte Mitte dreißig sein.

„Sie sind Dimi?“

„Ja.“

„Das Mädchen hier spricht anscheinend nur russisch.“

„Okay. Was soll ich fragen?“

„Ich will ihren Namen wissen.“

Dimi sprach das Mädchen beruhigend an, kontrollierte dabei sorgsam ihre Werte, die auf für Lanzinger unbekannten Geräten angezeigt wurden. Einiges konnte er enträtseln: Sauerstoffgehalt und Druck im Blutkreislauf sowie die Herzfrequenz. Lanzinger war froh, dass wieder ein Profi bei ihm war. Er atmete auf, als die Schwerverletzte dem Sanitäter antwortete.

„Svenja“, sagte Dimi. „Ihr Name ist Svenja, und sie will wissen, warum sie nicht alles versteht, was ich gerade sage.“

Lanzinger wollte etwas antworten, aber Svenja murmelte aufgeregt mit ihrem schiefen Mund. Der Oberkommissar beobachtete entsetzt, wie sich eine kleine Blutblase im offenen Kopf des Mädchens bildete und mit beinahe comicartigem Plopp zerplatzte. Ein unangenehmer Geruch verbreitete sich im Innenraum des Rettungswagens.

‚Riechen so unsere Gedanken?‘, fragte sich Lanzinger.

Dimi unterbrach sie sanft und beruhigte sie, änderte etwas an den Einstellungen der Infusionen, dann hörte er ihr zu und nickte mehrmals.

„Sie sagt, sie kann sich erinnern, perfekt deutsch sprechen zu können, aber sie bekommt kein Wort mehr über die Lippen.“

Dimi erklärte ihr etwas und deutete auf ihren Kopf.

„Ich habe ihr gesagt, dass sie eine ... leichte Schädelverletzung ... hat und wahrscheinlich deswegen ihre angelernten Kenntnisse vergessen hat.“

Svenja murmelte wieder etwas. Dimi runzelte die Stirn.

„Sie kann Sie nicht sehen“, sagte er. „Sie möchte wissen, mit wem ich mich unterhalte.“

„Bitte?“

„Sie ist sich nicht bewusst, dass noch jemand außer mir hier ist. Wahrscheinlich ist ihr Gehirn nicht mehr in der Lage, mehrere Personen zu unterscheiden.“

„Sagen Sie ihr, dass ein Polizist hier ist und ihre Hand hält. Das muss sie doch spüren!“

Während Dimi sprach, dachte Lanzinger angestrengt nach. Er hatte keine Vorstellung davon, wie eingeschränkt Svenjas Funktionen im Moment möglicherweise waren.

Unvermittelt krampften sich ihre Finger fester um die seinen. Er hätte fast gestöhnt vor Schmerz, so hart presste die Verletzte seine Hand zusammen. Lanzinger sah, wie erschrocken Svenjas begrenzte Mimik auf einmal wirkte.

„Was ist?“, fragte er, als Dimi überrascht mit der Übersetzung wartete.

Der Sanitäter sah Lanzinger in die Augen. Sein Blick flackerte.

„Sie sagt, hier wäre kein Polizist. Ein Engel ist bei ihr und hält sie am Leben.“

Lanzinger fröstelte. Menschen am Rande des Jenseits sehen manchmal seltsame Dinge. Blicken sie voraus, erkennen sie noch die Welt der Lebenden, das Reich, wo sie hingehören, aber wenn sie sich umdrehen, nur ganz kurz ... dann können sie schon das Land der Toten sehen.

Und die Toten haben nur eine Beschäftigung, wie der Oberkommissar im Laufe seiner Dienstzeit gelernt hatte: Sie warten.

Sie warten auf die Alten, die in ihren Wohnungen wochenlang verwesen, bis von Mücken schwarz gewordene Fenster Nachbarn alarmieren, sie warten auf die Motorradfahrer, die sich an den ersten warmen Tagen eines jeden Jahres mit ihren fahrenden Geschossen aus dem Leben rasen, sie warten auf die Kinder, die von unfähigen Eltern im Stich gelassen werden, bis sie am Schluss weniger Gewicht haben als eine Hauskatze.

Oder sie warten auf Mädchen, deren Köpfe wie zerknüllte Plastiktüten aussehen.

Lanzinger räusperte sich.

„Okay. Fragen Sie sie ...“

„Sie verstehen nicht“, unterbrach Dimi ihn. „Sie sagt, sie sieht einen Engel, der ihre Hand hält.“

Lanzinger schluckte und sah nach oben. Die Lampen im Rettungswagen waren genau über ihm. Vielleicht warfen die vielen Geräte hier Spiegelungen und irritierten Svenja. Er atmete tief durch.

„Fragen Sie, was passiert ist. Ob sie sich an etwas erinnern kann.“

Dimi wandte sich von ihm ab, sah ihn aber noch einmal misstrauisch von oben bis unten an, als wäre Lanzinger in Wirklichkeit Michael Landon als „Engel auf Erden“, der sich in der Neuauflage der alten Fernsehserie entschlossen hatte, in der heutigen Folge als dicker Polizist in Idar-Oberstein aufzutreten.

Der Sanitäter hörte Svenja genau zu, und als sie sich wieder aufzuregen begann – erkennbar an einer neuen Blutblase im aufgerissenen Schädel – gab er besänftigende Geräusche von sich, als schaukele er ein Baby in den Schlaf.

Dann stellte er eine sehr kurze Nachfrage. Lanzinger sah es an der Kopfhaltung des Sanitäters. Er glaubte, etwas nicht richtig verstanden zu haben.

Svenja antwortete ebenso kurz. Dimi runzelte wieder die Stirn und richtete sich auf.

„Was hat sie gesagt?"

„Sie hat mir erzählt, dass ... dass sie von einem Mann angegriffen wurde."

„Hat sie berichtet, wie der Mann aussah?"

„Sie sagt, er habe etwas getragen, das wie ein Kettenhemd aussah, und er habe auf seiner Brust ein großes, rotes Kreuz gehabt, er habe nach ihr geschlagen, mit ... mit einem Schwert. Was ist denn das für ein Mann gewesen?"

Lanzinger lehnte sich mit offenem Mund zurück.

„Ein Kreuzritter", sagte der Oberkommissar nachdenklich.

Der Wagen erreichte das Krankenhaus.

Zweiter Teil

Zonenkrieger

6.

Donnerstag, 29. Juli

Kriminalhauptkommissar Finn Steinmann stand still vor Horst Engels Wagen. Es war trotz der frühen Stunde sehr warm, obwohl die Sonne erst vor einer Stunde ihr verhasstes Antlitz über die steilen Hänge, die das Tal der Nahe einfassten, erhoben hatte. Ein weiterer, furchtbar heißer Tag kündigte sich an.

Der Anruf erreichte Steinmann gestern am späten Abend. Sein Freund Horst Engel wurde seit Montagnacht vermisst. Dessen Ehefrau Hilde hatte ihn dienstagsabends bei der Inspektion gemeldet. Sein abgestellter Wagen war Mittwochabend von Streifenwagen 60-30 unweit des Stadttheaters entdeckt worden.

Dort stand er immer noch, umgeben von rotweißem Trassierband und bewacht von Streifenpolizisten. Oberkommissar Siborski von der Idar-Obersteiner Kripo leitete im Moment die Ermittlungen.

Dass es etwas zu ermitteln gab, hatte sich kurz nach Auffinden von Engels Auto herausgestellt. Steinmann starrte auf den etwa tellergroßen Fleck, der sich kaum zwei Meter entfernt vor der Fahrzeugschnauze auf dem Teer befand. Einige neugierige Anwohner standen auf der anderen Straßenseite und rätselten, wie sie die Beobachtungen am besten weiterzählen sollten.

„Die Analyse steht noch aus“, berichtete Siborski. „Die Hitze hat die Blutlache schnell eintrocknen lassen, aber der dunkle Fleck ist deutlich zu erkennen. Wir schätzen, dass die Lache zwei Tage alt ist. Gut möglich, dass in der Stadt jetzt Leute herumlaufen, denen Engels Blut sprichwörtlich an den Schuhen klebt – wenn es von ihm stammt. Wir haben Proben in seinem Haus genommen. Ich rechne heute Mittag mit einem Ergebnis.“

Steinmann steckte die Hände nachdenklich in die Hosentaschen. Er sah sich um, ließ die Umgebung auf sich wirken. Auf der anderen Seite des engen Tals thronte die Felsenkirche in der Steilwand. Die weißlichen Mauern des Gotteshauses wurden von der Sonne angestrahlt und blendeten ihn. Engel musste, als er den Wagen hier abgestellt hatte, direkt darauf geblickt haben.

‚Warum ist dann eine Blutspur unmittelbar vor seinem Fahrzeug? Er kann nicht so dumm gewesen sein, ganz korrekt die Limousine zu parken und dann einer Gefahr gemütlich gegenüberzutreten.'

„Im unverschlossenen Wagen befand sich ein Diktiergerät unter dem Fahrersitz", sagte Siborski beschämt. „Es lag ungünstig, wir haben es erst heute früh entdeckt."

„Er spricht seine Beobachtungen auf Band", nickte Steinmann. „Wir sollten es abhören."

Sein Hauptaufgabengebiet lag eigentlich in der Aufklärung bizarrer Todes- und Mordfälle, die nicht selten okkulte oder rituelle Hintergründe hatten. Hier lag zwar noch kein solches Kapitalverbrechen vor, aber Hilde Engel hatte ausgesagt, dass der Trierer Polizist Finn Steinmann mehr über die Angelegenheit wüsste, die möglicherweise zum Verschwinden ihres Mannes geführt hatte.

Da der Norddeutsche, den es vor vielen Jahren nach Trier verschlagen hatte, im Augenblick nur Dokumente in seinem Büro abarbeitete, war er in die Edelsteinstadt am südlichen Rand des Hunsrücks gekommen. Es gab keine große SoKo, kein riesiges Team, keinen spektakulären Mord und keinen Presserummel.

Es gab nur eine Blutlache, die vielleicht von einem sehr guten Freund stammte – was in vielerlei Hinsicht schlimmer war als die vielen Toten, die Steinmann in seiner ungewöhnlichen Polizeikarriere gesehen hatte.

Denn im Unterschied zu den Toten in seinem Kopfkino hatte das Blut auf dem Boden eine Stimme, die er kannte. Horst Engel war es gewesen – zusammen mit Herbert Lanzinger – der ihm vor einem Dreivierteljahr nur durch das Entsenden eines Hubschraubers einen Vorteil verschafft hatte, der am Ende zur dramatischen Festnahme eines dämonischen Mörders führte.

Die Stimme, die eventuell zu dem Blut gehörte, hatte ihn auch angetrieben, die Ärztin Katja Neisinger anzurufen, um nicht eines Tages einsam im täglichen Wahnsinn des Berufes zu ersticken.

Das zur Stimme gehörende Gesicht hatte traurig ausgesehen, als Steinmann Anfang des Jahres zu Engels Ruhestandsfeier gekommen war, einem Moment, der an eine Beerdigung erinnerte.

Jetzt war diese Stimme unhörbar geworden, verschollen an einem unbekannten Ort, und das Gesicht der Stimme war vielleicht im Schmerz eingefroren, blaugrau angelaufen, eingefallen, im Tode erstarrt, weil aus irgendeinem beschissenen Grund Blut wie ein getrocknetes Ölgemälde auf dem Boden vor der Limousine klebte.

Steinmann war vor einer halben Stunde in der Stadt angekommen und seitdem blickte er auf dieses Gemälde, das sich vor ihm ausbreitete.

‚Jeder Schauplatz eines Verbrechens erzählt eine Geschichte', dachte Finn. ‚Wir müssen nur herausfinden, wie wir sie hören können.'

Er strich sich müde durch sein blondes Haar, in welchem sich schon dicke, graue Strähnen zeigten. Die Hitze hier im Südwesten Deutschlands machte ihm trotz seines hageren, sehnigen Körpers zu schaffen – ein Erbe seiner nordischen Herkunft. Manchmal wachte er morgens auf und glaubte, salzige Luft zu riechen, den Duft des Meeres, und dann brauchte er jedes Mal eine Weile, bis er realisierte, wo er sich befand.

„Wir sollten uns das Tonband in der Inspektion in Ruhe anhören", sagte Siborski. „Die Techniker kommen hier allein zurecht. Was meinst du?"

Finn nickte. „Einverstanden."

Auf den Fluren der Inspektion wurde er mit Handschlägen und Schulterklopfern begrüßt. Wenn es einen Ort gab, an dem er kein

Fremder mehr war, dann war es dieser hier. Es lastete eine düstere Stimmung auf der Inspektion, wie Siborski ihm auf der Fahrt erzählt hatte.

„Es ist schlimm im Moment", wusste der Oberkommissar zu berichten. „Die Verkehrssituation in der Stadt ist pikant. Wir haben jeden Tag heftige Rückstaus von unseren Großbaustellen und jeden Abend Schlägereien in der Stadt. Ich weiß nicht, was hier los ist. Es ist wie verhext. Frag mal Lanzinger und Müller – die zwei haben Montagnacht eine junge Frau aufgegriffen, die aussagt, von einem Ritter angegriffen worden zu sein."

„Ein Ritter?", hakte Finn amüsiert nach. „War sie betrunken?"

„Nein", lautete Siborskis Antwort. „Ihr Schädel war geknackt wie eine Kokosnuss. Herbert sagte, er habe so etwas noch nie gesehen. Sie war sehr schwer verletzt und konnte nicht mehr richtig reden – als wäre ihr Speicher im Kopf geleert worden."

Steinmann schwieg betroffen. Er kannte die Situation. Die Gewaltausbrüche wurden immer verheerender, als wären die Menschen in Wirklichkeit Vulkane, die jetzt allesamt beschlossen hatten, gleichzeitig ihren Zorn in die Welt zu schleudern.

‚Unser Job ist völlig verrückt', dachte Finn. ‚Jedes Mal, wenn wir eine schlimme Verletzung oder den Tod sehen, speichern wir dies als *Das habe ich noch nicht gesehen* ab. Jedes Mal.'

Nun saßen die beiden Kriminalpolizisten im Besprechungsraum der Inspektion, der schon zwei Mal Steinmanns Zentrale gewesen war. Er sah Gedankenbilder, schemenhafte Momentaufnahmen, hörte Gespräche, die geführt worden waren, sah Kollegen, die mal hierhin, mal dorthin eilten, mit Spurensammlungen, Notizzetteln, Kaffeetassen, erinnerte sich an den Augenblick, in welchem er Katja Neisinger zum ersten Mal in diesem Raum erblickt hatte – damals mit strengem Dutt, den sie Gott sei Dank nicht mehr trug, seit sie und er ... aber auch das schien Geschichte zu sein – nur eine Randnotiz seines Lebens.

Steinmann schluckte schwer und konzentrierte sich auf das altertümlich wirkende Diktiergerät. Siborski schaltete es ein. Es war abgenutzt, die ehemals schwarze Play-Taste sah aus wie geschliffen. Das graue Blech, aus dem das Gerät bestand, kam schon zum Vorschein. In Rillen und Vertiefungen hatten sich Fussel und Staubkörner gesammelt. Man sah deutlich, auf welche Weisc Engel die Apparatur immer in den Händen hielt. Kleinste Schweißmengen haaten im Lauf der Jahre an immer denselben Stellen auf das Gehäuse eingewirkt, und auch dort schimmerte stumpfes Grau durch.

Aber es tat seinen Dienst unermüdlich, und irgendwie machte diese Tatsache das Diktiergerät zu einem winzigen, mechanischen Klon von Horst Engel, der ebenfalls abgenutzt gewesen war, verbraucht, nicht mehr modern, und deshalb ausgetauscht werden musste.

Es gab keinen Polizisten in der Inspektion Idar-Oberstein, der den Wert dieses knurrigen Beamten nicht kannte. Engel war in mancherlei Hinsicht ein Unikat gewesen. Er hatte sich bis zuletzt geweigert, an Computern Hand anzulegen. Irgendwie schaffte er es immer, dass andere für ihn auf den elektronischen Pfaden wanderten – aber niemand war ihm böse deswegen. Ein Polizist der alten Schule.

Steinmann lauschte aufmerksam, als Engel die ersten drei Nächte seines Observationsauftrages stichpunktartig beschrieb. Es war eigentlich immer der gleiche Text. Er beobachtete die Zielperson wie sie aus dem Haus ging – nicht heimlich, wie er anmerkte – und verfolgte sie zu Fuß. Dann verlor er sie jedes Mal, wo jetzt sein Wagen stand. Er nannte Straßennamen, die den Platz eindeutig belegten.

Finn gab Siborski einen Fingerzeig. Der Oberkommissar schaltete das Band ab.

„Hat Hilde Engel überhaupt nichts sagen können?“, wollte Steinmann wissen.

„Nein. Zumindest nichts, was uns direkt weiterhilft. Sie wusste zwar, dass ihn jemand angesprochen und um Rat gefragt hat, aber wer das gewesen ist, entzieht sich ihrer Kenntnis. Ich frage mich, warum Horst das vor ihr geheim hielt."

Steinmann erinnerte sich an sein Gespräch mit Engel kurz vor Beginn der Observation.

„Er wollte sie nicht aufregen", erklärte er. „Er war ja in diesen ersten Nächten immer um kurz nach zwölf wieder zu Hause, nichts Ungewöhnliches für einen Mann mit seinem Bekanntenkreis. Als ich vorher mit ihm darüber sprach, war er Feuer und Flamme. Er freute sich auf diese Aufgabe, aber Hildes Geduld als Frau eines ehemaligen Polizisten ist erschöpft."

„Mit anderen Worten", meinte Siborski, „hatte er Angst vor ihrer ablehnenden Reaktion."

„So könnte man es auch sehen."

„Wen hat er observiert? Er nennt den Namen auf dem Tonband nicht."

„Ein Mädchen namens Pattie", sagte Steinmann. „Soviel hat er mir offenbart. Ihren Nachnamen kenne ich nicht. Engel sagte, sie sei eine junge Frau, die mit ihrem Vater im Zwist liege. Sie begebe sich in den Nächten aus dem Haus, und Horst solle im Auftrag ihres alten Herrn hinter ihr herschnüffeln. Ich schätze, Pattie ist zwischen sechzehn und zwanzig Jahre alt."

Siborski und er nahmen sich einen großen Zettel und notierten zeitliche Abläufe und Fragen. Horst Engel war montags ausgerückt und seither verschwunden. Die Blutspur war annähernd ebenso alt geschätzt worden. Die Analyse mochte hier eine genauere Zeit ergeben. Engel hatte ein Mädchen namens Pattie verfolgt, von der sie sonst keine Daten hatten, bis auf das ungefähre Alter. Telefongespräche zwischen Engel und seinem Auftraggeber hatten keine stattgefunden, also ließ sich hier keine Nummer rückverfolgen. Engel hatte seinen Wagen ordnungsgemäß geparkt, was darauf schließen ließ, dass er zu jenem Zeitpunkt noch nicht in Bedrängnis gewesen war.

„Warum ist sein Wagen noch da?", dachte Siborski laut nach. „Er parkt, steigt aus, und wird zu einem Zeitpunkt X so verletzt, dass er stark blutet. Form und Menge des Blutes sagen uns deutlich, dass er am Boden gelegen haben muss.“

„Wenn ich der Täter wäre“, sagte Steinmann, „würde ich mein Opfer, tot oder lebendig, mit dem Wagen verschwinden lassen. Es ist geradezu hirnrissig, die Kiste stehen zu lassen. Ihr hättet die Blutspur niemals gefunden, wenn Engels Auto nicht da stehen würde. Das kann nur bedeuten, dass – vorausgesetzt, Horst wurde wirklich dort verschleppt – der Täter nicht wusste, dass es sein Auto war.“

Siborski nickte nachdenklich. „Wir haben schon an vielen Türen geklingelt. Die Häuser sind hoch und alt in den Seitenstraßen. Dicke Mauern, weißt du? Niemand hat etwas gehört oder gesehen. Auch keinen lauten Knall, der vielleicht von einem Schuss kommen könnte. Was auch passiert sein mag, muss relativ unauffällig abgelaufen sein.“

Das Telefon klingelte. Siborski hob ab und lauschte eine Weile, bedankte sich und legte auf. Er machte ein ernstes Gesicht.

„Das war Kaucher vom Tatort. Er hat kleine Splitter bei der Lache gefunden. Er sagt, sie sehen wie Zahn- oder Knochenfragmente aus.“

Finn sah eine schreckliche Hinrichtungsszene vor sich. Engel kniete in seiner Fantasie hilflos vor dem Wagen und bekam eine Pistole mit Schalldämpfer in den Mund geschoben. Dann platzte ein Teil seines Schädels weg, Zähne, Blut und Knochen ergossen sich auf den Boden, hüpften wie kleine Hagelkörner hin und her. Steinmann schauderte.

‚Ich finde dich‘, schwor er seinem Freund. ‚Wo du auch bist, ich finde dich und bringe dich zu deiner Frau. Das bin ich dir schuldig.‘

Siborski schrieb die neuen Erkenntnisse auf das Papier und schaltete das Diktiergerät wieder ein. Engels blechern klingende Stimme beschrieb den vierten Observationstag – diesmal direkt während der Ereignisse, nicht im Nachhinein. Das Band rauschte und knackte. Moderne Geräte mit feinster Computertechnik arbeiteten völlig anders.

„Vierte Nacht, Montag, 26. Juli 2010, kurz vor vierundzwanzig Uhr. Die Zielperson taucht zeitig auf. Hier habe ich sie bisher immer verloren. Sie trägt festes Schuhwerk und wirkt von der Aufmachung so, als wolle sie irgendwo Sport treiben, wie auch in den Nächten zuvor. Jetzt bin ich gespannt."

Kurze Pause mit einem Knacken.

„Sie bliebt stehen. Es ist auffällig, wie sie sich in die Schatten verzieht. Wenn ich nicht wüsste, dass sie da steht, würde ich sie übersehen. Sie versteckt sich, ganz eindeutig. So ist sie mir also entwischt."

Eine weitere Unterbrechung, hörbar am Klicken auf dem Band. Nach einer solchen Pause klangen die ersten Worte völlig verrauscht, bis das Gerät sich wieder eingespielt hatte, als sei es ein Rentner, dessen Hüftgelenke erst nach ein paar Metern wieder reibungslos funktionierten. Steinmann verfluchte Engels Starrsinn. Die Stimme des vermissten Freundes war jetzt ganz leise. Er flüsterte.

„Beide stehen reglos da und beobachten die Häuser. Es ist unheimlich. Sie bewegen sich fast synchron. Der Bursche ist etwas älter als sie, trägt ebenfalls eine Schirmmütze und auch sportliche Kleidung. Leider sehe ich ihn nur von hinten. Scheiße. Er ist schlank, drahtig, etwa 75 Kilo, schätze ich."

Engel sagte nichts mehr, aber Steinmann und Siborski hörten ihn atmen. Er hatte vergessen, das Gerät auszuschalten. Die beiden Polizisten vernahmen am Tempo seiner Atemzüge, dass er aufgeregt war. Dann knisterte es vernehmlich – Engel bewegte sich auf dem Sitz.

„Die zwei kommen mir vor wie Fledermäuse, die gemeinsam in einer Höhle an der Decke hängen und ihre Umgebung nach Gefahren absuchen. Ja, das passt gut ... jetzt fährt gerade ein Rettungswagen auf der Überbauung vorbei, aber das Blaulicht hat nicht ausgereicht, um die Gesichter der beiden zu erken..."

An dieser Stelle hörte Engel einfach auf zu sprechen, aber das Tonband lief noch. Es war deutlich zu hören, dass Engel nach Luft schnappte. Steinmann und Siborski blickten gebannt auf das Diktiergerät, als wäre es ein Märchenerzähler, der sich gerade an der spannendsten Stelle unterbrach, um das Publikum zu fesseln.

Alle paar Sekunden gab Engel unartikulierte Geräusche von sich, die nach Überraschung klangen. Dann flüsterte er plötzlich ganz leise ein paar Worte – es war kaum verständlich.

„Halt“, sagte Finn schnell. „Zurückspulen. Kannst du es lauter stellen?“

Siborski wollte auf die Rückwärtstaste drücken, erwischte aber die Vor-Taste. Es war nichts zu hören.

„Mist“, fluchte er. „Ich konnte das noch nie auseinander halten. Warte ... so, jetzt aber.“

Das Band stoppte an der Stelle, wo Engel seine Schilderung abbrach. Siborski schob den Lautstärkeregler so hoch es ging und beugte sich mit Steinmann ganz dicht über das Gerät.

Dann hörten sie Engels Flüstern wieder.

„Oh Scheiße, der hat mich gesehen, oh verdammt, jetzt ...“

Pause. Steinmann schwitzte. Wer war diese zweite, unbekannte Person? Ein junger Mann, soviel schien klar zu sein. Mehr wussten sie nicht.

Dann atmete Engel auf dem Tonband unvermittelt auf, wie jemand, der eben noch schrecklich angespannt gewesen war – und dem jetzt eine Zentnerlast vom Herzen fiel.

Wieder wurde es ruhig, nur unterbrochen von gelegentlichen Kratzgeräuschen. Nach etwa einer Minute kam das unverkennbare Klacken einer Fahrzeugtür, die geöffnet wurde. Den Geräuschen nach schob sich Engel vorsichtig aus seinem Wagen heraus – er hatte das Diktiergerät völlig vergessen. Die Polizisten hörten, wie die Tür wieder ins Schloss fiel. Daraufhin schepperte es im Lautsprecher, als habe jemand darauf eingeschlagen – der Moment, in welchem das Gerät unter den Sitz gefallen war.

Steinmann und Siborski saßen drei Minuten reglos vor dem Tonband, auf dem außer Rauschen nichts mehr zu hören war.

Finn schüttelte den Kopf. „Schade, ich hatte gehofft ... spul noch mal zurück, bitte. Vielleicht fällt uns beim zweiten Hören noch etwas auf."

Siborski griff nach dem Diktiergerät und drückte auf den Knopf. Er verzog sein Gesicht, als er schon wieder die Vor-Taste erwischte.

„Ach, verflucht, so ein ..."

Aus dem Lautsprecher kam ein klackendes Geräusch. Steinmann zuckte zusammen. Dann war wieder Stille.

„Was war das?", fragte er.

Siborski sah ganz genau hin, als er auf die Rück-Taste drückte. Er ließ sofort wieder los. Er raschelte kurz – und dann hämmerte es wieder.

„Das könnte eine Frau sein, die am Auto vorbeigegangen ist", mutmaßte Finn. „Was meinst du? Waren das Stöckelschuhe?"

Siborski ließ es noch einmal laufen. „Ja."

Steinmann schürzte die Lippen. Das Gerät war also empfindlich genug, Geräusche von außerhalb aufnehmen zu können.

„Wie viele Minuten sind noch auf dem Band?"

Siborski blickte in das verkratzte Gehäuse. „Sechs oder sieben, würde ich sagen. Könnten auch zehn sein."

„Lass laufen", ordnete Finn an.

Siborski schaltete wieder ein. Sie lauschten hoch konzentriert auf jegliche Geräusche, die aus dem Lautsprecher kamen. Nach den Stöckelschuhen war nichts mehr zu hören. Das Band näherte sich seinem Ende. Finn seufzte. Einen kurzen Augenblick lang war Hoffnung in ihm aufgekeimt, dass das Diktiergerät irgendetwas aufgeschnappt haben könnte, was ihnen weiterhalf.

„Wie lange noch?", fragte er, das Kinn auf die Hand gestützt.

Siborski sah auf das Gehäuse. „Zwei Minuten vielleicht."

Die winzige Maschine drehte unermüdlich das Tonband weiter. Aus dem Lautsprecher kam nur das Eigenrauschen des alten Gerätes. Es klang wie ein fernes Meer. Steinmann vermisste plötzlich seine alte Heimat. Er hatte eigentlich vorgehabt, in den Norden zu fahren, das Grab seiner Großmutter zu besuchen, aber bisher war er noch ...

Ein dumpfes, knallendes Geräusch drang aus dem Diktiergerät. Steinmann ließ die Hand vom Kinn absinken und beugte sich nach vorne. Da waren noch weitere Geräusche, aber das Rauschen des alten Apparates überlagerte es. Irgendetwas raschelte, dann kam erneut ein dumpfer Knall.

Steinmann schloss die Augen und rieb sich die Schläfe. Er hob den Kopf, als ein Wispern im Lautsprecher hörbar wurde, geisterhafte Stimmen, die gerade außerhalb der Wahrnehmung flüsterten. Dann schnappte laut und vernehmlich die Play-Taste aus dem Gehäuse heraus.

Das Tonband war am Ende angelangt.

„Noch mal", sagte Finn, immer noch die Augen geschlossen.

Siborski ließ es zurücklaufen.

Erster Knall, Rascheln, zweiter Knall, Pause, dann Wispern.

Steinmann schüttelte den Kopf.

„Was meinst du? Spricht da jemand? Sind das gesprochene Worte, irgendwo in der Nähe des Wagens?" Sie hörten es zum dritten Mal. Siborski kratzte sich am Kopf und nickte.

„Ich würde sagen, ja. Wir müssen es irgendwie lauter machen."

Siborski erhob sich. „Komm mit. Vielleicht kann uns Stefanie Gorges helfen."

Die beiden gingen ins Büro der dunkelhaarigen Polizistin, die Finn überraschend in den Arm nahm und kurz drückte. Er war peinlich berührt. Auch sie hatte in den vergangenen Jahren den von ihm geleiteten SoKos angehört.

‚Alte Freunde treffen sich', dachte Finn. ‚Aber einer fehlt.'

Siborski erklärte ihr die Sachlage und zeigte ihr das Diktiergerät.

Stefanie Gorges drehte das kleine Ding in den Händen hin und her.

„Da ist eine Kopfhörerbuchse", sagte sie. „Damit könnte ich die Aufnahme auf eine modernere Anlage überspielen. Ich brauche nur ein passendes Kabel. Von der Anlage ziehe ich es auf einen USB-Stick. Dann können wir es auf dem Computer laufen lassen."

„Kann man es da entrauschen?“, wollte Finn wissen.

„Sicher“, sagte Stefanie Gorges. „Dann geht zwar auch ein Teil der Aufnahme unter, aber es wird reichen, um zu verstehen, was da gesagt wird.“

„Ausgezeichnet“, sagte Steinmann. „Wie schnell kannst du das arrangieren?“

„Na ja, das dauert eine Weile. Ich denke, ich muss in der Stadt erst ein Kabel besorgen, dann schnell nach Hause fahren ... vielleicht brauche ich sogar einen Adapter ... zwei Stunden wird es schon brauchen, mindestens.“

Finn sah auf die Uhr. Er hatte noch nicht gefrühstückt. Sein Magen knurrte. Er musste etwas zu sich nehmen. Horst Engel hatte immer darauf geachtet, dass er genug zu essen bekam. Horst war noch hier. Irgendwo. Er hätte ihm jetzt gesagt, er solle endlich etwas Essbares in den Mund schieben.

Neben Engel hatte Katja Neisinger immer darauf gepocht, dass er regelmäßig aß, seit dem gemeinsamen Weihnachtsfest im letzten Jahr. Steinmann seufzte wieder. Sein Leben bestand offenbar nur noch aus Vermissten. Horst Engel war unauffindbar verschwunden – ebenso wie Katja Neisinger. Auf seinem Handy schlummerte immer noch ihre letzte Kurznachricht.

„Brauche Zeit. Dinge verändern sich.“

Mehr hatte sie ihm nicht geschrieben. Das war vor zwei Wochen gewesen. Seitdem war sie verschwunden, reagierte nicht auf seine Anrufe.

‚Alle lassen mich allein‘, dachte Finn. ‚Scheiße.‘

Er fuhr rasch in ein nahe gelegenes Einkaufszentrum und besorgte sich dort bei einem Bäcker zwei belegte Brötchen. Als er zurückkam, wartete Oberkommissar Siborski mit einer Nachricht auf ihn. Das Labor hatte sich gemeldet. Die Proben aus Engels Haus stimmten zu 99 Prozent mit der Blutprobe vom Tatort überein.

Es war Engels Blut.

Aber das war noch nicht alles, was Siborski ihm mitzuteilen hatte.

„Silberfarbe?“, fragte Finn.

„Ja. Vermengt mit Engels Blut. Laut Aussage des Labors ist es wahrscheinlich ein Holzlack.“

„Irrtümer sind ausgeschlossen?“

„Ja. Ich habe am Tatort angerufen und Kaucher darauf angesetzt. Er hat sich gerade gemeldet. Rund um die Blutspur befinden sich keine weiteren Silberpartikel. Nur in der Spur selbst. Es gehört dazu. Es ist ein Teil des Rätsels.“

Finn dachte nach. ‚Silberfarbe? Ein Holzlack? Wie kamen diese Partikel dahin?‘

„Lässt sich der Hersteller ermitteln?“

„Das Labor arbeitet daran. Wir erhalten Nachricht, sobald Ergebnisse vorliegen.“

„Gut. Sind die aufgefundenen Splitter schon analysiert worden?“

„Ich kümmere mich darum“, sagte Siborski und griff zum Telefon.

Steinmann rieb sich die trockenen Augen, während der Oberkommissar mit den Kollegen am Tatort sprach. Eine unangenehme Aufgabe wartete auf ihn. Hilde Engel hatte das Recht, über den Stand der Dinge informiert zu werden. Er musste vor sie treten und ihr sagen, dass Horst nicht nur vermisst, sondern mit großer Wahrscheinlichkeit auch Opfer eines Verbrechens geworden war.

‚Dann wird sie von mir wissen wollen, ob er tot ist. Sie wird mich ansehen und jede Regung in meinem Gesicht lesen. Wenn ich nicht hundertprozentig überzeugend bin, wird sie alles Mögliche in meine Miene hineininterpretieren. Wenn ich ihr sage, Horst könnte betrunken gestürzt sein, wird sie mich auslachen. Sie kennt den Polizeialltag. Sie kennt die Tricks.‘

Steinmann erinnerte sich daran, wie er letztes Jahr bei den Engels zum Essen eingeladen worden war, in einem weit entfernten Leben, wie es ihm jetzt vorkam.

Einem einfacheren Leben, ohne verschwundene Freunde und ... Partner.

Er kannte Hilde Engel als charmante Frau, ausgestattet mit der typisch resoluten Denkweise der Hunsrücker. Horst erzählte ihm damals stolz, dass sie ihm all die Jahre ein Anker gewesen sei, und ihm durch bloßes Zuhören den Job erträglicher gemacht habe.

War Horst Engel noch am Leben? Er sah sich Bilder vom Tatort an, die inzwischen auf einem Bildschirm flimmerten. Die Blutlache hatte einen erschreckend großen Umfang. Es waren Splitter darin gefunden worden, die von Knochen oder Zähnen stammen konnten. Im eingetrockneten Blut steckten Partikel, die von einem Holzlack stammten.

Steinmann sah wieder das Hinrichtungsbild vor sich, nur diesmal rammte Engels gesichtsloser Henker dem alten Mann einen silbernen Holzpflock in den Kopf, als wäre er ein Werwolf, der nur durch diese rabiate Methode unschädlich gemacht werden konnte.

„Finn?“

Er blinzelte und lächelte verhalten. Manchmal passierte es ihm immer noch, dass er nachdachte und seine Umwelt völlig vergaß. Eine alte Angewohnheit. Früher war er oft in Gedanken mit seiner verstorbenen Großmutter in einen Dialog getreten, aber seit dem Duell mit dem Dunklen Druiden war das abgeflaut. Katja Neisinger hatte ihm in gemeinsamen Tagen lächelnd die Haare aus der Stirn gestrichen, wenn er über irgendetwas nachdachte und nichts mehr um sich herum wahrnahm, und meist war er erst dann wieder zu sich gekommen, wenn sie sich an ihn schmiegte.

Finn seufzte. Dinge aus einem anderen Leben.

Er vermisste Dorotheas Stimme, die ihm mahnend ihre Lehren vermittelte. Ein Psychologe hätte ihm vermutlich gesagt, dass es in Wirklichkeit nicht Dorothea Steinmanns Stimme war, die er hörte, sondern seine eigene, die des Polizisten, eine künstlich produzierte Hilfestellung seines Gehirns, die, um der Dringlichkeit willen, besondere Form annahm.

Er hätte es sowieso nicht geglaubt. Großmutter würde immer ein Teil von ihm bleiben, und wenn ihre Hinweise und Ratschläge Produkte seines Unterbewusstseins waren ... was machte das schon?

Er riss sich zusammen und sah Siborski an.

„Alles in Ordnung mit dir? Du warst irgendwie weggetreten."

„Ich bin okay", lächelte Finn. „Manchmal versinke ich nur zu tief in Erinnerungen."

„Aha."

Finn sah, dass Siborski nicht verstand. Der Mann war Pragmatiker – ein guter Techniker, aber wenig einfühlsam.

„Die Splitter sind auf dem Weg ins Labor", erklärte der Oberkommissar. „Es wurden weitere Befragungen durchgeführt, aber von keinem der Anwohner ist ein Hinweis gekommen. Nichts Auffälliges in letzter Zeit – nur Beschwerden über die Übergriffe und Schmierereien im Stadtkern. Das Übliche halt."

Finn nickte. Er kannte die Sachlage. Es war nicht allein das Problem von Idar-Oberstein, sondern das aller Städte und Gemeinden. Das Wort Vandalismus war zu einem Synonym für randalierende Jugendbanden geworden, die aus nicht nachvollziehbaren Gründen Freude an brennenden Müllcontainern hatten, Schaufenster eintraten oder Fußgänger wegen drei Euro fünfzig zu Invaliden schlugen.

Er wusste, dass in der Edelsteinstadt die Installation einer flächendeckenden Videoüberwachung diskutiert wurde, aber wie alle demokratischen Mühlen drehte sich auch diese zu langsam, kam zu keinem Entschluss und erstickte an Kompetenz-Wirrwarr und Rechtsstreitigkeiten.

Die Fußgängerzonen bluteten aus, und stattdessen hatte sich eine Seuche breit gemacht, die in der Fantasie vieler Leute aus Jugendlichen bestand, die wie Ratten aussahen, mit schiefem Grinsen, bar jeglichen Anstands und Moral.

Finn erhob sich. Es wurde Zeit, Hilde Engel zu besuchen.

7.

Finn erinnerte sich an das schön eingerichtete Haus der Engels sehr genau. Es war ein heimeliger Ort, eine Oase, in die sich Horst Engel Abend für Abend zurückzog.

Vor dem Haus stand ein dunkelblauer Kombi. Steinmann kannte den Wagen von irgendwoher. Er klingelte an der Tür. Es dauerte nur wenige Sekunden, dann öffnete ihm Hilde Engel. Ihr Gesicht war gerötet und verweint, die Augen zeigten Anzeichen einer Bindehautentzündung. Finn kämpfte einen Augenblick mit sich selbst, trat dann instinktiv vor und nahm sie kurz in den Arm.

„Kommen Sie herein, Finn", sagte sie mit brüchiger Stimme. „Gut, dass Sie jetzt da sind."

Er nickte wortlos. Ihr Anblick traf ihn nicht unvorbereitet, aber dennoch war er erschüttert. Er hatte schon oft traurige Nachrichten überbringen müssen, aber noch nie bei Menschen, die er kannte.

Er fragte sich, wie sein eigener Gesichtsausdruck jetzt war. Er hatte das Gefühl, sein Antlitz wäre eingefroren, eine Maske der Bestürzung, und wie aus heiterem Himmel schob sich das Gesicht Dorothea Steinmanns in seine Gedanken.

„Finn?"

„Ja, Großmutter?"

„Komm mal her, mein Junge."

Sie strich mit anmutigen Bewegungen durch sein volles, blondes Haar, die wunderschöne, unbändige Mähne eines Fünfjährigen.

Er setzte sich zu ihr. Sie drückte ihn an sich. Ihr Gesicht sah komisch aus, versetzte ihn aus irgendeinem Grund in Panik. Er spürte etwas Furchtbares auf sich zukommen, etwas, das in seiner Vorstellung rasiermesserscharfe Zähne besaß, mit welchen es sein bisheriges Leben in Stücke reißen würde.

„Finn?"

„Ja?"

Er sah entsetzt, wie sich eine einzelne, dicke Träne aus ihrem rechten Auge löste und in einer grotesk schiefen Bahn über ihr zerfurchtes Gesicht rann.

„Finn, ich habe gerade eine schlimme Nachricht erhalten. Es hat einen schrecklichen Unfall gegeben, auf der ... auf der ..."

„Ja, Großmutter?"

„Auf der Fähre", stieß sie heraus.

‚Auf der Fähre', dachte der kleine Finn, ein Menschlein mit wunderbar offenem Gemüt, welches von seiner Mutter immer ‚Engelchen' genannt wurde. ‚Auf der Fähre...'

Es dauerte ein paar Sekunden, bis sein kindlicher Verstand die Worte von Großmutter Steinmann in die richtige Reihenfolge brachte. Ein Unfall auf einer Fähre?

„Auf der Fähre, wo Mama und Papa mitgefahren sind?"

Dorothea Steinmann nickte hölzern.

„Geht es ihnen gut? Wann kommen sie denn wieder nach Hause?"

Er sah seiner Großmutter ängstlich ins Gesicht. Sie wirkte auf ihn noch älter als vorher. Ihre Augen waren rot.

So schrecklich rot.

Kriminalhauptkommissar Finn Steinmann ging mit steifem Rücken hinter Hilde Engel her. Er hätte sich beinahe auf die Zunge gebissen.

‚Engelchen ...', dachte er. ‚Mein Gott.'

Dieser Kosename stellte für ihn die erste konkrete Erinnerung an seine Eltern seit Jahren dar. Er hatte es vergessen – bis jetzt.

Er betrat das seit seinem letzten Besuch unveränderte Wohn- und Esszimmer der Engels. Auf der cremefarbenen Couch saß ein Mann, den er unter anderen Umständen mit breitem Lachen begrüßt hätte. Jetzt wusste er auch, wo er den Kombi vor dem Haus schon einmal gesehen hatte.

Herbert Lanzinger erhob sich und reichte Finn die Hand. Er war in Zivilkleidung hier. Steinmann drückte vorsichtig zu. Der Polizeioberkommissar hatte lange Zeit Stabilisierungshandschuhe tragen müssen, weil seine Finger – bis auf die Daumen – gebrochen waren.

„Du kannst ruhig zupacken", sagte Lanzinger leise. „Ist alles gut verheilt."

Finn nickte, und auf den Gesichtern der beiden Männer zeigte sich ganz kurz ein Lächeln – die Wiedersehensfreude von Gefährten, die zusammen in den Abgrund geblickt haben. Steinmann wandte den Kopf und sah die Frau an, die zusammen mit Herbert Lanzinger auf der Couch saß.

„Das ist meine Frau Rosalinde", erklärte Lanzinger.

Finn reichte ihr die Hand und bat um Verzeihung.

„Eigentlich hätte ich Sie zuerst begrüßen müssen."

Sie winkte ab. Rosalinde Lanzinger hatte ein offenes, attraktives Gesicht mit schulterlangen, schwarzen Haaren – und sie war im Vergleich zu ihrem Mann geradezu schlank. Der neigte zur Dickleibigkeit, aber er war erstaunlich beweglich für sein Gewicht. Seine Halbglatze schien noch größer geworden zu sein. Nicht mehr lange, und er würde überhaupt keine Haare mehr auf dem Kopf haben. Man sagte ihm nach, er habe eine Art zweites Gesicht, woraus sein Spitzname „Orakel" resultierte.

„Gibt es Neuigkeiten?", fragte Lanzinger.

„Ja. Darum bin ich hier."

Sein Gesichtsausdruck verriet, dass er rätselte, warum die Lanzingers anwesend waren.

„Hilde ist eine gute Freundin meiner verstorbenen Mutter gewesen", teilte ihm Rosalinde Lanzinger mit. „Ich kenne sie, seit ich klein bin. Wir leisten ihr nur etwas ... Gesellschaft."

„Was haben Sie mir zu sagen, Finn?", sagte Hilde Engel hinter dem hageren KHK.

Er wandte sich um. „Es gibt neue Erkenntnisse. Inzwischen hat das Labor bestätigt, dass die Blutlache vor dem Auto von ... Horst stammt."

Hilde Engel drehte sich zur Seite weg und presste die Hand auf den Mund.

„Wir sind der Ansicht", erklärte Finn weiter, „dass es nicht genügend Blut für eine ... tödliche ... Verletzung sein kann."

Das war glatt gelogen. Ein Schuss ins Herz mit einem kleinen Kaliber gab keine große Sauerei. Steinmann sah, dass Hilde Engel dies wusste, deshalb versuchte er, ihre Zweifel zu zerstreuen.

„In der Nähe der Lache fanden sich kleinere Splitter, die von Zähnen stammen könnten. Es ist also möglich, dass ihm einfach nur ein Zahn ausgeschlagen wurde."

„Wo ist er?", fragte sie kurzatmig. „Wo ist mein Mann?"

„Das wissen wir noch nicht. Aber wir haben das Diktiergerät von Horst abgehört. Offenbar war das von ihm verfolgte Mädchen nicht allein. Eine Teilauswertung des Tonbandes steht noch aus, und wir hoffen, dadurch wichtige Details zu erhalten."

Hilde Engel schwieg, wartete auf weitere Erklärungen von ihm.

„In der Blutlache haben die Techniker silberne Partikel entdeckt, die von einem Holzlack stammen. Sagt Ihnen das etwas?"

Engels Frau schüttelte den Kopf.

„Nein."

Finn brummte. „Wie es aussieht, ist Ihr Mann auf mehr als nur eine rebellierende Tochter gestoßen. Auf dem Tonband hat er eine weitere Person beschrieben, die in sein Verschwinden verwickelt sein könnte. Sie wissen wirklich nicht, wer Horst um Hilfe bat?"

„Nein", seufzte sie. „Er machte ein riesiges Zinnober um die Sache, kam drei Tage lang spät nach Hause, und glaubte tatsächlich, ich würde übersehen, was er da tat. Aber leider fehlt mir der Name des Auftraggebers. Oberkommissar Siborski ließ schon mein Telefon prüfen, aber alle Anrufe in letzter Zeit haben nichts mit der Sache zu tun. Horst ist altmodisch, Finn, Sie wissen das. Er hat sich mit seinem Bekannten persönlich getroffen."

Beide schwiegen einige Sekunden, dann hob sie den Kopf und sah ihn mit ihren verweinten Augen an.

„Finn ... glauben Sie, dass er noch lebt?"

Steinmann legte die Hände vor der Hüfte zusammen, wie ein Priester, der zu einer Erklärung ansetzte.

„Nun, ich sagte ja schon, wir glauben nicht, dass die Blutlache ..."

„Nein, Finn, das meine ich nicht."

‚Jetzt ist es soweit', dachte er.

„Was glauben Sie selbst, Finn?"

‚Ich bringe dich nach Hause, Horst ... versprochen.'

„Ich bin überzeugt davon, dass er noch lebt. Ich weiß, dass er verletzt ist, möglicherweise schwer, aber er lebt."

‚Wie war ich?', dachte er und suchte kurz Lanzingers Blick.

Der Polizeioberkommissar sah zu Boden und drehte seinen Ehering mit dem Daumen. Seine Frau hielt die Hand ihres Mannes. Ihr Gesicht drückte Bestürzung aus.

Hilde Engel atmete tief durch.

„Danke, Finn."

Er zwang sich zu einem aufmunternden Lächeln. „Wir finden ihn, Hilde, ganz sicher."

In der Küche klingelte das Telefon. Engels Ehefrau verließ das Wohnzimmer. Finn starrte nachdenklich auf seine Schuhe. Das Leder sah stark abgenutzt aus, als würde die Glut der Sonne alle Feuchtigkeit der Welt verdunsten. Er hörte, wie Hilde Engel leise Worte sprach. Offenbar rief ein Verwandter an. Der vertraute, erklärende Tonfall wies darauf hin. Kein Entführer, der eine Lösegeldforderung stellte. Keine Drohung von Unbekannten, weil Horst Engel in seiner Dienstzeit diesen oder jenen Verbrecher ins Gefängnis gebracht hatte.

Finn lenkte seine Aufmerksamkeit von dem Telefongespräch weg. Es war eindeutig privat. Er achtete die Privatsphäre über alles. Als Ermittler in Mordkommissionen war es sein Beruf, ständig gleich einem Maulwurf im Leben anderer Leute zu wühlen. Er war immer froh, wenn er das ganz bewusst vermeiden konnte.

Ein leises Klappern ließ ihn zur Seite blicken. Die Lanzingers saßen eng beieinander auf der Couch. Sie hatten sich immer noch bei den Händen gegriffen.

Jenen Händen, an denen sie seit vielen Jahren das Zeichen ihrer Ehe trugen.

Daher kam das klappernde Geräusch. Herbert Lanzinger bewegte seinen Ringfinger unbewusst auf und ab, schlug den mit Platin überzogenen Trauring ganz sanft gegen den Ring seiner Frau. Rosalinde Lanzinger hielt die Hand ruhig, ließ ihren Mann gewähren. Ein talentierter Maler hätte daraus ein schönes Bild malen können. Eine nicht unattraktive Frau, mit ihrem markanten Partner auf einer cremefarbenen Couch, und eine unendlich vertraut wirkende Geste, die von dem Künstler wahrscheinlich genau ins Zentrum des Bildes gesetzt worden wäre.

„Das ist alles so schlimm“, flüsterte sie, und ihre Worte waren nur an ihren Mann gerichtet.

Finn ertappte sich dabei, neidisch auf die Szene zu blicken, diese intime Berührung, die ihn erahnen ließ, welches Herzklopfen Verheiratete verspüren, wenn sie ihren Ring verlegen oder verlieren – den geschmiedeten Ausdruck von Gleichklang und Verbundenheit.

„Ja“, sagte Lanzinger gerade. „Wir finden ihn, Röslein.“

Finn wandte den heimlichen Blick ab, zwang sich dazu, die Privatsphäre der Lanzingers durch seinen Neid nicht zu missachten. Ihm fiel ein, dass er in seinem Geldbeutel den Abzugsring einer Coladose mit sich schleppte – sein lächerliches Pendant zum Ehering der Lanzingers.

Unbewusst kramte er in seiner Hosentasche, zog die Börse hervor und öffnete den Druckverschluss der Münztasche. Der Abzugsring war noch da. Er würde ihn vermutlich bis ans Ende seiner Tage mit sich tragen. Manchmal fragte er sich, ob Katja Neisinger von ihm einen richtigen Ring annehmen würde.

‚Dazu muss ich erst einmal wissen, wo sie steckt.‘

Genau drei Wochen nach der offiziellen Auflösung der SoKo „Totenbaum" hatte er sie angerufen. Ihre Stimme war so deutlich voller Freude gewesen, dass sein Herz sofort einen Sprung gemacht hatte. Anfangs fragte sie ihn, ob seine Verletzung gut verheilt sei, wie es ihm ginge, was er jetzt gerade mache, aber eigentlich wartete sie auf eine Einladung von ihm, die Aufforderung zu einem gemeinsamen Essen oder einem Theaterbesuch – irgendetwas, das nichts mit Leichen, Mordwaffen und Ermittlungen zu tun hatte.

Sie plauderten fast eine halbe Stunde – ein erstaunlicher Zeitraum für jemanden wie ihn, dessen Privatgespräche selten länger als eine Minute dauerten. Als es sich dem Ende näherte, war er langsam nervös geworden.

„Katja, weißt du, ich habe im Netz ein wenig gestöbert, und da habe ich eine Kleinkunstbühne entdeckt, ganz in der Nähe von Mainz, weißt du, da läuft in einer Woche im Weihnachtsprogramm ein Kabarett."

„Aha."

‚Miststück', hatte er gedacht. ‚Du genießt diesen Moment wie eine Königin.'

„Zu der Bühne gehört auch ein kleines, italienisches Restaurant."

„Nicht zu fassen."

Er konnte fühlen, dass sie lächelte.

„Hättest du Lust" – an dieser Stelle hatte er hastig gesprochen, fast gestottert – „mit mir dorthin zu gehen?"

Zehn Sekunden lang war keine Antwort gekommen, und gerade als er „Hallo?" in den Hörer rufen wollte, sagte sie: „Sehr gern."

Sein Herz klopfte noch, lange nachdem er den Hörer aufgelegt hatte. Sehr lange. Er kam sich vor wie ein kleiner Junge. Er hatte das Gefühl, in einem Schleudersitz festzukleben, und konnte es im selben Moment kaum noch abwarten, nach Mainz zu fahren.

Hilde Engel kam aus der Küche zurück. Sie machte einen gefassten Eindruck. Finn versprach, sie ständig auf dem Laufenden zu halten, sie über jede noch so unwichtig scheinende Kleinigkeit zu informieren. Gerade als er sich von ihr und den Lanzingers verabschieden wollte, klingelte sein Mobiltelefon in der Hosentasche.

Die unverkennbare Tonfolge eines Martinshorns erfüllte den Raum. Er vergaß immer wieder, den Klingelton zu ändern. Das Tatü-Tata hatte ihn fast einmal das Leben gekostet.

Es war Stefanie Gorges.

„Hallo Finn. Ich habe die Aufnahme fertig und bin wieder in der Inspektion. Wo steckst du?"

„Bei Hilde Engel. Hat dir Siborski nicht gesagt, wo ich bin?"

„Nein, er ist noch mal zu Engels Auto gefahren, bevor ich hier ankam."

„Lassen sich die Worte jetzt besser verstehen?"

„Ja, aber es muss erst gefiltert werden."

„Und?"

„Wart's ab. Du hörst es ja gleich. Wie es scheint, verändert sich die Sache allmählich und fällt in dein Spezialgebiet."

Steinmann stutzte, fing sich aber wieder.

„Ruf Siborski auch an, ich bin gleich wieder in der Inspektion."

„Alles klar."

Er steckte das Mobiltelefon in die Hose zurück.

„Ich muss wieder zurück", sagte er zu Hilde Engel. „Wir werten jetzt den Rest des Tonbandes aus."

„Sie rufen mich doch an, wenn sich neue Dinge ergeben, oder?"

Er versprach es ihr erneut.

8.

Steinmann traf zeitgleich mit Siborski ein.

„Jetzt bin ich gespannt", sagte der Oberkommissar und öffnete Finn die Tür der Inspektion.

Inzwischen stand die Sonne direkt über der Stadt und überdeckte alles mit ihrer Gluthitze. Finn hatte einen trockenen Mund und besorgte sich ein Mineralwasser. Sein Kaffeekonsum ließ diesen Sommer stark nach. Er schwitzte schon genug.

Stefanie Gorges hatte im Besprechungsraum bereits den Rechner mit dem Datenträger, auf dem die überspielte Aufnahme schlummerte, gefüttert. Neben ihr saß ein noch junger Kollege und unterstützte sie bei der Ausfilterung der Nebengeräusche. Finn erinnerte sich an den Mann. Er hatte damals beim Strohbärfall mitgeholfen, eine Videoaufnahme auszuwerten.

Das schien eine Ewigkeit her zu sein.

Siborski zog ein paar Stühle heran. Die vier Beamten steckten die Köpfe zusammen.

Der EDV-Fachmann ließ testweise ein paar Sekunden laufen, justierte dann auf dem Bildschirm einige Parameter neu. Er nickte zufrieden, als das Eigenrauschen des Diktiergerätes deutlich leiser wurde. Im Gegenzug klang Engels Stimme etwas verzerrt, aber verständlicher.

„Das ist notwendig", erklärte der Computerspezialist. „Diese alten Diktiergeräte übersteuern schnell und klingen dann kratzig. Da es nur eine einzelne Tonspur ist, haben wir das natürlich mit überspielt. Wenn wir es zu laut machen, ohne Einstellungen zu verändern, verstehen wir kein Wort mehr. Es geht leider nicht anders."

Finn winkte zuerst gelassen ab, aber dann verstand er, worauf der junge Kollege hinaus wollte. Sie würden jetzt zwar in der Lage sein, das Gewisper am Ende der Aufnahme zu verstehen, aber wenn es tatsächlich etwas mit Engels Verschwinden zu tun hatte, konnte es nicht zur Identifizierung herangezogen werden – die Stimmen würden heller klingen. Es war ausgeschlossen, dass vielleicht ein Streifenpolizist eine Stimme einer altbekannten Person zuordnen konnte.

„Damit müssen wir leben", sagte Finn. „Lasst uns jetzt mal zum Ende springen."

Der junge Kollege schob den Regler nach vorne und ließ die Aufnahme kurz vor Ende wieder laufen. Finn schloss die Augen und senkte den Kopf auf die Hände.

Noch vor dem Knall waren einen ganz kurzen Augenblick lang schnelle Schritte zu hören, als würde jemand in Richtung des Wagens laufen. Erst dann folgte der Knall, und eine Sekunde später etwas, das sich wie ein fallender Körper deuten ließ.

Nach mehreren Sekunden Ruhe kam der zweite Knall, diesmal etwas näher, und dann wurde es wieder still.

„Stopp", sagte Finn.

Der EDV-Mann hielt die Aufnahme an.

„Was haben wir da gehört? Könnte das von einer Pistole kommen? Vielleicht mit Schalldämpfer?"

„Möglich", sagte Stefanie Gorges. „Aber zu laut, oder nicht?"

Siborski stimmte zu. „Ich glaube auch, dass es sich hier nicht um Schüsse handelt. Es wurden keine Schmauchspuren in der Blutspur und der Tatortumgebung gefunden."

Finn gab dem Computermann einen Fingerzeig. Die Aufnahme lief weiter. Stimmen wurden ganz leise hörbar, aber auf dem Flur der Inspektion gingen Beamte vorbei, die über einen rückfälligen Straftäter sprachen. Die Worte aus den Rechnerlautsprechern wurden davon übertüncht. Siborski stand auf und schloss die Tür des Besprechungsraumes.

„Noch einmal", sagte Finn.

Die Polizisten lauschten.

„Wer ist das?", fragte jemand.

„Das weiß ich nicht. Er ist Euch gefolgt, Capitano. Er kam hinter Euch her, kurz nachdem Ihr die Kreuzung verlassen habt. Ihr habt offenbar nicht aufmerksam genug Eure Umgebung beobachtet, Capitano."

„Verzeihung, Schwertmeister."

Mehrere Sekunden Stille. Finn fluchte in Gedanken. Die Stimmen klangen völlig gleich.

„Unsere Jagd blieb unbemerkt", sagte jemand. *„Wir müssen ihn von hier fortbringen. Er hätte beinahe den Zugang gefunden und die ganze Mission gefährdet. Wir haben zu viel investiert, um uns durch einen alten Mann mit einem Schlagstock aufhalten zu lassen. Wenn man ihn findet, wird die Zeit der Sühne enden, bevor sie angefangen hat. Das darf nicht geschehen."*

„Ja, Schwertmeister."

„Fasst mit an, Capitano. Wir bringen ihn zum Feldlager, und ..."

An dieser Stelle endete die Aufnahme. Die vier Polizisten bewegten sich unruhig auf ihren Stühlen.

„Noch einmal", sagte Finn wieder.

Sie hörten es erneut. Die Worte verrieten mehr, als es im ersten Moment schien.

„Okay", begann Finn nach einem weiteren, dritten Durchgang. „Wir sind uns einig, dass es zwei Personen sind, die sich hier unzweifelhaft über Horst unterhalten, richtig?"

Alle nickten.

„Ich glaube, dass es zwei Männer sind", sagte Finn weiter. „Sie nennen sich gegenseitig Schwertmeister und Capitano – das sind männliche Bezeichnungen."

„Sie sagen mehrmals ‚Ihr' und ‚Euch'", merkte Stefanie Gorges an und wirkte nervös. „Eine sehr alte, geschwollene Redeweise. Das kenne ich sonst nur aus historischen Romanen."

„Das kommt mir alles ziemlich verrückt vor", sagte Siborski. „Zwei Spinner reden wie Soldaten aus dem Mittelalter und beschließen, ihn ins ‚Feldlager' zu bringen. Das klingt, als hätten wir eine Belagerungsarmee außerhalb der Stadt."

„Ich weiß nicht", murmelte Finn und rieb sich das Kinn. „Der

Schwertmeister zeigt zwei Mal, dass er über dem Capitano steht. Hier liegt eine militärische Struktur vor, eine Hierarchie wie in einer Bande. Gibt es in Idar-Oberstein eine Gruppe, die dieses Erkennungsmerkmal hat? Gewählte Sprache und ein Rangsystem? Das ist nicht selten."

Stefanie Gorges verneinte und stellte Fragen zur Diskussion. „Was meint der Schwertmeister mit ‚Feldlager'? Ist das der Ort, zu dem Horst beinahe den Zugang gefunden hätte?"

„Bis auf Weiteres gehen wir davon aus", sagte Finn. „Das Feldlager dieser Gruppe ist ein geheimer Ort, sonst würden sie Horst nicht dorthin bringen. Ich denke daher, dass er kurz davor war, den Zugang zu diesem Feldlager zu finden. Zwei Punkte machen mir Angst."

Die anderen sahen ihn an.

„Der Schwertmeister sagt ganz klipp und klar, dass Horst die ‚Mission' gefährdet hat, und dass eine Zeit der Sühne kommen soll. Das weist vielleicht daraufhin, dass diese Gruppe aktiv werden will. Ich frage mich gerade, in welcher Form sich diese Aktivitäten zeigen werden. Was haben die vor?"

Stefanie Gorges rutschte auf ihrem Stuhl herum, als müsse sie auf die Toilette. Schließlich platzte es aus ihr heraus.

„Wir sind ein feiger Haufen, wisst ihr das eigentlich? Niemand stellt die Frage, was mit Horst los ist. Ist er tot? Haben wir eben gehört, wie er totgeschlagen wurde? Hat man ihn vielleicht schwer verletzt verschleppt? Zu einem Arzt hat man ihn nicht gebracht, das wüssten wir. Wenn er noch lebt, ist er seit bald drei Tagen irgendwo mit einer größeren Wunde, ohne Hilfe. Wir tanzen um diese Fragen herum wie Indianer um den Marterpfahl."

Einen Moment herrschte betretenes Schweigen. Auf dem Flur erklangen die Schritte einer Frau mit Stöckelschuhen, ein Telefon klingelte, und von der Straße war das Hupen eines Fahrzeugs zu hören.

„Die Aufnahme gibt darüber keinen Hinweis", sagte Finn. „Die beiden Männer scheinen sich für den Zustand von Horst nicht zu interessieren. Sie machen einen absolut gleichgültigen

Eindruck, und das ist der zweite Punkt, der bei mir große Sorgen hinterlässt. Um deine Frage zu beantworten, Stefanie: Ich weiß nicht, ob ich wissen will, dass Horst tot ist. Ich versuche in mir die Hoffnung aufrechtzuerhalten, dass er lebt und wohlauf ist. Wenn ich zuviel darüber nachdenke, verliere ich den Mut."

„Kaltblütig genug wären sie für einen Mord", hielt Siborski fest. „Dem Schwertmeister scheint die Mission extrem wichtig zu sein. Ein Fanatiker."

Finn stimmte zu. „Ja. Die Zeit der Sühne."

„Was könnte damit gemeint sein?", stellte der EDV-Mann als Zwischenfrage. „Terrorismus? Wir haben immer noch ein großes Kontingent Amerikaner in der Nähe."

Finn schüttelte den Kopf. „Ich habe keine Ahnung. Es klingt nach Rache, wenn ihr mich fragt. Aber Sühnen oder Büßen betrifft in aller Regel Sünder. Der Begriff ist kirchenhistorisch begründet."

„Es sind auf jeden Fall schon drei", sagte Stefanie Gorges. „Das Mädchen und die beiden Männer. Der Schwertmeister muss der Kopf des Ganzen sein."

„Was machen wir jetzt als Nächstes?", wollte Siborski wissen.

„Wir gehen spazieren", antwortete Finn. „Wie lange läuft die Aufnahme von dem Augenblick, in welchem Horst seinen Wagen verlässt?"

Der Computerspezialist verschob den Regler der Zeitleiste unten am Bildschirmrand.

„Bis zu dem Punkt, wo der Knall hörbar ist, sind es genau ... sieben Minuten und sechsunddreißig Sekunden. Wir haben aber eine kleine Varianz wegen der Laufgeschwindigkeit des Bandes."

Stefanie Gorges nickte verstehend. „Damit haben wir zumindest einen Radius, in welchem wir suchen müssen. Horst ist wahrscheinlich eher gemäßigt dem Mädchen gefolgt, zurück ist er offenbar gelaufen."

„Er wusste vielleicht, dass er verfolgt wurde", sagte Finn. „Wir müssen also ausrechnen, wie weit man als fast siebzig Jahre alter

Mann in sieben Minuten sechsunddreißig Sekunden hin- und zurücklaufen kann. Irgendwo dort muss der Zugang liegen, von dem der Schwertmeister gesprochen hat. Ich denke, die Hin-Strecke kostete Horst mehr Zeit. Der von den Erkennungsdienstlern zu untersuchende Raum ist enorm."

„So viele Leute habe ich nicht", meinte Siborski niedergeschlagen. „Das dauert Wochen mit den paar ausgebildeten Technikern, und bis dahin sind alle möglichen Spuren verwischt."

„Ja", stimmte Steinmann zu. „Aber jetzt haben wir ganz konkrete Hinweise auf Fremdeinwirkung. Horst Engel wurde Opfer eines Verbrechens. Und wir sind gewarnt worden vor Aktionen einer unbekannten Gruppe, die militärische Strukturen aufweist und offenbar bewaffnet ist. Das übersteigt die Kompetenzen und Möglichkeiten eines kleinen Ermittlerteams. Wir fordern die Einrichtung einer Sonderkommission mit mehr Personal an, zum größten Teil Spurensucher. Ich werde gleich mit dem Ersten Kommissar sprechen."

Stefanie Gorges stand auf. „Ich prüfe die Protokolle von Montagnacht. Horst spricht davon, dass ein Wagen mit Blaulicht auf der Naheüberbauung vorbeifuhr. Darüber muss ein Protokoll existieren, entweder bei uns oder vielleicht im Krankenhaus. Dann haben wir wenigstens den genauen Moment, in welchem Horst verschleppt wurde."

„Gute Idee", sagte Finn. „Lasst uns anfangen."

9.

Die Frage, wer die Leitung der noch namenlosen SoKo übernehmen sollte, stellte sich nicht. Kriminalhauptkommissar Finn Steinmann hatte sich zweimal in der Inspektion als SoKo-Leiter bewährt, also nahm die Kommission umgehend ihre Arbeit auf, ohne dass der Norddeutsche in irgendeiner Form zum Chef ernannt wurde.

Wie eine gut geölte Maschine trugen die Ermittler Aussagen und Tatortdetails zusammen und klingelten noch einmal an jeder Haustür rund um Horst Engels abgestelltes Fahrzeug. Ein Teil der Beamten, bestehend aus einem großen Kontingent Streifenpolizisten, ging sternförmig von der japanischen Limousine in alle Richtungen davon. Die Männer und Frauen hielten den Blick auf ihre Uhren gewandt. Steinmann hatte angeordnet, dass sich die Trupps genau sechs Minuten lang fortbewegen sollten, um den Radius von Engels möglichem Weg weiträumig abzustecken. Über die beiden Personenbrücken in dem Gebiet gelangte man in dieser Zeit sogar über die Naheüberbauung bis in die Fußgängerzone des Stadtteils Oberstein. So entstand ein kreisförmiges Gebilde mit über einem Kilometer Durchmesser. Innerhalb einer Stadt ein immenser Raum, den es jetzt umzugraben galt.

Steinmann nutzte den seit knapp drei Jahren ansässigen Radiosender und ließ die Moderatoren mehrmals am Tag um sachdienliche Hinweise aus der Stadtbevölkerung bitten. Von Hilde Engel hatte die SoKo inzwischen erfahren, dass ihr Mann im Besitz eines Polizeischlagstockes war, den er, wie dem Gespräch zwischen dem Schwertmeister und dem Capitano entnommen werden konnte, bei sich getragen hatte. Somit konnte den Radiohörern ein wichtiges Detail genannt werden, welches irgendjemandem eventuell aufgefallen sein könnte. Ein älterer Mann mit einem Tonfa war nicht gerade alltäglich.

Steinmann hatte mit dem Ersten Kommissar Bohn lange überlegt, ob sie diesen Schritt jetzt schon wagen sollten. Hätte das Verschwinden von Horst Engel erst einen Tag zurückgelegen, wäre man die ganze Sache vielleicht unauffälliger angegangen, aber da es schon fast drei Tage waren, mussten alle Möglichkeiten ausgeschöpft werden. Vielleicht meldete sich auch Engels unbekannter Auftraggeber.

Die umher wandernden Streifenpolizisten blieben natürlich nicht unbemerkt, was zu einem Auflauf schaulustiger Bürger führte. Es dauerte keine halbe Stunde, bis die ersten tüchtigen Geschäftsleute mit Erfrischungsgetränken durch die Reihen liefen und an Engels Verschwinden ein paar Extracent verdienten. Die meisten Zuschauer standen auf der großen Fußgängerbrücke, die eine große Kreuzung direkt zwischen der Felsenkirche und dem Stadttheater überspannt.

Steinmann bekam davon nicht viel mit. Er hatte sich mit Anwohnern unterhalten und noch einige Male die Aufnahme abgehört, in der Hoffnung, ein Detail zu entdecken, das ihm vorher vielleicht entgangen war.

Um kurz vor sieben Uhr abends an diesem letzten Donnerstag im Juli klingelte das Telefon in Steinmanns Besprechungszimmer. Am anderen Ende der Leitung war das Labor der Polizei.

„Herr Steinmann, ich habe eine wichtige Information für Sie."

„Schießen Sie los."

„Heute Morgen haben wir hier die Blutprobe der vermissten Person analysiert und dabei silberfarbene Partikel gefunden. Anhand der chemischen Zusammensetzung konnten wir es als Holzlack identifizieren."

Steinmann machte eine ungeduldige Handbewegung. Der Mann wiederholte bekannte Dinge. Wo blieb die wichtige Info?

„Jetzt erhalte ich vor zwei Stunden Daten einer Probe aus dem

Labor des Idar-Obersteiner Klinikums. Wie Sie wissen, werden Details von Untersuchungen, die im Zusammenhang mit Verbrechen stehen, sofort an uns weitergegeben. Es kam zu einer unerklärlichen Störung im Blutbild einer Patientin. Die Frau zeigte Anzeichen einer Vergiftung. Ich habe die Daten gerade fertig analysiert – und jetzt raten Sie mal, was die im Krankenhaus gefunden haben."

Steinmann schüttelte dem Labormediziner im Klinikum die Hand. Er hatte sich umgehend angekündigt. Der Arzt kam sofort zur Sache.

„Hier", sagte er und führte Finn zu einem unglaublich teuer aussehenden Mikroskop. „Ich habe die Partikelprobe isoliert. Schauen Sie es sich an."

Steinmann beugte sich über das Mikroskop und blickte hinein. Es dauerte, bis er die richtige Augenstellung fand und die Probe erkannte. Die gräulich wirkenden Partikel sahen für ihn als Laien völlig identisch aus.

„Hat das Polizeilabor mit Ihnen Rücksprache gehalten?", fragte er, ohne aufzusehen.

„Ja."

„Und das war sich absolut sicher, dass es sich bei den Farbpartikeln beide Male um die gleiche Farbe handelt?"

„Ja."

Steinmann runzelte die Stirn.

„Wo finde ich die Station, von welcher die Probe stammt?"

„Ich bringe Sie hin. Es ist die 22. Normalerweise wäre sie ein Fall für die chirurgische Intensiv, die 16, aber wir haben eine starke Überbelegung. Wenn Sie einfach auf der 22 reinplatzen, wird man Sie wieder hinauswerfen. Ich werde mit dem Oberarzt sprechen, dann können Sie sich die Frau ansehen. Soweit ich weiß, ist sie nur zeitweise bei Bewusstsein."

Steinmann folgte dem Labormediziner durch das Krankenhaus. Während ihres gesprächslosen Marsches dachte er an Katja Neisinger. Die viel zu wenigen Tage, die sie gemeinsam hatten verbringen können, waren untrennbar mit ihren Berufen verbunden gewesen. Er lächelte unwillkürlich, als er an ihren Kleiderschrank dachte, dessen rechte Seite nach Krankenhaus roch.

„Ich krieg' diesen Duft nicht aus dem Schrank“, hatte sie geflucht, als er zum ersten Mal in ihrem Schlafzimmer gewesen war.

Sie hatte sehr hübsch ausgesehen an diesem Abend, und zwei Gläser Rotwein in einem italienischen Restaurant ließen die Strenge der Gerichtsmedizinerin aus ihrem Gesicht verschwinden. Sie hatten lachend vor dem Kleiderschrank gestanden, als er erklärte, seine linke Schrankseite würde immer nach Waffenöl riechen, das gäbe sicher eine tolle Mischung, und irgendwie berührten sie sich plötzlich an den Händen und ...

„Hier ist es“, sagte der Labormediziner zu Finn. „Warten Sie hier.“

Der Mann tippte ein paar Zahlen in ein Türcodeschloss und betrat die Schleuse der Intensivstation. Steinmann stand allein auf dem Gang. Ihm kam das Krankenhausinnere noch drei Grad wärmer vor als die ohnehin schon brutale Hitze draußen. Sein Kreislauf sackte manchmal heftig nach unten, und das, obwohl er sich für fit hielt. Er fragte sich, wie viele alte Menschen diesen Horrorsommer nicht überleben würden.

Finn spürte einen kleinen Stich im Herz, als er an eine sehr alte Frau dachte, die in Hammerstein lebte, einem der äußeren Stadtteile von Idar-Oberstein. Er hatte sie im Totenbaumfall kennengelernt. Sie musste inzwischen hundertvier Jahre alt sein. Er nahm sich vor, bei ihrem Sohn anzurufen, um sich nach ihrem Befinden zu erkundigen. Der Hauptkommissar hoffte, sie noch lebend anzutreffen.

Die Schleuse zur Intensivstation öffnete sich mit dem typischen Surrgeräusch aller Krankenhausschleusen. Heraus kamen zwei Ärzte: der Labormediziner und der Oberarzt der Station.

„Korn“, stellte sich der Mann vor.

Er mochte Ende vierzig sein. Steinmann reichte ihm freundlich die Hand und schilderte die Notwendigkeit, die Patientin mit dem Silberblut zu besuchen und wenn möglich auch zu befragen.

„Das wird schwer möglich sein“, erklärte Dr. Korn. „Sie ist nur sporadisch ansprechbar und spricht erst seit gestern wieder bruchstückhaftes Deutsch.“

In Steinmanns Kopf regte sich eine Erinnerung an das Gespräch mit Siborski heute Morgen.

„Reden wir hier von der jungen Frau mit dem eingedrückten Schädel?“

„Richtig“, sagte Dr. Korn und nickte. „Natürlich, dieser Fall ist ja polizeilich bekannt. Sie kam mit einem Kollegen von Ihnen hierher, so ein kräftiger Kerl mit Glatze ...“

„Herbert Lanzinger.“

„Genau, so hieß er. Er saß die ganze Nacht bei ihr, weil sie sofort losheulte, wenn er sich von ihr entfernte. Wir haben ihm später sogar eine Urinflasche bringen müssen, weil er nicht auf die Toilette gehen konnte.“

Steinmann nahm sich vor, Herbert Lanzinger und Frank Müller sofort nach Verlassen des Krankenhauses in seine SoKo einzubinden. Stefanie Gorges hatte ihm gesagt, dass das Blaulicht, welches Horst Engel auf dem Tonband erwähnte, von jenem Wagen stammte, der zu dem Einsatz mit der schweren Schädelverletzung gefahren war.

‚Es war zeitgleich‘, dachte Finn. ‚Zwei Menschen werden verletzt. Ein Mann verschwindet, eine junge Frau taucht auf. Beide haben silberne Lackpartikel im Blut. Wie passt das zusammen?‘

„Herr Steinmann?“

Er blinzelte und lächelte schief.

„Verzeihung. Kann ich rein und mir die Patientin ansehen?“

„Ja, kommen Sie. Sie sind sowieso der Erste, der sie besucht.“

„Bitte?“

„Wir wissen von ihr nur den Vornamen. Sie heißt Svenja – wenn es überhaupt richtig ist. Bisher war noch niemand hier, um nach ihr zu sehen. Hat es immer noch keine Vermisstenanzeige von Verwandten auf Ihrer Dienststelle gegeben?“

„Das weiß ich nicht“, antwortete Finn wahrheitsgemäß. „Ich bearbeite einen anderen Fall.“

„Jetzt offenbar nicht mehr“, sagte Dr. Korn, gab einen Code in das Tastenfeld der Schleuse ein und führte ihn durch die zweite Tür direkt auf die Intensivstation.

Der Labormediziner winkte noch einmal und ging zurück. Finn bedankte sich bei ihm, aber das Summen der beiden sich schließenden Türen verschluckte seine Worte. Er folgte dem Oberarzt in die Station. Es war dunkler hier als in den anderen Bereichen des Krankenhauses. Aus vielen Räumen kamen Geräusche von Überwachungsgeräten und leise blubbernden Beatmungsmaschinen. Das allgegenwärtige Monitoring ging nicht lautlos vonstatten. Weiter vorne piepste etwas unangenehm schrill – das Signal leergelaufener Infusionen oder aufzufrischender Medikamentenbatterien. Irgendwo stöhnte jemand. Finn konnte nicht sagen, ob es ein Mann oder eine Frau war. Er versuchte es zu überhören.

„Wir beobachten das immer häufiger“, sagte Dr. Korn plötzlich.

„Was?“

„Dass Menschen im Krankenhaus liegen und sich niemand dafür interessiert.“

Eine Schwester sah von einem Patientenblatt auf und nickte beifällig. Finn grüßte sie leise. Die junge Frau hielt dem Oberarzt einige Blätter zum Gegenzeichnen hin.

„Mit den Alten ist es am schlimmsten“, murmelte Dr. Korn. „Hier sterben Leute, deren letzter menschlicher Kontakt weiße Kleidung getragen hat. Ach, was erzähle ich Ihnen da überhaupt. Sie kennen das wahrscheinlich in anderer Form.“

„Nur sind wir Polizisten in der Regel schon etwas älter, wenn wir auf diese Wirklichkeit treffen. Wie gehen Ihre jungen Pfleger damit um?“

„Das kommt auf die Nerven der Pflegeschüler an“, entgegnete Dr. Korn. „Die meisten schaffen es rechtzeitig, sich ein dickes Fell anzulegen – einige jedoch werden zu früh mit besonders ungewöhnlichen Fällen konfrontiert und scheitern daran. Es sind seltsamerweise in der Masse junge Männer, die mit der Situation nicht klar kommen. Die Frauen sind da deutlich zäher. Ich erinnere mich an ... das Problem ist ... vielschichtig."

Der Oberarzt seufzte. „Lassen Sie uns von Svenja reden. Wir haben eine Aufnahme des Schädelbruchs dazu benutzt, ein ungefähres Bild von der Waffe zu erhalten, mit der sie verletzt wurde."

„Also war es definitiv kein Unfall."

„Nein."

„Diese Information ist der Polizei übermittelt worden?"

„Selbstverständlich."

„Können Sie mir etwas über die Waffe sagen?"

„Wir tippen auf einen massiven Gegenstand, der mit großer Wucht seitlich auf ihren Schädel traf. Zwischenzeitlich war ein Gerichtsmediziner hier und hat sich die Sache angesehen. Seinen Worten nach wurde Svenja von hinten angegriffen. Die Wundform lässt darauf schließen."

„Mein Kollege sagte mir, sie habe davon gesprochen, von einem Ritter attackiert worden zu sein", meinte Finn vorsichtig.

„Mit einem Schwert, ja", nickte Dr. Korn. „Das gab er hier zu Protokoll. Die Besatzung des Rettungswagens hat es ebenfalls gehört."

„Was halten Sie davon? Haben Sie das dem Gerichtsmediziner gesagt? Wie war seine Reaktion?"

„Er hielt es für Unsinn."

„Und Ihre persönliche Meinung, Dr. Korn?"

„Ich bin ebenfalls dieser Ansicht. Es war kein Schwert. Ich tippe eher auf einen schweren, sehr massiven Knüppel. Selbst der Stiel einer Axt ist zu leicht und handlich, um solch eine Verletzung herbeizuführen. Ein Hammer kann es auch nicht gewesen sein, dann wäre der Bruch punktueller. Nein, dies war eine stumpfe Hiebwaffe, die flächig genutzt und stark geschwungen wurde."

„Danke. Das deckt sich mit meinen Überlegungen."

„Da ist sie“, sagte der Oberarzt und deutete in einen mit vielen überwachungstechnischen Geräten ausgestatteten Raum.

Ein Pfleger machte Notizen und tauschte einige übergroße Spritzen aus, die in einer Art Presse steckten. Der Mann drehte sich um und erstarrte. Sein Gesicht zeigte einen erschrockenen Ausdruck.

Auch Finn war überrascht. Er hatte diesen Mann schon einmal gesehen – vor längerer Zeit, während der Strohbär-Ermittlung. Die Aussage des Pflegers hatte damals zur Konfrontation mit dem unheimlichen Killer geführt.

‚Er gab an, auf der Intensivstation zu arbeiten‘, erinnerte sich Steinmann. ‚Kein großer Zufall, ihn hier zu treffen.‘

„Hallo Herr ... Schultz, richtig?“

Der Pfleger nickte. „Wollen Sie zu mir, Herr Steinmann?“

„Nein“, lächelte der Hauptkommissar.

‚Ich hatte ihm damals versprochen, seine Handynummer bei mir zu löschen.‘

Er hatte es natürlich vergessen. Er nahm sich vor, das sobald wie möglich zu erledigen. Wahrscheinlich stimmte die Nummer sowieso nicht mehr.

Dann sah er das traurige Geschöpf, welches – halb sitzend, halb liegend – alleine im Zentrum des Raumes auf einem Bett kauerte. Finn blieb im Türrahmen stehen. Er hatte Angst, zufällig etwas umzustoßen. Überall waren Schläuche.

Trotz gereinigter Wunden und verdecktem Bruch war die Asymmetrie ihres Kopfes deutlich zu erkennen. Sie schlief.

„Wie schlimm ist ihre Verletzung?“, wollte Finn wissen.

„Sie hatte Glück im Unglück“, erklärte Dr. Korn. „Schädelbrüche verheilen ganz gut von allein. Hier in diesem Fall mussten wir natürlich die Ursprungsform erst wieder errichten, aber sie hat gute Chancen, wieder eine stabile Schädelstruktur zu erhalten. Schlimmer wären Folgeschäden durch das SHT gewesen, aber ihr Gehirn ist bis auf die durch den Aufschlag bedingte Prellung, die auch die zeitweise Amnesie verursacht, unverletzt. Die Blutung kam hauptsächlich aus dem Ohr und aufgeplatzter Kopfhaut – unangenehm, hässlich, aber harmlos im Vergleich zu den Schäden, die hätten entstehen können, wenn der Schlag weiter oben gelandet wäre. Ich habe sie gesehen, als sie hier ankam. Die Deformation war nachgerade unheimlich. Im ersten Moment dachten wir alle, sie würde nicht durchkommen. Die wenigen Wachphasen resultieren aus dem SHT und sollten bald abklingen.“

„Schädel-Hirn-Trauma“, sagte Schultz erklärend, was ihm einen missbilligenden Blick des Oberarztes einfing.

„Der Labormediziner sagte mir, sie habe Anzeichen einer Vergiftung gezeigt“, meinte Steinmann, ohne auf die Bemerkung einzugehen.

„Ja“, bestätigte Dr. Korn. „Wir bekamen sie anfangs einfach nicht stabil. Ihr Kreislauf lief eigentlich rund, aber sie kämpfte gegen eine Verunreinigung. Jetzt wissen wir ja, warum. Der Lack enthielt eine Substanz, die die Entzündungswerte ansteigen ließ. Wir haben es im Griff. Nun geht es für Svenja nur noch darum zu genesen.“

Finn schwieg und sah der schlafenden jungen Frau zu. Er fragte sich, wie sich ein solch verformter Kopf wohl anfühlen mochte und schüttelte sich unmerklich.

„Mein Kollege sagte, Sie haben einen zweiten Fall mit der gleichen Verunreinigung?“

„Ja“, gab Steinmann zu, den Blick unverwandt auf Svenja gerichtet. „Wie es aussieht, hängen die Schicksale der beiden irgendwie zusammen.“

Dr. Korn las rasch die Werte durch, die der Pfleger aufnotiert hatte. Er schien zufrieden und ging mit Steinmann zum Zentraltresen der Intensivstation.

„Ich möchte informiert werden, wenn sie aufwacht“, sagte Finn. „Svenjas Aussage ist vielleicht von größter Wichtigkeit.“

„Wenn es sich medizinisch vertreten lässt, denke ich an Sie“, antwortete Dr. Korn und machte damit unmissverständlich deutlich, was er von einer Befragung hielt.

Schwertmeister

Er stand inmitten der gaffenden Menschenmenge und beobachtete die zahllosen Polizisten, die in dem abgesperrten Bereich jeden Stein umdrehten. Auch ein Spürhund war im Einsatz und hatte sich bereits einmal gefährlich nahe jenem Bereich genähert, den der verfluchte alte Mann entdeckt hatte.

Sein Vater hatte ihm einmal gesagt, der alte Zugang würde nicht mehr genutzt. Der Schwertmeister erinnerte sich daran als wäre es gestern gewesen.

Er sah sich noch einmal um, studierte die Gesichter der Menschen, die um ihn herum standen. Bei vielen glaubte er an der Kleidung und der grauen Gesichtsfarbe den sozialen Stand ablesen zu können. Er verabscheute dieses Pack. Für diese Lumpen waren die Vorgänge in der Stadt wie eine bessere TV-Show, nur Unterhaltung, und wenn sie sich satt gesehen hatten, würden sie in die nächste Kneipe wandern und ihren eigenen Untergang weiter in sich hineinkippen.

Ein Hochgefühl bemächtigte sich seiner. Der Schwertmeister stand unerkannt zwischen dem gemeinen Volk, ein Heiliger in der Verkleidung eines Gewöhnlichen. Er spürte es im ganzen Körper. Das Vermächtnis der alten Frau würde über Idar-Oberstein rollen wie eine Flut – reinigend und heilend. Die Stadt war bereit für den Krieg.

Der Zug der Zonenkrieger stand bevor. Die Zeit der Sühne war gekommen.

10.

Freitagmorgen, 30. Juli, 2.33 Uhr
Die leere Flasche platzte an der Hauswand auseinander. Braune Splitter flogen wie ein Schwarm Mücken durch die Luft.

Ein Schwarm, der nach Bier stank.

„Cool", sagte eine Stimme, die zu einem schlaksigen Körper gehörte, einem Körper, der noch nicht ganz zum Mann gereift war. „Kannst du auch das Schild treffen?"

Der Werfer grinste und nahm das neue Ziel ins Visier. Er schwankte leicht, was die Herausforderung noch reizvoller machte.

„Gib mir eine Flasche", grunzte er.

„Aber die sind alle noch voll", sagte eine dritte Stimme, eine helle Stimme, die noch eine ganze Weile benötigen würde, um das beeindruckende Timbre eines Mannes zu erreichen.

Die zwei dunkleren Stimmen ließen ein kratziges Kichern hören.

„Ex oder Arschloch", sagten sie.

Der Junge setzte den Kronkorken der Flasche auf die Zahnreihe seines Unterkiefers. Mit einem kräftigen, geübt wirkenden Ruck riss er den Korken vom Flaschenhals ab und setzte das braune Glas an den Mund. Sein Unterkiefer brannte, wie jedes Mal, wenn er auf diese Weise ein Bier aufzog. Gelegentlich spuckte er heimlich Blut, wenn er wieder zu Hause war, aber vor den großen Jungs würde er sich diese Blöße nie geben. Sein Vater hatte ihn einmal zufällig dabei gesehen, aber der vernebelte Blick seines Erzeugers war bar jeglicher Anteilnahme gewesen.

Der Junge wusste, dass es seinem Vater scheißegal war, ob und wann sein dreizehnjähriger Sohn nach Hause kam, und warum nach Bier stinkendes Blut auf seinem Kinn Fäden zog, Fäden, die bis zum Kragen seines schmutzigen T-Shirts hinabhingen.

„Scheißegal", murmelte der Junge, während ihm das Bier lauwarm in den vor Hunger brennenden Magen rann.

Er verschluckte sich fast. „Alles egal."

„Stinker flüstert schon wieder", sagte der Werfer. „Stinker, sauf schneller, ich will das verkackte Schild endlich platt machen!"

Stinker ...

Er hasste diesen Namen. Als er elf Jahre alt geworden war, hatten ihm Butch und Sixpack fünf Flaschen Bier eingeflößt. Als er wieder zu sich kam, waren seine Hosen voll gewesen wie bei einem Baby. Die Geburtsstunde seines großartigen Spitznamens. Dabei hatte er eine Vorliebe für Helden. Eigentlich wäre er lieber Astro-Man gewesen, der aus den Comics, die er manchmal an den Kiosken las, bis ihn die Verkäuferinnen davonjagten. Aber echte Helden kannte er nicht. In seiner Realität gab es keine.

„Stinker, mach hin!"

Der Junge setzte die Flasche ab. Sie war bis auf einen Rest Schaum leer. Er rülpste kräftig – das Zeichen echter Männer. Es war lange her, dass man ihn mit fünf Flaschen Bier dazu bringen konnte, in die Hose zu kacken. Eine ganze Kiste vertrug er noch nicht, aber es würde nicht mehr lange dauern. Manchmal fragte er sich, ob es auch andere Dinge gab, auf die man stolz sein konnte.

Er reichte Butch das nun fertige Wurfgeschoss. Der kräftige Jugendliche würdigte ihn nur eines flüchtigen Blickes, was dem Dreizehnjährigen einen kleinen Stich versetzte. So ähnlich sah ihn sein Vater auch immer an.

‚Alles egal', dachte Stinker trüb, während sich sein leerer Magen auf das Bier stürzte und den Alkohol schnell in die Blutbahn brachte.

Butch bewegte den rechten Arm wie ein Baseballspieler und visierte noch einmal das Schild des kleinen Bekleidungsgeschäftes an. Der Laden war neu, erst seit drei Wochen in der Stadt. Es wurde Zeit, das Revier mal wieder zu markieren. Es hatte seinen besonderen Reiz, dass unweit von den drei Jugendlichen immer noch ein Rudel Polizisten nach irgendeinem alten Sack suchte, der seit ein paar Tagen vermisst wurde.

„Die Scheibe könnte kaputtgehen“, sagte Stinker leise.

„Hoffentlich“, antwortete Butch feierlich.

Vielleicht war es der Alkohol oder die Hitze – was auch immer es war: Stinker spürte instinktiv, dass sich die Umgebung plötzlich veränderte. Die Luft verdichtete sich, drückte von allen Seiten, und die feinen Haare auf seinen Unterarmen stellten sich trotz der Wärme auf.

Sie waren nicht mehr allein.

Aus der Dunkelheit links und rechts des Klamottenladens lösten sich Schatten, und in seinem Nacken kribbelte es – jemand stand hinter ihm.

‚Scheiße, die Bullen sind da, sie haben uns erwischt, scheiße, oh scheiße ...‘

Er wandte sich langsam um, während Butch die leere Flasche gegen die Scheibe des Geschäftes donnerte und nicht bemerkte, dass sich die Situation schlagartig verändert hatte.

Stinker hörte den Aufprall der Flasche, sah ihn aber nicht.

Er war gebannt von der Gestalt, die hinter ihm in die Höhe ragte. Sein alkoholisierter Verstand setzte kurz aus. Er bekam spontanen Schluckauf.

Er sah eine finster blickende Figur mit einem weißen Überwurf, auf dem ein rotes Kreuz prangte. Unter dem Überwurf befand sich ein graues, schwer wirkendes Kleidungsstück, das ihm wie ein Kettenhemd vorkam.

‚Ist das ein Helm?‘, dachte Stinker träge, und dann tauchte vor seinen Augen ein langer Gegenstand auf, der im Restlicht der Sterne silbrig funkelte.

Etwas krachte auf Stinkers Schädel. Der Dreizehnjährige knickte mit dem rechten Bein weg und fiel gleich einem gesprengten Hochhaus in die Hocke.

„So sei es“, hörte er außerhalb von Schmerz und Feuer jemanden murmeln. „Die Sünder auf den Knien. Die Zeit der Buße. Erna verlangt es."

Stinker fühlte eine dickliche Flüssigkeit auf seinem Nasenrücken hinablaufen.

‚Es regnet', dachte er und hätte beinahe gelächelt.

Die Situation überforderte seinen Geist. Ein weiterer Schlag gegen das rechte Ohr, begleitet von einem an das Brechen von Salzstangen erinnerndes Knacken, zerstörte sein Blickfeld.

Stinkers rechtes Auge wurde blind. Er hatte sprichwörtlich Bildstörungen wie Arnold Schwarzenegger als beschädigter Terminator, nur dass Stinker keine zwei Meter maß und noch nicht einmal vierzig Kilo auf die Waage brachte.

Die grauen Steine des Straßenbelags rasten auf ihn zu, und er prallte ungebremst mit der Stirn auf den Boden.

Sein Kopf fiel auf die Seite. Etwas drosch auf seine linke Schulter ein, und ein schrecklich taubes Gefühl machte sich in seinem Körper breit.

‚Bald schaffe ich eine ganze Kiste Bier', dachte er im Stakkato seiner Bildstörungen.

In diesem Moment sagte jemand „He! Was soll das?", und dann bellte ein kleiner Hund.

11.

2.51 Uhr
Direkt nach dem eingehenden Notruf alarmierte die Zentrale Streifenwagen 60-30. Zusätzlich informierte die Inspektion das Einsatzteam, welches nach wie vor an Horst Engels letztem bekanntem Aufenthaltsort nach Spuren suchte. Der Einsatzleiter sandte sofort vier seiner Leute aus, die sich zu Fuß der angegebenen Stelle näherten.

Als die Männer und Frauen ankamen, waren Herbert Lanzinger und Frank Müller schon vor Ort. Es war ein grauenhaftes Bild, das sich den Beamten bot, ziemlich weit oben, fast am Ende der Fußgängerzone.

Drei Jugendliche wimmerten wie kleine Kinder, aus Kopfwunden blutend, überströmt von Bier, welches über sie gegossen worden war.

Ein alter Mann befand sich am Rande des Todes. Er lag rücklings auf dem Boden. Sein Gesicht war als solches nicht mehr zu erkennen.

Und dann war da noch der Hund ...

Lanzinger schossen Tränen in die Augen, jedes Mal, wenn sein Blick den Hund streifte. Er wollte dieses Bild nicht in seinem Kopf speichern, aber aus irgendeinem Grund sah er ständig hin. Er zwang sich dazu, dem alten Mann und seinem Tier den Rücken zuzuwenden. Lanzinger war nicht der Einzige, dem es so ging. Ein Kollege ertrug es irgendwann nicht mehr und stellte einen Karton über den Kadaver.

Während sich die anderen Polizisten um die Schwerverletzten kümmerten, stand Lanzinger am Rand des Geschehens und drehte den Kopf hin und her.

Es kribbelte in seinem Nacken. Er hob die Mütze hoch und kratzte sich.

„Frank?"

Müller hob den Kopf. Er war über den Mann gebeugt, aus dessen zertrümmerter Nase eine Flüssigkeit lief, die dunkler und dicker als Blut war. Auch Müller hatte versucht, den kleinen Hund zu ignorieren. Es fiel ihm schwer, weil das arme Tier ... aber nun war ja Gott sei Dank die Sicht verwehrt.

„Frank?"

„Was?"

Müllers Stimme klang angespannt. Die Welt verwandelte sich immer schneller in eine stinkende Kloake.

„Frank, die sind noch hier."

„Wer?"

„Die das getan haben."

Müller leckte sich hastig über die Lippen. Wo blieben die Rettungswagen?

Die Frau, die den Notruf abgesetzt hatte, kam mit Decken und Tüchern auf die Straße gelaufen. Sie zögerte, als sie das Schlachtfeld erreichte, umging den blutenden Mann weiträumig, als verströme er den nahenden Tod wie eine aufsteigende Nebelwolke. Sie behielt ihn im Blick, als sie den Polizisten die Decken und Tücher übergab.

„Er heißt Paul Fink", murmelte sie. „Ich hab' ihn rufen hören. Er wohnt hier um die Ecke – allein. Er ist Witwer."

Lanzinger verstand sie kaum. „Haben Sie etwas von dem Vorfall gesehen?"

Sie schüttelte den Kopf und deutete zu den drei Jugendlichen hinüber. „Nein. Ich hörte, wie sie Flaschen an die Scheibe warfen. Dann war es plötzlich still, und Paul rief: ‚He! Was soll das?'"

Lanzinger sah die Frau stirnrunzelnd an. Einen Moment wollte er sie fragen, warum sie die Polizei nicht schon alarmiert hatte, als sie die Jungen bei ihrer unsinnigen Tätigkeit beobachtete.

Die Antwort konnte er sich selbst geben. Die Drei wären wahrscheinlich zu ein paar Sozialstunden verknackt worden, die –

wenn überhaupt – nur zu einem Teil abgeleistet worden wären, und keinen Monat später hätten sie wieder in der Fußgängerzone Unheil gestiftet.

In der Fußgängerzone, in welcher auch die Frau lebte. Vielleicht wussten die jungen Männer, wer sie verpfiffen hatte, vielleicht würden sie grinsend vor der Tür der Frau herumlungern, vielleicht zeigten die Fenster im Obergeschoss plötzlich Risse, dicke Risse, von Steinen, die heimtückisch nach ihr geworfen wurden, wenn sie unachtsam durch ihre Wohnung wanderte und zu nahe an der Scheibe vorbeiging.

Lanzinger fragte sich, wie viele Menschen in und um die Fußgängerzone nachts die Decken über die Köpfe zogen und zitternd versuchten, die von roher Gewalt und sinnloser Zerstörungswut zeugenden Geräusche zu ignorieren, Geräusche, die manchmal an wilde Tiere erinnerten, Schreie, Schmerzenslaute, und ja ... auch Hilferufe.

Unterhalb der Fußgängerzone, in einer Parallelstraße, warf Blaulicht sein Blitzgewitter auf die Häuser. Rettungswagen rollten Sekunden später in die Zone hinein, die sich mehr und mehr mit Menschen und Fahrzeugen füllte. Es wurde notwendig, das Gelände abzuriegeln.

Lanzinger sprach rasch mit den vier Männern vom Suchtrupp. Die Männer sahen sich an und nickten.

„Versucht es", sagte ein älterer Kollege. „Vielleicht erwischt ihr die Schweine noch. Wir regeln das."

„Ihr habt was gut bei mir", antwortete Lanzinger und zog Frank Müller mit sich.

Die Fußgängerzone des Stadtteils Oberstein ist ein rund ein Kilometer langer Schlauch, der von Ost nach West gleichmäßig sanft ansteigt. Am Ost- und Westende befindet sich jeweils ein Marktplatz, wobei der westliche, an der Spitze der Steigung, größer ist. Der Platz „Auf der Idar" liegt auf einem künstlichen Plateau, welches an seinem Fuß von dem gewaltigen Bauwerk der Naheüberbauung umrundet wird.

Diesen Marktplatz – imposant eingefasst von den großen Gebäuden einer Sparkasse und eines leer stehenden Kaufhauses – steuerte Herbert Lanzinger im Laufschritt an.

Müller folgte ihm. Er vertraute seinem langjährigen Freund und Partner blind. Wenn Herbert sagte, er wisse, wo er zu suchen habe, dann stimmte das in den meisten Fällen auch.

Der dickliche Streifenpolizist blieb stehen und sah sich witternd um.

‚Okay', dachte Lanzinger und kratzte an seinem Ring herum. ‚Wohin würde ich gehen?'

„Herbert?"

„Ja?"

„Hör auf damit."

„Was?"

„Du machst mich langsam wahnsinnig mit der Kratzerei."

Lanzinger sah ihn an. Müller erriet die Gedanken seines Kollegen.

„Du weißt nicht, wovon ich rede, nicht wahr?"

Der dickliche Polizist schüttelte den Kopf.

„Du fummelst ständig an deinem Ring herum ... lass uns später darüber reden."

Lanzinger nickte, begriff immer noch nicht, was Müller von ihm wollte.

„Entlang der Hauptstraße werden sie nicht geflohen sein."

„Wohl nicht", entgegnete Müller. „Auf der Strecke gibt es wenig Deckung, und sie würden praktisch auf die Wache zulaufen – es sei denn, sie wollen an der Post abbiegen und über die Brücke auf die andere Talseite gelangen. Scheiße. Wir wohnen in einem Kochtopf, der von einem Spinnennetz überzogen ist."

„Hoch zum Schloss ist es zu steil, da wären sie sehr langsam", murmelte Lanzinger, „und um zum Bahnhof zu kommen, müssten sie an den Kneipen und der Diskothek vorbei."

„Trennen wir uns?"

„Ja. Ich gehe die Wendeltreppe an der Sparkasse runter und

sehe mich dort um. Sieh du unten am Europaplatz nach. Da gibt es viele dunkle Ecken."

„Sei vorsichtig, Herbert."

„Das bin ich immer, Frank", knurrte Lanzinger und kratzte an seinem Ring.

Müller zog eine Grimasse und ging in Richtung Europaplatz davon. Lanzinger sah seinem besten Freund noch einen Moment hinterher. Müller folgte ihm meist ohne Murren. Er war ein treuer Gefährte.

Der Oberkommissar musste an den kleinen Hund denken, der bei dem alten Mann lag. Was mochte das arme Tier für Schmerzen erlitten haben? Lanzinger versuchte das Bild zu unterdrücken, aber wieder und wieder schob sich der Anblick des Schwerstverletzten, der die Leine seines Hundes immer noch umklammert hielt, vor seine Augen. Der Hund hatte nicht flüchten können, als ihm die Mistkerle das Rückgrat zerschmetterten. Aber das war nicht das Schlimmste an dem Bild. Der kleine Hund war offenbar gar nicht Willens gewesen, feige die Flucht zu ergreifen, hatte sich stattdessen die kurze Strecke zu seinem Herrchen zurückgeschleppt und war dicht an den dessen Körper gepresst elendig verreckt.

Herbert Lanzinger fühlte eine einzelne Träne seine Wange hinablaufen. Gott sei Dank sah ihn niemand dabei. Jeder Polizist hat eine Festplatte im Kopf, in welcher der ganze Mist und Dreck des Dienstes abgelegt wird, und irgendwann ist diese Festplatte voll.

Lanzinger suchte mit seinem Blick nach Frank Müller, aber der große Polizist war schon aus seinem Blickfeld verschwunden.

Der Oberkommissar griff sich unbewusst an den Bauch, der sich über seinem Gürtel wölbte. Seit ein paar Tagen fühlte er sich unwohl. Nachdenklich drehte er mit dem Daumen an seinem Ehering.

Etwas Schreckliches würde geschehen.

Es war nicht mehr fern.

12.

3.21 Uhr
Finn Steinmann stand mit verquollenen Augen in der Fußgängerzone. Der Mann von der Inspektionszentrale hatte ihn in seinem kleinen Zimmer geweckt. Einer der Jugendlichen hatte etwas von einer ritterhaften Gestalt gemurmelt.

„Hier“, sagte einer der Streifenpolizisten und deutete auf mehrere blattartige Krümel am Boden. „Das lag direkt neben dem Kopf eines der Jungen.“

Steinmann bückte sich und drehte die Stücke mit einem Kugelschreiber auf die andere Seite. Das Licht der zahlreichen Fahrzeuge und Taschenlampen reichte aus, um die silberne Farbe darauf sofort zu erkennen. Er sah zu dem Uniformierten auf.

„Haben wir noch etwas in Erfahrung gebracht?“

„Nein. Nur das mit dem Ritter. Wir hatten Mühe, den Jungen zu verstehen. Alle drei riechen nach Bier, und wer auch immer die Sauerei hier zu verantworten hat, war gründlich. Soweit ich das sagen kann, fehlten dem Burschen sämtliche Vorderzähne. Er klang wie ein alter Penner. Was für Arschlöcher. Es reicht nicht mehr, jemanden einfach niederzuschlagen. Wer macht denn so was?“

Finn nickte und sah sich um. Was war hier geschehen? Zerbrochenes Glas knirschte unter seinen Schuhen. Ein leerer Bierkasten lag umgeworfen inmitten des Chaos. Es stank nach warmem Bier und Urin. Eine undefinierbare Flüssigkeit klebte am Schaufenster eines Bekleidungsgeschäftes.

„Herbert und Frank sind ihnen auf der Spur“, sagte ein anderer Polizist, den Finn noch flüchtig aus dem letzten Jahr kannte.

Der Hauptkommissar horchte auf. „Wo sind sie hingegangen, und wie lange ist das her?“

Der Beamte deutete nach oben, zur Spitze der Fußgängerzone. „Dorthin, vor knapp fünfzehn Minuten."

Finn entschied, dass er hier nichts ausrichten konnte. Die Verletzten wurden versorgt oder waren schon abtransportiert, bis auf den alten Mann, um dessen Leben der Notarzt immer noch kämpfte. Ein großer Schuhkarton stand umgedreht auf dem Boden, dort, wo der Rentner aufgefunden worden war. Eine Hundeleine ragte unter dem Karton hervor.

Der Streifenpolizist bemerkte Steinmanns Blick.

„Die Sanis haben ihm kaum die Leine aus der Hand nehmen können. Er war völlig verkrampft. Der Hund ... ich habe so was noch nicht gesehen. Die Bauchdecke ist aufgeplatzt und ..."

Der SoKo-Leiter nickte.

„Ich suche Herbert und Frank", sagte er.

Steinmann verließ den Schauplatz Richtung Westen, die Zone weiter hinauf. Finn kannte sich hier kaum aus. Er hatte sich zwar einmal eine Thermoskanne in der Stadt gekauft, aber das war schon eine Ewigkeit her.

Die Hitze machte ihm wieder Probleme. Es mochten trotz der frühen Stunde schon fünfundzwanzig Grad sein, und wenn in gut zwei Stunden die Sonne aufging, stieg diese Messzahl sehr schnell auf dreißig. Noch vor zehn Uhr morgens würde das Kollektiv Mensch wieder einträchtig stöhnen. Vielleicht war es aber auch nur seine Müdigkeit. Er hatte schlecht geschlafen. Katja Neisinger war in seinen Träumen mit furchtbar blassem Gesicht vor ihm davongerannt.

Finn erreichte schnaufend das modernisierte Plateau „Auf der Idar". Im Grunde handelt es sich bei dem höchsten Punkt der Fußgängerzone Obersteins um einen gewaltigen Gebäudekomplex. Er wusste, dass der Boden, auf dem er stand, in Wirklichkeit die Decke zweier Parkhäuser war. Tausende Tonnen Baumaterial waren zu einer Riesenstruktur verbaut worden, zu der die zwei Parkhäuser, das Kaufhaus, die Zentralbank und eine Brücke zum Bahnhof mit dem angeschlossenen Nahe-Center gehörten. Die Gesamtkosten für dieses monströse Gebilde mussten immens gewesen sein. Steinmann hatte in den letzten drei Jahren die Kontroversen um die darbende Fußgängerzone in Idar-Oberstein nur am Rande mitbekommen. Die Stadt kämpfte ums Überleben.

Sie blutete genauso wie der alte Mann und der Hund.

Finn lief die Ränder des Platzes ab und sah nach unten, wo immer es möglich war. Rechter Hand, hinter dem Kaufhaus, war der große Brückenausleger sichtbar, der den Verkehr der Naheüberbauung am Komplex vorbei auf die Hauptstraße zurückführt.

Finn nahm an, dass die Autokorsos, die sich auf die Überbauung verlagert hatten, früher langsam durch die jetzige Fußgängerzone gekrochen waren. Er blickte an dem Brückenausleger entlang und sah nach unten. Unter dem Bauwerk waren ein Parkplatz und eine kleine Grünanlage. Das Licht einer starken Taschenlampe bewegte sich dort hin und her.

Finn verließ den Marktplatz und lief die kurze Strecke ins Tal hinab. Er erkannte Frank Müller, der mit der Lampe das Gelände absuchte.

Der Oberkommissar bemerkte ihn. Sie grüßten sich knapp. Müller schilderte ihm die Lage.

„Wo ist Herbert?"

„Noch auf der anderen Seite", erklärte Müller. „Ich mache mich jetzt auf den Weg. Eigentlich wollte mir Herbert entgegenkommen, es sei denn ..."

„Ja", nickte Finn. „Wir gehen zusammen."

Frank Müller übernahm die Führung. Er geleitete Steinmann um den Fuß des Parkhauses herum. Sie erreichten nach wenigen Minuten die Naheüberbauung.

„Hier ist Herbert runtergekommen", sagte der Oberkommissar. „Er kann nur in die andere Richtung gegangen sein, sonst wäre er uns begegnet."

„Es war unklug sich zu trennen", meinte Finn. „Auch wenn die Situation es vielleicht gebot."

Müller antwortete nicht, aber Steinmann sah, dass es in dem großen Streifenpolizisten arbeitete. Die beiden gingen weiter nach Osten. Links ragten die hohen Fassaden der Bank und des Parkhauses auf, und rechts von ihnen lief parallel die Naheüberbauung. Nach sechzig Metern standen sie an einer großen Kreuzung und drehten sich suchend im Kreis.

„Scheiße“, sagte Müller.

Finn deutete auf die Fußgängerbrücke, welche die Kreuzung der kleinen Stadtautobahn überspannte. „Vielleicht sehen wir ihn von dort oben.“

Sie liefen rasch hinauf und blieben genau in der Mitte der Brücke stehen. Steinmann fiel zum ersten Mal auf, wie ruhig die Stadt war. Nur das kaum noch erkennbare Blaulicht der Rettungsfahrzeuge zeugte von Leben und warf gespenstische Blitze in den Nachthimmel.

Im Osten bildete die mit gelblichem Licht angestrahlte Felsenkirche den Blickfang, im Westen erhob sich der mächtige Gebäudekomplex und – auf der anderen Seite der Naheüberbauung – ein weiteres großes Bankhaus.

Ein Fahrzeug fuhr unter ihnen hindurch. Finn bemerkte es kaum. Er dachte daran, dass fünfzehn Meter unter seinen Füßen der Fluss gurgelte, und er fragte sich, ob die Nahe noch ausreichend Wasser mit sich führte.

Wahrscheinlich nicht. Sie musste beinahe ausgetrocknet sein – genauso wie er. Steinmann verspürte leichten Kopfschmerz.

‚Ich muss mehr trinken‘, dachte er. ‚Ich bin zu nachlässig.‘

Er erinnerte sich betrübt daran, dass Katja Neisinger ihm das auch vorhielt.

„Da!“, sagte Müller plötzlich und zeigte mit dem Finger Richtung Osten.

Aus Steinmanns Sicht wirkte es so, als wolle er die Felsenkirche durchbohren. „Da ist seine Lampe!“

Ein Lichtkegel wanderte am Rand der Naheüberbauung entlang, in der Nähe eines weiteren Parkhauses, rund zweihundert Meter von ihnen entfernt.

„Komm“, sagte Müller aufgeregt und lief los.

Finn hatte Mühe, dem Streifenpolizisten zu folgen. Sie hatten mit knapp 1,90 Meter fast dieselbe Größe, aber Müller war kräftiger. Er bildete mit Lanzinger ein Respekt einflößendes Pärchen.

Die Hitze ließ Steinmann in Schweiß ausbrechen, kaum dass er die ersten Schritte tat. Er spürte ein Ziehen im Nacken und schwor sich, bei der nächsten Gelegenheit etwas zu trinken.

Die beiden Polizisten liefen nach Osten bis zum Parkhaus, auf einer Straße, die zwischen der Fußgängerzone und der Überbauung lag. Hier war auch ein Teil der Rettungsfahrzeuge durchgekommen.

Steinmann war beruhigt, als die korpulente Silhouette Lanzingers auftauchte. Das „Orakel“ der Inspektion wackelte wie ein Seiltänzer in zwei Metern Höhe auf der Überbauung herum.

„Was machst du da oben?“, fragte Müller schwer atmend. „Und warum bist du nicht zum Europaplatz gekommen?“

Steinmann wurde zum ersten Mal richtig bewusst, wie eingespielt die beiden Streifenpolizisten waren – ein altes Ehepaar in Uniform. Müller ging mit Lanzingers Eigenarten sehr nachsichtig um – der intuitive Oberkommissar war ein herzensguter Mensch, aber nicht ganz einfach. Steinmann war nicht sicher, ob ihn Lanzinger überhaupt bemerkte.

„Ich hatte recht“, flüsterte Lanzinger. „Als ich die Wendeltreppe runterkam, sah ich eine kleine Gruppe von Leuten unter der Fußgängerbrücke stehen. Sie schienen auf etwas zu warten und gingen nach einer Weile weiter. Du hättest sehen sollen, wie sie sich bewegten – wie Soldaten im Einsatz. Ich erkannte sie nur an den Kleidern.“

„Hast du die Waffen identifiziert?“, fiel Finn in den Dialog ein.

„Ich war zu weit weg. Es sind auf jeden Fall silberne Schlagwaffen, etwa einen Meter lang, das konnte ich deutlich erkennen.“

„Und dann hast du sie verloren?“, hakte Steinmann nach.

„Ja. Ich habe eine Weile gesucht und bin dann hier hinaufgeklettert. Vielleicht haben sie die Überbauung überquert.“

„Wie viele waren es?“

„Ich bin nicht sicher. Fünf oder sechs. Ich sah sie nur von weitem.“

‚Sechs‘, dachte Finn. ‚Sechs Schläger in Ritterkostümen.‘

„Wo genau hast du sie aus den Augen verloren?“

„Bevor ich das Parkhaus erreichte, musste ich kurz in Deckung gehen, weil sich einer von ihnen umdrehte. Als ich wieder aufstand, um ihnen weiter zu folgen, waren sie weg.“

„Was heißt ‚weg‘?“, fragte Müller.

„Verschwunden“, antwortete Lanzinger ernst.

„Das ist völlig bekloppt“, entfuhr es Müller. „Wenn die Brüder hier irgendwo untergetaucht sind, stecken sie genau zwischen dem Tatort in der Fußgängerzone und den Suchtrupps an Engels Auto.“

Finn nickte bedächtig. Sollten beide Polizeigruppen ihre Radien erweitern und sich überschneiden, bestand die Möglichkeit eines Zufallstreffers. Er fragte sich, was die Täter dazu bewog, ein solches Risiko einzugehen.

‚Vielleicht, weil sie sicher sind, nicht entdeckt zu werden‘, überlegte er.

Lanzinger setzte seine Erklärung fort. „Deshalb kam ich auf die Idee, dass die Bande die Überbauung zur Flucht genutzt hat, aber die andere Seite ist unwegsam.“

„Hebt mich hoch“, sagte Steinmann. „Ich will mir das ansehen.“

Frank Müller bückte sich leicht und formte mit den Händen eine klassische Räuberleiter. Er hob Finns hagere Gestalt ohne Probleme an. Der KHK zog sich behände auf das Betonbollwerk hinauf.

Die andere Talseite präsentierte sich als kurzer Hang, in dem mehrere alt wirkende Gebäude kauerten, verwittert, auf gruselige Art schief und krumm. Lanzinger hatte recht – es war unwegsam.

Dennoch durften sie diese Möglichkeit nicht unbeachtet lassen.

„Wir überprüfen es“, sagte Steinmann knapp.

Er zog Müller auf die Überbauung. Die drei Polizisten ließen ein Fahrzeug passieren. Der junge Fahrer rauschte mit weit aufgerissenen Augen an ihnen vorbei.

„Das waren auch keine fünfzig“, knurrte Müller.

Dann liefen sie über die zweispurige Straße, sprangen rasch über die Betonpflanzenkübel und überquerten die zweite Doppelspur. Einhundert Meter rechts von ihnen lag eine Bushaltestelle. Die Straßenlaternen verbreiteten schwaches Gelblicht.

„Hier ist nichts“, sagte Lanzinger und starrte über den Rand der Überbauung. „Keine Fußspuren, kein platt gedrücktes Gras. Sechs Personen müssten sichtbare Spuren auf ihrem Weg hinterlassen, oder etwa nicht?“

Finn biss sich auf die Unterlippe und sah hinüber zur Bushaltestelle. Von dort gelangte man auch auf die Fußgängerbrücke, von deren Mitte Müller und er Lanzingers Lampe gesehen hatten.

‚Wir bewegen uns im Kreis‘, dachte Steinmann. ‚Gut möglich, dass die Mistkerle in einem Versteck sitzen und uns feixend beobachten.‘

„Wo habt ihr das Mädchen mit dem Schädelbruch aufgefunden?“, fragte der KHK.

„Das ist noch ein gutes Stück weg von hier“, erklärte Lanzinger. „Luftlinie mindestens ein Kilometer. Warum?“

Finn antwortete nicht. Er suchte fieberhaft nach einer Verbindung zwischen diesen beiden Fällen und dem Verschwinden von Horst Engel.

„Lasst uns wieder auf die andere Seite zurückgehen“, meinte er.

Kurz darauf standen sie erneut auf dem Parkplatz.

„Es gibt von hier mehrere Zugänge in die Fußgängerzone“, sagte Müller, „aber ich glaube nicht, dass die Bande einen davon genommen hat.“

Finn stimmte ihm zu. Wenn man von hier aus in die Zone eintrat, geriet man automatisch in den Suchkreis der Polizisten am Tatort. So dumm konnten die Ritterschläger nicht sein. Die Straße führte noch weiter nach Osten, immer an der Naheüberbauung entlang, aber Lanzinger berichtete, dort als Erstes nachgesehen zu haben. Es blieb, wie er anfangs sagte: Die Gestalten waren urplötzlich verschwunden.

Als hätte sie der Erdboden verschluckt.

13.

Freitag, 9.22 Uhr
Übermüdete Beamte sammelten sich im Besprechungsraum der Polizeiinspektion Idar-Oberstein. Das massive Aufgebot in und um die Fußgängerzone zog inzwischen Proteste der Geschäftsleute nach sich. Lieferwagen wurden behindert, Schaulustige standen lieber auf den Straßen als in den zahlreichen Einzelhandelsgeschäften, und die Kunde von der nächtlichen Schlägerei erregte die Gemüter.

Aufgebrachte Bürger forderten endlich die Installierung der lange diskutierten Videoüberwachung, andere Stimmen schrien nach einer Art Pranger für die Täter. Die Zustände auf den Straßen der Edelsteinstadt wurden mit jedem Jahr schlimmer.

Es gab eine große Zahl von Leuten, denen die drei Jugendlichen nicht ganz unbekannt waren.

„Die bauen jetzt keinen Mist mehr", sagte ein älterer Mann in einer Radiosendung am Morgen.

Der Sender lag gerade mal zweihundert Meter vom Schauplatz entfernt, es war also nichts Ungewöhnliches, dass die Bürger dazu befragt wurden. Die Bezeichnung „randalierende Jugendliche" war vielen Leuten schon lange zu harmlos. Immer öfter wurden in den Nächten Einzelpersonen von Gruppen bis zu zehn jungen Menschen verprügelt, und die Gewaltexzesse zeugten von Barbarei und Sadismus.

„Das Gesindel hängt jede Nacht besoffen in der Stadt herum. Jetzt hat sich mal jemand um die gekümmert. Sollen die ruhig noch mehr von der Sorte aus dem Weg räumen", sagte der Mann im Radio weiter. „Früher ... hätt' es die nicht gegeben."

An der Stelle „Früher ... hätt'" war für technikversierte Zuhörer ein deutlicher Schnitt zwischen den Worten des Mannes hörbar – etwas fehlte.

Finn hatte es im Radio mitverfolgt. Er konnte sich denken, welche Worte vorsorglich entnommen worden waren. Wahrscheinlich zwei. Eines davon ein Name.

Für zehn Uhr morgens war eine Sitzung anberaumt, die Steinmann verschieben musste, weil ihn ein Anruf der Stadtverwaltung erreichte. Der Erste Kommissar Bohn und er – als Leiter der SoKo – hatten einen Termin beim Oberbürgermeister der Stadt. Bohn informierte Steinmann während der kurzen Fahrt über den Grund. Der Norddeutsche hatte insgeheim mit etwas in dieser Art gerechnet. Es kam nicht überraschend für ihn.

Um zehn Uhr fünfundvierzig konnte die Sitzung in der Inspektion stattfinden. Steinmann wartete, bis er sich der vollen Aufmerksamkeit seiner Zuhörer sicher war. Dann ließ er die Bombe platzen.

„Ihr wisst alle zumindest in groben Zügen, was sich heute Nacht ereignet hat. Dazu kommen wir gleich, aber zunächst möchte ich euch etwas vorlesen, das der Oberbürgermeister am frühen Morgen auf den Tisch bekommen hat."

Die Frauen und Männer sahen gespannt zu, wie Steinmann eine durchsichtige Schutzhülle aus einem Ordner nahm. Ein weißes Blatt befand sich darin. Diejenigen, die ganz vorne saßen, erkannten aufgeklebte Buchstaben aus einer oder mehreren Zeitungen auf dem Papier.

Steinmanns Gesicht war unbewegt, als er den Text monoton vorlas: „Die Untätigkeit der Polizei Idar-Obersteins in Kombination mit dem völligen Mangel an Entschlussfreudigkeit seitens der Stadtpolitik hat zu einem unerträglichen Zustand geführt. Welchen Zustand wir damit meinen, entnehmen Sie den beigefügten Zeitungsausschnitten. Sehen Sie das Bild der Stadt, wie es in Wirklichkeit ist."

Steinmann hob die Hand und machte eine Bewegung, die seinen Zuhörern vermittelte, dass er ihnen später davon mehr erzählen würde.

„Wir beenden jetzt diese Wirklichkeit. Wir beenden jetzt die Angst. Mit dem heutigen Tag herrscht ein neues Gesetz auf den Straßen von Idar-Oberstein. Die Zeit der Sühne ist gekommen. Der Kreuzzug der Zonenkrieger hat begonnen.“

Stille senkte sich nach dem letzten vorgelesenen Wort Finns über den Besprechungsraum. Jemand sog geräuschvoll Luft ein, ein anderer räusperte sich.

Stefanie Gorges beendete die Ruhe. „Hast du die Zeitungsausschnitte auch hier?“

Finn nickte, zog langsam Handschuhe an, griff in eine Tasche auf seinem Pult und entnahm eine silbern verzierte Schatulle von der Größe eines Schuhkartons. Die Beamten im Raum gaben überraschte Laute von sich. Die Schatulle sah alt und wertvoll aus.

Steinmann öffnete das gut geölte Scharnier und klappte den Deckel auf. Die Polizisten erhoben sich und versuchten alle gleichzeitig in den Behälter hineinzublicken.

Dutzende und Aberdutzende kleiner Schnipsel lagen in dem mit schwarzem Samt beschlagenen Innenraum.

„Die Ausschnitte entstammen allesamt dem Wochenspiegel und der Nahe-Zeitung“, erklärte Finn. „Es sind ohne Ausnahme Polizeiberichte. Schlägereien, Diebstähle, Einbrüche, Sachbeschädigungen, Vandalismus, Alkohol- und Drogenexzesse – die ganze Palette der Aktivitäten einer außer Kontrolle geratenen Jugend.“

Noch bevor darüber eine Diskussion geführt werden konnte, öffnete sich die Tür zum Besprechungsraum. Der Kollege von der Zentrale stand im Rahmen.

„Die Intensivstation des Krankenhauses hat gerade angerufen“, erklärte der Mann.

Finn stemmte die Arme in die Hüften. „Ist sie aufgewacht?“

Der Polizist nickte.

Dritter Teil

Erkenntnisse

14.

Freitag, 11.20 Uhr
„Kommen Sie", sagte Dr. Korn an der Schleuse und führte Steinmann in die Station hinein.

Die Lichtverhältnisse innerhalb des Überwachungsbereiches für Intensivpatienten waren noch genau so, wie es der Hauptkommissar vom letzten Besuch in Erinnerung hatte.

„Ist es hier eigentlich immer so schummrig?"

„Nein", antwortete Dr. Korn. „Aber im Augenblick haben wir ein Hitzeproblem. Wenn wir die Rollläden hochziehen, jagt uns die verdammte Sonne in kürzester Zeit die Temperatur in die Höhe, und die Patienten hier auf der Intensiv sind teilweise sehr instabil. Es kommt beispielsweise vor, dass wir Fieberschübe mit echtem Eis bekämpfen müssen – da ist die Sommerhitze kein guter Assistent. Irgendwann mutiert man hier zu einem Höhlenmenschen, Herr Steinmann."

Finn brummte beiläufig. „Ist Svenja seit heute Morgen wach?"

„Nein." Korn schüttelte den Kopf. „Sie schlief nach meinem Anruf auf der Wache wieder ein und vor ein paar Minuten ist sie wieder zu sich gekommen."

„Hat sie etwas von Bedeutung gesagt?"

Der Oberarzt schüttelte erneut den Kopf. „Nichts Relevantes – aber wenigstens war es deutsch. Wir haben jetzt immerhin ihren vollen Namen. Svenja Boschlana. Ihr Hirn hat die direkten Folgen durch das SHT offenbar gut überstanden. Sie ist stabil, und wenn sie das bleibt, können wir sie bald verlegen. Das gilt leider nicht für den alten Mann, der heute Nacht eingeliefert wurde. Sein Zustand ist kritisch."

Steinmann sah vom Gang aus in das Zimmer hinein, in welchem Paul Fink lag. Mehrere Schläuche führten von und zu dem Rentner, auf seinem Gesicht saß eine Art Maske. Er war intubiert worden.

„Er muss beatmet werden?“

Korn nickte mit finsterer Miene. „Man hat ihm frontal das Gesicht zertrümmert, Herr Steinmann, mit der gleichen oder einer ähnlichen Waffe wie bei Svenja. Tödliche Autounfälle haben manchmal auch so eine Wirkung – jetzt können Sie sich die Wucht vorstellen, mit welcher der alte Mann niedergestreckt wurde. Es war auch mehr als ein Schlag. Den Bruchstellen nach wurde er mindestens vier Mal getroffen.“

„Sie haben seinen Hund getötet, so einen lustigen, kleinen Kläffer, wissen Sie?“, murmelte Finn. „Einfach das Rückgrat durchgehauen. Fink hatte die Leine noch in der Hand, als wir ihn fanden.“

„Es ist möglich, dass er es nie erfährt, Herr Steinmann. Sein Zustand ist nur minimal besser geworden. Die Chirurgen konnten einen Teil der Schäden beheben. Sollte er es schaffen, muss er erneut operiert werden.“

„Was ist mit den Jugendlichen?“

„Die liegen nicht auf dieser Station. Es sind keine Intensivpatienten.“

Finn beschloss, direkt nach dem Gespräch mit Svenja die drei jungen Männer aufzusuchen. Er musste Details sammeln.

Korn und er gingen zwei Räume weiter, wo sich Svenja befand. Die junge Frau bemerkte den Neuankömmling und hielt seinem Blick stand. Ihr Gesichtsausdruck war aufgrund der Deformation schlecht deutbar.

„Ich werde der Befragung beiwohnen“, teilte Dr. Korn dem KHK mit. „Wir wollen sie nicht überfordern.“

Finn kommentierte die Ankündigung nicht und betrat mit dem Oberarzt das Zimmer. Korn überprüfte rasch die Werte der Verletzten und schien zufrieden.

„Hallo Frau Boschlana“, sagte er mit gesenkter Lautstärke und deutete auf Steinmann. „Das ist ein Mann von der Polizei, und er möchte Ihnen ein paar Fragen stellen. Haben Sie das verstanden?“

Die junge Frau blinzelte und deutete ein Nicken an. Sie war noch sehr schwach.

„Fühlen Sie sich für eine Befragung kräftig genug?“, hakte Korn nach.

„Ja“, antwortete sie kaum hörbar.

Der Oberarzt wandte sich an Finn. „Jetzt sind Sie dran.“

„Guten Tag, Frau Boschlana“, sagte der Kriminalhauptkommissar und trat einen Schritt näher. „Darf ich mir einen Stuhl nehmen und mich zu Ihnen setzen?“

„Ja.“

„Schön. Mein Name ist übrigens Steinmann.“ Der KHK setzte sich langsam hin, vermied hektische Bewegungen. „Ich möchte mit Ihnen vor allem über Montagnacht sprechen, jene Nacht, in der Sie verletzt wurden.“

„Welcher Tag ist heute?“

Finn sah zu Dr. Korn, der im Hintergrund des Raumes stand und das Gespräch beobachtete. Der Arzt blinzelte zustimmend.

„Heute ist Freitag, Frau Boschlana“, sagte Steinmann. „Sie waren ein paar Tage außer Gefecht.“

Sie schluckte und zeigte einen fast panischen Gesichtsausdruck. Dr. Korn trat sofort näher und beruhigte sie. Nach einem Augenblick fing sie sich wieder.

Finn wartete noch ein paar Sekunden, dann setzte er seine Befragung fort.

„Okay. Ihr Name ist Svenja Boschlana. Wann und wo wurden Sie geboren?“

„Am 24. August 1991. Kasachstan.“

Finn machte sich Notizen. „Oh, dann werden Sie ja in vier Wochen neunzehn.“

„Ja.“

„Wird es eine kleine Feier geben?“

„Weiß nicht. Warum fragen Sie?“

„Weil Doktor Korn sagte, dass bisher niemand bei Ihnen zu Besuch war. Es hat sich auch niemand auf der Inspektion gemeldet. Was ist mit Ihren Eltern?“

„Die sind tot, Herr Steinmann."

„Das wusste ich nicht, Frau Boschlana. Das tut mir leid. Darf ich fragen, wann Ihre Eltern gestorben sind?"

„Im Oktober '96. Wir waren gerade erst in Deutschland angekommen. Es war ein Autounfall. Ich überlebte als Einzige."

Sie redete sehr leise. Finn schrieb die Daten auf. Als er ‚Oktober 1996' notierte, zitterte der Kugelschreiber ein wenig. Svenja Boschlana war fünf Jahre alt gewesen, als sie ihre Eltern verlor, und auch ihr letztes Bild von ihnen hatte etwas mit einem Auto zu tun – so wie bei ihm.

Er hätte sie beinahe gefragt, ob sie sich an die Gesichter von Mama und Papa erinnern konnte, ob sie noch Erinnerungen an das Lächeln ihrer Mutter besaß, und wie oft ihr Vater mit seinem kratzigen Drei-Tage-Bart die kleine Svenja geärgert hatte.

„Haben Sie sonst keine Verwandten in Deutschland?"

„Nein."

„Freunde?"

Sie zögerte. „Nur ein paar."

„Sollen wir jemanden anrufen? Wir wissen ja nicht mal, wo Sie wohnen, Frau Boschlana."

„Nein, niemanden anrufen ... nein."

„Hhm. Das ist eine ungewöhnliche Entscheidung, Frau Boschlana. Können Sie mir ein paar Freunde nennen?"

Sie dachte mehrere Sekunden nach und murmelte vier Namen. Er notierte zusätzlich: „Bekanntenkreis recherchieren."

Aus irgendeinem Grund war ihr das Thema unangenehm. Finn zog sich sofort davon zurück, obwohl ihn ihre Reaktion neugierig machte. Er musste Geduld haben.

„Später möchte ich noch ein paar Daten von Ihnen, aber jetzt sollten wir über Montag sprechen. Ist das in Ordnung für Sie?"

„Ja."

Sie seufzte verhalten. War da Erleichterung in ihrem Gesicht?

„An was können Sie sich noch erinnern?"

„An Gesichter. Ein älteres Ehepaar. Ein Polizist. Leute vom Krankenhaus."

„Ausgezeichnet“, sagte Dr. Korn aus dem Hintergrund des Raumes. „Können Sie den Polizisten beschreiben?“

„Nein. Die Gesichter sind alle verschwommen. Er ist recht groß, das weiß ich noch.“

‚Frank Müller‘, dachte Finn.

„Erinnern Sie sich an den zweiten Polizisten?“, hakte Korn nach. „Der mit im Rettungswagen gesessen hat?“

Finn unterbrach ihn nicht. Der Arzt nahm aus medizinischer Sicht an der Befragung teil, und ihn interessierten Svenja Boschlanas Erinnerungen aus anderen Gründen.

„Nein“, wisperte die junge Frau, und ihr Antlitz zeigte deutliche Bestürzung. „Da war kein ... Polizist.“

Dr. Korn nickte und lächelte nachsichtig. „Kein Grund zur Beunruhigung, Frau Boschlana. Dass Sie sich überhaupt an etwas aus jener Nacht erinnern, etwas unmittelbar nach der Tat, ist schon sehr bemerkenswert.“

„Darauf kommen wir jetzt“, übernahm Steinmann wieder das Gespräch. „Schildern Sie uns bitte – wenn möglich – wer Sie angegriffen hat.“

Svenja Boschlanas Unterlippe zuckte, als sie Steinmann die Beschreibung eines Kreuzritters gab.

„Ja“, meinte der KHK, „das sagten Sie auch schon Montagnacht aus, im Rettungswagen. Wissen Sie noch, wo sich das ereignet hat?“

„Nein.“

Steinmann notierte sich ihre Antwort auf.

„Sie waren bis auf einen Slip nackt, Frau Boschlana. Trugen Sie an jenem Abend teure Kleidung oder Wertsachen bei sich, die für einen Straftäter von Interesse sein könnten?“

„Nein.“

‚Warum ist sie dann von einem Zonenkrieger niedergeschlagen worden? Hat sie etwas auf dem Kerbholz?‘

Mit ihrem vollen Namen ließe sich vielleicht herausfinden, ob sie in irgendeiner Weise schon einmal aufgefallen war. Allem Anschein nach befanden sich die Zonenkrieger auf einer Art Feldzug, und die Frage war, welches Beutekriterium Svenja Boschlana erfüllte.

„Erinnern Sie sich außer an das Erscheinungsbild des Täters noch an etwas anderes? Wurden Sie angesprochen, beleidigt oder verfolgt?“

„Nein.“

„Der Angriff erfolgte also einfach so, ohne Vorwarnung?“

„Ja.“

„Wie lief das ab?“

„Ich weiß nicht mehr so genau. Der Ritter stand plötzlich vor mir und schlug mit seinem Schwert zu.“

„Hm“, brummte Finn und malte einen Kreis auf seinen Zettel.

„Wir glauben nicht, dass es eine Klingenwaffe war.“

„Es war ein Schwert, Herr Steinmann“, sagte sie erstaunlich laut und sah ihn an.

Er erwiderte ihren Blick. „Was macht Sie so sicher?“

„Ich habe es gesehen. Haben Sie gesehen, dass es kein Schwert war?“

Finn rieb sich die Nase und wechselte das Thema.

„Wir brauchen noch Ihre Adresse. Sollen wir Ihnen etwas aus Ihrer Wohnung bringen?“

„Nein.“

„Warum nicht?“

„Ich brauche nichts.“

„Das ist doch Unsinn, Frau Boschlana.“

„Ich brauche nichts“, fauchte sie unvermittelt, betonte plötzlich das ‚R‘ sehr stark und zuckte mit dem schiefen Kopf wie eine Schlange vor.

Eines der Überwachungsgeräte piepste los, und Dr. Korn trat sofort in Aktion.

„Wir brechen ab“, sagte er in ärztlichem Befehlston. „Die Patientin regt sich auf und das ist nicht gut. Warten Sie bitte vor der Stationszentrale.“

„Sie ist eingeschlafen“, sagte Korn, als er kurze Zeit später zu Finn kam. „Ich bin etwas überrascht, muss ich sagen. Was halten Sie davon?“

„Sie verbirgt etwas“, antwortete Finn. „Ihre Aussagen enthielten mehrere Ansatzpunkte für mich. Damit habe ich nicht gerechnet. Ich werde Svenja Boschlana weiter befragen müssen, Doktor Korn.“

„Das sehe ich ein. Aber sie ist noch sehr instabil. Wir müssen vorsichtig an diese Sache herangehen.“

„Unter anderen Umständen würde ich Ihnen recht geben, Doktor Korn, aber wenn die Möglichkeit besteht, dass Frau Boschlana auf irgendeine Weise ein Bindeglied zu den Kreuzrittern ist, muss ich mit Nachdruck forschen.“

„Werden Sie sich ihre Wohnung ansehen?“

„Ja. Das müssen wir. Die Adresse kriegen wir raus. Ihre Reaktion war deutlich. Sagen Sie ihr nichts davon. Vielleicht finden wir etwas, das ich ihr beim nächsten Besuch unter die Nase halten kann.“

„Das ist keine erfreuliche Entwicklung, Herr Hauptkommissar.“

„Da stimme ich Ihnen zu. Beantworten Sie mir bitte noch eine Frage: Wenn ich mit einem massiven Gegenstand eine solche Schädelverletzung zugefügt bekomme, bin ich dann sofort ausgeschaltet?“

„Abolut. Eine derart heftige Erschütterung lässt sie schlagartig zusammenbrechen. Worauf wollen Sie hinaus?“

„Das erzähle ich Ihnen beim nächsten Mal, Doktor Korn.“

15.

Die Befragung der drei Jugendlichen war eine befremdliche Sache. Die jungen Männer waren zu überrascht gewesen, um sich mehr als einige Sinneseindrücke zu merken. Dazu kamen die hohen Alkoholwerte, die die Blutbilder der Herumtreiber aufgezeigt hatten.

Finn blieb länger bei ihnen sitzen, als er eigentlich wollte. Die beiden älteren Jungs weigerten sich zwar nicht, mit ihm zu sprechen, legten aber dennoch das typische Ablehnungsverhalten gegenüber Autoritäten an den Tag. Es war die Art und Weise, wie sie mit ihm sprachen, wie sie trotz verbeulter Gesichter und harmloser Schlafanzüge versuchten, cool und überlegen zu wirken. Die Wirklichkeit des Lebens würde diese Burschen bald überholen, sie links liegen lassen, auf dem Abstellgleis, auf das sie sich begeben hatten – und in weiteren fünfzehn Jahren mochten sie vielleicht auf ihre verschwendete Jugend zurückblicken. Die Frage war nur, ob sie dann noch in der Lage waren, ihre Fehler zu korrigieren.

Steinmann versuchte es zu verhindern, aber seine Intuition als Polizist hakte die zwei Älteren ab. Früher oder später würden sie wieder mit der Polizei Bekanntschaft machen – als Täter, nicht als Opfer.

Steinmann verfluchte sich dafür, die beiden derart abzustempeln, aber der Lebensweg ihrer unmittelbaren Zukunft stand ihnen so deutlich ins Gesicht geschrieben wie die Schlagzeile auf dem Titelblatt einer Zeitung.

Als Finn das Zimmer betrat, in welchem der Jüngste der Bande lag, rührte etwas seine Seele mit Urgewalt. Eine der Schwestern war umsichtig genug gewesen, den Jungen von seinen älteren Freunden zu trennen. Finn wusste, dass das schmale Kerlchen erst dreizehn war, und doch war er mit derselben Wucht und Gewalt niedergestreckt worden wie seine Kumpanen.

Der Junge, der sich zuerst mit dem Namen „Stinker“ und dann zögerlich als „Kevin“ vorgestellt hatte, sah zu ihm herüber. Am Fußende seines Bettes kauerte eine verweint aussehende Frau Ende dreißig. Die Furchen in ihrem Gesicht verrieten Finn, dass sie zu viel rauchte, zu viel trank und zu viel weinte. Sie gehörte eindeutig zu jenen, die auf ihre eigene Jugend in der Hoffnung zurückblicken, mit einer Zeitmaschine zurückreisen zu können – um noch einmal an die Weichen zu treten, an die Wendepunkte, die sie zu dem hatten werden lassen, was sie heute war.

Kevin trug einen bunten Schlafanzug mit Comicfiguren, der einen surrealen Kontrast zu seinen Kopfverletzungen bildete. Seine Nase war gebrochen. Der schmächtige Körper hatte die schweren Schläge naturgemäß weniger verkraftet.

Steinmann betrachtete den Schlafanzug, von dem er nur das Oberteil sah. Gelbe Enten und Marienkäfer. Er atmete tief durch, fragte sich, ob Kevins Mutter die Promillewerte kannte, die ihr Sohn bei der Einlieferung gehabt hatte, und als er noch einmal in ihr Gesicht sah, erweiterte er die Frage um ‚Hätte es sie interessiert?‘

„Hallo“, sagte Finn.

„Hallo“, antwortete Kevin nasal.

Die Frau am Ende des Bettes sagte nichts. Sie sah stur die Wand hinter ihrem Sohn an. Auf dem Rollschrank neben dem Bett lagen ein paar Comicmagazine.

‚Stinker...‘, dachte Steinmann. ‚Es gibt nicht viele Möglichkeiten, zu solch einem Spitznamen zu kommen.‘

„Mein Name ist Finn Steinmann, Kevin. Ich bin von der Polizei Idar-Oberstein. Ich möchte dir ein paar Fragen stellen. Fühlst du dich fit genug dafür?“

„Klar.“

‚Natürlich sagt er klar. Bloß keine Schwäche zeigen. Wer bringt diesen Kindern so etwas bei?‘

Kevins Mund formte plötzlich ein großes O.

„Sie haben den Zauberer gefangen, richtig? Das waren doch Sie, oder?“, gluckste er mit staunender Miene.

Es klang, als habe er eine Hasenscharte.

„Zauberer?“

„Na, der Typ mit den Bäumen im letzten Jahr!“

Finn lächelte. „Du meinst den Druiden ...“

„Genau den!“

„Woher weißt du, dass ich den verhaftet habe?“

„Ich hab’s gelesen, hab alles über Sie gelesen, und im Fernsehen waren die Bäume zu sehen, weißt du, Mann, die sind echt riesig, und die Löcher hat man auch gezeigt, die Löcher, weißt du, da wo die Zermetzelten drinnen gelegen haben ...“

„Erstickte, nicht Zermetzelte.“

„Ja, genau, Erstickte, Mann, cool, dass ich Sie mal treffe, hab alles darüber gelesen, Herr Steinmann, wirklich alles, und das war ein ganzer Haufen, weißt du, Mann, dass ich Sie treffe, das glaubt mir keiner, echt. Ein richtiger Held an meinem Bett!“

„Na, als einen Helden würde ich mich nicht bezeichnen. Ich glaube nicht, dass es echte Helden gibt.“

„Nein?“

Steinmann schüttelte bedächtig den Kopf. „Nur Leute, die ihre Arbeit tun.“

Der Junge sah ihn sehr lange und forschend an und sagte dann: „Schade. Würd’ gern mal einen Held sehen.“

Steinmann hatte den Eindruck, das Thema sei wichtig für Kevin. „Kann ich dir nun ein paar Fragen stellen?“

„Klar.“

„Gut. Das Wichtigste zuerst: Wie geht es dir?“

„Beschissen“, murmelte die Frau am Ende des Bettes.

Ihre Stimme verriet die Anzahl der Zigaretten, die sie am Tag konsumierte. Es war das erste und letzte Wort, welches Steinmann von ihr hörte.

„Mein eines Auge sieht nur noch ganz schlecht, weißt du, Herr Steinmann? Und die Nase ist im A... kaputt, weißt du, aber sonst geht’s mir gut.“

„Was ist denn mit dem Auge?“

„Das kommt von den Schlägen, hat der Doktor gesagt, weißt du, das kann ein paar Tage dauern, hat der Doktor gesagt.“

Finn warf einen Seitenblick auf die Infusionen, die dem Jungen angehängt waren. Dafür, dass der Vorfall erst wenige Stunden her war, zeigte sich Kevin erstaunlich agil. Der KHK nahm an, dass der Dreizehnjährige starke Schmerzmittel bekam.

„An was kannst du dich noch erinnern?“

Kevin drehte den Kopf von ihm weg und sah aus dem Fenster. Finn sah, dass er versuchte, die Lippen zusammenzupressen, aber die Schwellungen rund um die Nase machten daraus eine Grimasse. Über dem Ohr begann sich ein großer, blauer Fleck zu bilden.

‚Immer auf den Kopf‘, dachte Steinmann. ‚Die Zonenkrieger attackieren immer sofort den Kopf.‘

„Weiß nicht“, begann Kevin. „Wir hamm halt so rumgehangen.“

„Das war nicht zu übersehen“, kommentierte Steinmann. „Ihr habt ganz schön gebechert.“

„Mmmh.“

„Was geschah dann?“

„Weiß nicht mehr so genau. Ich hatte auf einmal so'n Gefühl, weißt du?“

„Ein Gefühl?“

„Dass du nicht mehr alleine bist, weißt du, kennst du das, Herr Steinmann?“

„Ja, das kenne ich. Meistens habe ich recht damit.“

„Hatte ich auch. Ich hab mich umgedreht, als Butch die Flasche geworfen hat, und da stand so'n großer Typ hinter mir, so mit weißer Kutte und 'nem roten Kreuz drauf.“

„Hast du seine Waffe gesehen?“

„Weiß nicht. Sah aus wie ein silberner Stab oder so.“

Finn nickte. Auch Kevin konnte ihm nichts Neues erzählen. Es war deckungsgleich mit den Schilderungen der anderen beiden Jungen. Fast.

„Er hat mich nicht beleidigt, weißt du, Herr Hauptkommissar?“

Steinmann horchte auf. „Wie meinst du das?“

„Als ich auf den Boden fiel, hat er etwas zu mir gesagt, und das war keine Gemeinheit oder so. Er war ganz ruhig, das weiß ich noch ganz genau.“

Finn lehnte sich aufmerksam gegen die Wand. „Was sagte er zu dir?“

„Na ja, so irgendwas wie: ‚Gut so. Die Sünder auf dem Boden der Bußzeit. Erna will es.‘“

„War das der genaue Wortlaut?“

Kevin schluckte und verzog das Gesicht.

„Mmmh. ‚Die Sünder auf dem Boden‘ ... und dann kam noch was, und dann ‚Bußzeit‘.“

„Was war das mit Erna, Kevin? Versuch dich daran zu erinnern. Das ist neu, das kenne ich noch nicht. Bist du dir sicher, so etwas gehört zu haben?“

„Klar“, antwortete Kevin.

Seine Stimme klang von Wort zu Wort undeutlicher. Das lange Reden strengte ihn an. Finn blieb nicht mehr viel Zeit.

„Sagte er ‚Erna will es‘?“

Kevin dachte nach. Er runzelte die Stirn und ächzte, weil ihm die Atmung durch das Sprechen schwer fiel.

„Ich glaube schon“, sagte er.

Finn wiederholte in Gedanken. ‚Die Sünder auf den Knien ... Bußzeit ... Erna will es.‘

Das ergab nicht viel Sinn. „Die Zeit der Buße“ war wohl der Oberbegriff für die Aktivitäten der Zonenkrieger, aber was hatte eine Erna damit zu tun?

„Kannst du dich sonst noch an etwas erinnern?“

„Nur an den Hund. Da war ein Hund, weißt du, Herr Steinmann? Ich hab ihn bellen gehört, und der Typ hat mich auf einmal in Ruhe gelassen, und dann hab ich gehört, wie der noch mal zugehauen hat, aber nicht auf mich, weißt du, Herr Kommissar, ich glaub, der hat den Hund tot gemacht. Können Hunde weinen, Herr Hauptkommissar? So wie wir? So klang das nämlich.“

„Ich weiß nicht, ob Hunde weinen können, Kevin.“

Der Junge sah ihn nachdenklich an. Noch war das geronnene Blut unter seiner Haut nicht sichtbar, aber in spätestens zwei Tagen würde er ein fast schwarzes Gesicht haben.

„Ich danke für deine Schilderung“, lächelte Steinmann aufrichtig. „Du hast mir weitergeholfen.“

„Wirklich?“

„Ja.“

„Cool.“

Finn lächelte aufmunternd. „Das kannst du deinem Papa erzählen. Er wird sicher stolz auf dich sein. Das ist besser als Bierflaschen gegen Schaufenster zu werfen.“

Er wusste sofort, dass er in ein Fettnäpfchen getreten war, denn ein Schatten lief über Kevins Gesicht. Der Junge schluckte, und seine Mutter, die immer noch reglos auf dem Bett saß, senkte den Kopf und zupfte an ihren ungepflegten Fingern.

‚Vielleicht will er deshalb einmal einen Helden sehen. Sein Vater scheint das genaue Gegenteil davon zu sein.‘

„Bestimmt“, nuschelte Kevin, und Finn erkannte, dass irgendwo in dem schmächtigen Körper ein Kämpfer steckte, jemand, der die Kraft hatte, Rückschläge wegzustecken.

Diesmal blieb sein Polizisteninstinkt ruhig. Der Junge hatte noch eine Chance. Das Traurige daran war nur, dass es an ihm ganz alleine lag, sie auch zu nutzen. Niemand würde ihm helfen.

„Viel Glück und gute Besserung, Kevin. Vielleicht sehen wir uns wieder“, sagte Steinmann.

Der Junge winkte zum Abschied und sagte leise etwas, als der KHK die Tür hinter sich schloss. Finn bekam es nur am Rande mit.

‚Erna will es‘, dachte er und wäre beinahe in eine Krankenschwester hineingerannt. ‚Führt uns das zu Horst Engel?‘

Er seufzte und verließ das Hospital. Als er in seinem Wagen saß, überlegte er an Kevins letzten Worten herum. Hatte der Junge „Tschüss, Astro-Man“ zu ihm gesagt?

Steinmann schüttelte den Kopf. Er hatte sich sicher verhört.

16.

In der Inspektion kam ihm Stefanie Gorges mit einem Computerausdruck entgegen.

„Es gibt gute Nachrichten. Wir haben die Analyse des Silberlacks. Es handelt sich um Glanzfarbe der Marke ‚Schmidts Beste'. Sie wurde bei einem Einbruch in Neunkirchen schon mal untersucht."

Finn sah sich den Ausdruck an. Vergleichstabellen aus den Datenbanken der Polizei waren darauf zu sehen.

„Wo wird diese Farbe verkauft?"

„Das ist die zweite gute Nachricht. Es gibt ‚Schmidts Beste' bei uns nur in einem einzigen Baumarkt. Ich habe uns bereits angekündigt."

Stefanie Gorges fuhr mit Finn auf eine der Kuppen der hügeligen Hunsrücklandschaft rund um Idar-Oberstein. Das Ziel war von der Inspektion keine fünfzehn Autominuten entfernt. Zwischen zwei kleineren Orten namens Veitsrodt und Herborn lag ein großes Gelände, auf dem laut Gorges jedes Jahr ein äußerst populärer Prämienmarkt mit zahlreichen Schaustellern, Pferderennen und Fahrgeschäften stattfand. Der thematisch passend gestaltete Verkehrskreisel in der Nähe unterstrich den historisch begründeten Platz. Den Beschreibungen von Stefanie Gorges zufolge hätte Finn sich den Prämienmarkt gerne einmal angesehen, aber sein Beruf führte ihn ständig von hier nach dort, und was dabei immer auf der Strecke blieb, war seine Zeit, Land und Leute näher kennenzulernen.

Angrenzend an das Marktgelände stand ein Baumarkt, der auf den ersten Blick klein wirkte, bei näherem Hinsehen jedoch vor allem mit Baustoffen handelte und demzufolge mit einem großen Lagerbereich aufwartete.

Die Leiterin des Marktes, eine robuste Frau Ende vierzig, empfing die Polizisten freundlich, aber besorgt. Sie blickte von Steinmann zu Stefanie Gorges, als versuche sie herauszufinden, wer von beiden das Sagen hatte. Sie entschied sich schließlich für Finn und heftete ihren Blick auf ihn.

„Ich bin Petra Macher“, sagte sie und schüttelte ihnen die Hände. „Ich habe die Daten schon herausgesucht. Bitte folgen Sie mir.“

Nach kurzem Marsch durch den übersichtlichen Baumarkt betraten sie das Büro der Leiterin. Es lag bereits ein Ordner auf ihrem Tisch, der die Artikeldetails enthielt. Ein Computerbildschirm war zu den Besuchern herumgedreht und zeigte die typische Struktur einer Lagerbestandsseite. Zwei Gläser und eine Flasche mit Mineralwasser standen ebenfalls auf dem Tisch.

„Bedienen Sie sich“, erklärte Petra Macher und deutete auf das Getränk.

Finn nickte dankbar und schenkte die Gläser halb voll. Er leerte seines in einem Zug, und dachte zu spät daran, dass das vielleicht nicht schicklich war.

„Es ist einfach unerträglich warm“, sagte er entschuldigend.

Stefanie Gorges nippte nur an ihrem Glas. Sie schien unbeeindruckt von den Temperaturen.

„In dem Ordner sind die Tages- und Lagerprotokolle?“, begann Finn.

„Ja“, antwortete die Marktleiterin. „Der betreffende Artikel wurde vor drei Wochen aufgefüllt.“

Sie öffnete den Ordner, schlug eine mit einem Lesezeichen versehene Seite auf und drehte ihn zu Steinmann und Stefanie Gorges herum.

„Hier.“ Sie deutete zusätzlich auf den Bildschirm. „Das ist der Silberlack ‚Schmidts Beste‘. Laut unserem Datenbestand wurde er zuletzt vor genau vier Wochen verkauft. Damit unterschritten wir die Mindestlagermenge und haben den Artikel wieder aufgefüllt.“

„Wie oft wird ‚Schmidts Beste‘ verlangt?“, fragte Stefanie Gorges.

„Die Marke generell regelmäßig, aber der Silberlack nicht sehr oft. Wir haben einige Stammkunden, die bei uns ihren Bedarf abdecken, darunter auch einige Kleinunternehmer. ‚Schmidts Beste‘ wird von ihnen gerne gekauft. Die Marke ist qualitativ in Ordnung und recht günstig.“

„Ist es die billigste Farbe, die Sie in den Regalen stehen haben?“, fragte Stefanie Gorges weiter und nippte wieder an ihrem Mineralwasser.

„Nein. Sie gehört zum mittleren Preissegment. Wir haben vier günstigere Produkte im Angebot.“

„Ich möchte die Namen von allen Käufern, an die Sie oder Ihre Leute sich erinnern können“, erklärte Steinmann. „Ich gehe davon aus, dass Sie viele Ihrer Kunden persönlich kennen und Kontakt pflegen.“

„Das ist richtig“, sagte Petra Macher mit Nachdruck. „Wir haben Konkurrenz in unmittelbarer Nähe. Unser Überleben hängt vom Service ab, den wir bieten können.“

Finn dachte nach. Mit jedem Käufer, den sie ausschließen konnten, wurde der Zeitpunkt eingegrenzt, wann die gesuchten Personen hier gewesen sein könnten.

Falls sie hier gewesen waren ...

Die Leiterin telefonierte kurz mit einer Angestellten und gab Anweisungen, die Verkäufe der Farbe zu überprüfen. Das bargeldlose Bezahlen wurde immer populärer – mit etwas Glück ließen sich so bereits Personen herausfiltern.

„Wo gibt es ‚Schmidts Beste‘ noch?“, wollte Finn wissen.

„Im Kreis Birkenfeld definitiv nur bei uns“, erklärte Petra Macher. „Das ist vertraglich festgehalten. Darüber hinaus weiß ich es nicht. Es wird hauptsächlich im Saarland angeboten.“

Steinmann schürzte die Lippen. Es war unwahrscheinlich, dass die Zonenkrieger soweit dachten, die Farbe außerhalb der eigenen Region zu kaufen. Das psychologische Profil einer

Gruppe, welche die Zustände in der Stadt Idar-Oberstein anprangerte, sprach dafür. Es waren Lokalpatrioten.

„Ich möchte das Regal sehen“, sagte er. „Ich will wissen, wovon wir hier überhaupt reden.“

„Selbstverständlich“, meinte die Leiterin und verließ das Büro.

Finn und Stefanie Gorges folgten ihr erneut. Es war nicht weit. Die Farben und Lacke standen in einem Doppelgang des kleinen Baumarktes. Die Belegschaft betrachtete die Dreiergruppe beinahe argwöhnisch.

„Hier“, sagte Petra Macher und blieb stehen.

Stefanie Gorges räusperte sich. Steinmann schluckte und griff nach einer der Dosen. Er hatte sich gefragt, warum die Schläger nicht zu billigeren Sorten gegriffen hatten, und ob sie überhaupt der richtigen Marke auf der Spur waren. Die moderne Ermittlungstechnik hatte Fehler. Der Skandal um die verunreinigten Wattestäbchen hatte die Polizei aufgerüttelt. Viele Jahre war man einer Frau auf der Spur gewesen, die nie existiert hatte. Sogar in Idar-Oberstein hatte man sie vermutet.

Als er die Dose sah, wusste er, warum und wieso die Zonenkrieger nur diese eine Sorte genommen haben konnten.

Im oberen Drittel des Behälters lief ein rotes, zwei Zentimeter breites Band einmal rund um das Blech. Auf der Frontseite, wo „Schmidts Beste“ diagonal angebracht war, zierte ein wappenförmiges Symbol das rote Band.

Der Kopf und der Oberkörper eines Ritters mit zylinderförmigem Helm waren darin zu sehen. Der Ritter trug zusätzlich einen weißen Überwurf, auf dem analog zu dem roten Band ein ebenso rotes Kreuz prangte. Darunter war ein lachender Handwerker zu sehen, leicht übergewichtig, mit dunkler Hornbrille. Finn legte einen Finger auf das Wappen und versank in Gedanken.

„Erstaunlich“, sagte er nach einer Weile zu Stefanie Gorges. „Aber jetzt haben wir das Auswahlkriterium. Ich könnte mir denken, dass der Käufer ebenso überrascht war wie wir. Er muss es für einen Wink des Schicksals gehalten haben.“

Er wandte sich an Petra Macher. „Kennen Sie den Hintergrund des Symbols?“

„Der Inhaber entstammt einer alten Adelsfamilie, soweit ich weiß.“

‚Ein Familienwappen‘, dachte Finn. ‚Oder eine Abwandlung davon.‘

„Ist Schmidt der Name der Familie?“

„Nein. Das soll der Handwerker auf der Dose sein. Eine Kunstfigur. Er ist auch auf anderen Produkten dieses Herstellers zu sehen.“

Finn nickte nachdenklich und sah sich um. Sein Blick ging hoch zur Decke. Eine unverkennbare Silhouette verbarg sich neben einigen Rohrleitungen.

„Wie viele Kameras haben Sie hier installiert?“

„Wir überwachen flächendeckend jeden Bereich der Verkaufsfläche“, antwortete Petra Macher. „Vor drei Wochen haben wir einen jungen Mann erwischt, der sich einen Spaß daraus machte, die Stromkabel von Elektrogeräten durchzuschneiden.“

„Davon weiß ich gar nichts“, sagte Stefanie Gorges. „Haben Sie keine Anzeige erstattet?“

Petra Macher hob die Schultern. „Wir haben das intern geregelt. Einige unserer Staplerfahrer können recht böse gucken. Aber um Ihrer Frage vorzugreifen: Die Speicherbänke der Kameras werden gelöscht, wenn nichts von Belang darauf zu sehen ist.“

Ihr Mobiltelefon am Gürtel klingelte.

„Ja? ... Aha ... Ja ... Danke.“

Sie steckte das Gerät zurück. „In der näheren Vergangenheit wurden vierzehn Dosen verkauft. Zweimal vier Stück auf Kundennummern, einmal fünf und dann eine einzelne Dose. Nur diese wurde bar bezahlt. Die anderen gingen per Karte über die Theke, zusammen mit weiteren Artikeln. Bei der Barzahlung wurde nur die Dose abgerechnet, sonst nichts.“

‚Klingt gut‘, dachte Finn. ‚Wir könnten Glück wirklich gebrauchen.‘

„Ich will das Datum, und wer an diesem Tag gearbeitet hat.“

Petra Macher nickte und griff wieder zum Telefon. Stefanie Gorges und Steinmann steckten die Köpfe zusammen und berieten sich.

Der KHK füllte sein Glas und trank es erneut in einem Zug. Er las die handgeschriebene Liste, die ihm von einer Marktangestellten übergeben worden war. Darauf standen Namen und der Hauptarbeitsort der jeweiligen Person. Die meisten waren Lkw- und Staplerfahrer, Lageristen und Verwaltungsangestellte. Nur einige wenige kamen infrage, den betreffenden Kunden eventuell gesehen zu haben. Die Uhrzeit des Verkaufs war gespeichert: nachmittags. Auf dem Kassenbon stand neben dem Datum und der Uhrzeit auch eine Einzelziffer – die Kassierernummer.

„Wer ist das?“, fragte Steinmann und deutete auf die Nummer.

„Frau Gärntner“, gab Petra Macher nach einem kurzen Blick kund.

„Ist sie im Dienst?“

„Im Dienst?“ Die Marktleiterin lächelte. „Ja, sie arbeitet heute.“

„Ich würde gerne mit ihr sprechen.“

„Selbstverständlich.“

Petra Macher war bemüht, die Ermittlungen der Polizei reibungslos zu gestalten. Kaum drei Minuten später stand eine kurzhaarige, aufgeregt wirkende Frau vor Finn und Stefanie Gorges. Sie rieb sich ständig die Hände.

„Frau Gärntner, Sie haben am ...“

Er sah auf den Kassenbeleg.

„... Freitag, dem 28. Mai eine Dose ‚Schmidts Beste‘ verkauft. Ich weiß, es ist zwei Monate her, dennoch möchte ich, dass Sie versuchen, sich zu erinnern, an wen Sie die Dose verkauft haben. Jedes Detail ist von Bedeutung.“

Die Kassiererin nahm den Zettel in die Hand, starrte darauf, als hoffte sie, dort die passende Antwort lesen zu können.

„Ich kann mich leider nicht daran erinnern“, sagte sie, und Finn sah ihr an, dass sie sich dafür schämte. „Ich weiß noch, dass die Woche sehr stressig war. Wir hatten zwei oder drei Kranke gleichzeitig.“

„Nicht schlimm“, meinte Stefanie Gorges beruhigend. „Es ist lange her. Ich weiß ja noch nicht einmal, was ich selbst vor zwei Wochen eingekauft habe. Danke, dass Sie es versucht haben.“

Frau Gärntner verließ das Büro wieder. Finn sah auf den Zettel mit der Namensliste.

„Hans-Peter Winnirek. Ist der da?“

„Nein. Er ist im Jahresurlaub. Soweit ich weiß, ist er mit seiner Frau in die Türkei geflogen.“

„Mmhh.“

„Ich glaube nicht, dass er Ihnen weiterhelfen könnte. Winnie ist den ganzen Tag hinten beim Holzzuschnitt. Man sieht ihn selten zwischen den Regalen bei der Kundenberatung, und wenn doch, dann ruft er eigentlich immer das zuständige Personal.“

Finn malte ein Fragezeichen hinter den Namen Winnirek.

„Klaus Mildenberger?“

„Der ist da. Warten Sie einen Moment.“

Erneut zahlten sich die kurzen Wege des Baumarktes aus. Auch Klaus Mildenberger stand nur wenige Minuten nach der Aufforderung vor Steinmann, aber seine Befragung brachte kein brauchbares Ergebnis. Er hatte sich in jener Woche aufgrund eines Staplerfahrerausfalls zumeist im Außenbereich aufgehalten und Lkws be- und entladen.

„Bleibt nur noch Katja Fewinger übr...“

Steinmann stockte. Katja Fewinger. Das klang beinahe wie Katja Neisinger.

‚Scheiße. Ich muss sie unbedingt anrufen. Wo steckt sie bloß?‘

„Finn?“

Er schrak auf. Stefanie Gorges sah ihn aufmerksam an.

„Geht es dir gut?“

„Ja, ja, alles klar. Ich dachte, ich kenne den Namen, aber ... hab’ mich wohl geirrt.“

Er riss sich zusammen und fragte Petra Macher nach ihrer Mitarbeiterin, aber auch Katja Fewinger befand sich im Jahresurlaub. Finn zeichnete ein zweites Fragezeichen auf die Liste.

„Sie haben die privaten Telefonnummern sicher hier?“

„Natürlich“, antwortete die Marktleiterin und schrieb die Zahlenfolgen auf einen weiteren Zettel. „Aber nur die Festnetznummern. Winnie werden Sie in der Türkei nicht erreichen.“

„Wenn er in einem Hotel ist, schon“, meinte Stefanie Gorges. „Das kriegen wir raus.“

„Wir fahren zurück zur Inspektion“, erklärte Steinmann und steckte den Zettel mit den Nummern ein. „Danke, Frau Macher, dass Sie sich die Zeit für uns genommen haben. Wir bleiben in Kontakt wegen der Kartenzahler. Wir prüfen die Identitäten der Käufer. Wenn wir weitere Fragen haben, kommen wir noch mal auf Sie zurück.“

„Sie können mich jederzeit erreichen, Herr Steinmann.“

Finn schüttelte ihr zum Abschied die Hand und verließ mit Stefanie Gorges den Baumarkt.

„Wie geht's weiter?“, wollte sie im Dienstfahrzeug wissen. „Glaubst du, einer von den Kartenzahlern ist unser Mann?“

„Nein, ehrlich gesagt nicht. Mein Gespür sagt mir, dass das Bargeschäft die gesuchte Person ist. Ich werde gleich nach unserer Ankunft versuchen, Katja Fewinger zu erreichen. Du kümmerst dich bitte um den Aufenthaltsort von Winnirek. Nachbarn oder Verwandte wissen vielleicht, ob und in welchem Hotel er sich mit seiner Frau aufhält.“

„Okay ...“

Sie schwieg einen Moment und klammerte sich mit beiden Händen fest ans Steuer.

„Finn?“

„Ja?“

„Glaubst du, dass Horst noch lebt?“

Steinmann sah sie von der Seite an. Sie kniff die Augen wegen der grellen Sonne zusammen. Ihm fielen kleine Falten in ihrem

Augenwinkel auf. Es sah aus, als habe sie einen halbierten Stern eintätowiert. Der Zahn der Zeit biss sich unnachgiebig in ihr Gesicht. Er wusste, sie hatte eine Scheidung hinter sich.

‚Sie ist älter geworden, seit ich sie zum ersten Mal gesehen habe.'

Steinmann fragte sich, ob sie das Gleiche von ihm dachte. Was ging den Kollegen aus Idar-Oberstein durch den Kopf, wenn er die wuchtige Festung der Inspektion betrat? Er war jetzt Mitte Vierzig. Die nächste Null näherte sich unaufhaltsam. Dachten die Schmuckstädter insgeheim ‚Gott, ist der alt geworden?'. Finn atmete tief durch, ehe er antwortete.

„Horst lebt."

Sie schluckte und blickte ihn kurz an, ehe sie sich wieder auf die Straße konzentrierte.

„Was macht dich so sicher?"

„Das bisherige Verhalten der Zonenkrieger."

„Wie meinst du das?"

„Sie haben Svenja laufen lassen, und von den Jugendlichen und dem alten Mann ebenfalls irgendwann abgelassen. Nur Horst ist verschwunden. Ich frage mich, warum? Sie sind auf Publicity aus, auf abschreckende Wirkung, und ein toter Hauptkommissar a. D. hätte diese mit Sicherheit gehabt. Es gibt für mich eigentlich nur eine Erklärung, weshalb sie Engel mitgenommen haben könnten, anstatt ihn wie ein Mahnmal liegen zu lassen."

„Und die wäre?"

„Sie brauchen ihn noch, Stefanie. Für irgendetwas brauchen sie ihn noch."

17.

Steinmann kam erst am frühen Abend dazu, bei Katja Fewinger anzurufen. Vorher galt es Berichte durchzusehen. Die Spurensuche an Engels Wagen verlief quälend langsam, aber die Teams gaben nicht auf.

Stefanie Gorges war losgezogen, um herauszufinden, in welchem Hotel Hans-Peter Winnirek seinen Urlaub verbrachte.

Finn ordnete an, dass die Polizeiberichte, die mit der Zonenkrieger-Ankündigung gekommen waren, sortiert wurden. Er beauftragte zwei jüngere Beamte damit. Sie erstellten eine Übersicht. Vielleicht ergab sich ein Schema aus den Zetteln.

Für Unruhe sorgte ein Bericht im Radio. Aus irgendeiner nicht genannten Quelle war der Zusammenhang zwischen den Zonenkriegern und dem Verschwinden von Horst Engel bekannt geworden – plus Hinweisen über das erste Opfer, eine Svenja B., die im Krankenhaus von Idar-Oberstein trotz schwerer Kopfverletzungen auf dem Weg der Besserung sei.

Steinmann wählte die Nummer von Katja Fewinger, aber leider war nur der Anrufbeantworter zu erreichen. Er sprach ihr die nötigsten Informationen auf Band und bat sie, egal zu welcher Uhrzeit zurückzurufen.

Die Daten der Kartenzahler wurden in Erfahrung gebracht. Die drei gesuchten Namen stammten von zwei Kleinunternehmern und einem Handwerker, der eine Ich-AG betrieb. Alle drei fielen durch das Fahndungssieb hindurch, in welchem sich hoffentlich irgendwann die richtige Person fing.

Stefanie Gorges kehrte mit dem Namen des Hotels zurück, in welchem Hans-Peter Winnirek seinen Urlaub verbrachte, und es gelang nach mehreren Versuchen, Kontakt zu ihm herzustellen.

Auch er konnte nichts berichten, was der SoKo „Zonenkrieger“ irgendwie weitergeholfen hätte, womit die Hoffnungen allein auf Katja Fewinger ruhten.

Zwischendurch telefonierte Steinmann mit Dr. Korn und informierte sich über Svenja Boschlanas Zustand. Derzeit schlief sie wieder. Laut Dr. Korn war sie stabil, aber nervös. Sie hatten ihr ein Beruhigungsmittel verabreichen müssen, weil sie darauf bestand, das Krankenhaus zu verlassen.

„Sie wollte entlassen werden?“

„Ja.“

„Haben Sie eine Erklärung dafür?“

„Nein. Wir haben ihr erzählt, dass sie jetzt berühmt ist, und da ist sie unruhig geworden.“

„Berühmt?“

„Die Radioberichte, Herr Steinmann. Schon den ganzen Tag berichten die Sender davon, dass sie ein Opfer der Zonenkrieger ist. Ihr schien das nicht zu passen, als die Schwestern sie damit aufmuntern wollten.“

„Ich muss unbedingt noch einmal mit ihr sprechen, Dr. Korn. Wann denken Sie, ist Svenja wieder vernehmungsfähig?“

„Frühestens, wenn die Beruhigungsmittel ihre Wirkung verlieren, und das kann bis in die Morgenstunden dauern.“

„Es ist wichtig. Rufen Sie mich bitte sofort an, wenn Svenja so weit ist. Ihre Reaktion bei unserem Gespräch war sehr seltsam.“

„Sie klingen, als ob Sie die Patientin verhaften wollen, Herr Steinmann. Vergessen Sie nicht – man hat ihr den Schädel eingeschlagen. Sie ist ein Opfer, kein Täter.“

„Das ist richtig. Deswegen habe ich Sie gefragt, ob einen solch ein Schlag sofort ausschaltet, erinnern Sie sich?“

„Ja.“

„Der Gerichtsmediziner sagte, Svenja wurde von hinten angegriffen.“

„Das ist auch meine Meinung.“

„Sie konnte uns aber den Täter im Detail beschreiben, Dr. Korn. Sie sagte, er sei vor sie getreten und habe zugeschlagen.

Wie soll das gehen, wenn Sie von einem Hinterkopftreffer eigentlich sofort niedergestreckt wurde? Selbst wenn sie im Fallen noch etwas von ihm gesehen hat, kann es unmöglich so einprägend gewesen sein. Sie verbirgt etwas, was sie uns nicht erzählt hat, etwas, das vor dem Schlag passiert ist, und was auch immer es ist – ich muss es in Erfahrung bringen.“

Der Arzt schwieg einen Moment.

„Haben Sie in ihrer Wohnung nichts gefunden, was uns eine erneute Befragung ersparen würde?“

„Nein. Wir wissen nicht, wo sie jetzt wohnt. Wir haben beim Meldeamt nur eine ältere Adresse recherchieren können. Dort lebt sie jedoch nicht mehr. Sie hat sich nicht umgemeldet, ist einfach weggezogen.“

Finn hörte den Arzt schwer atmen. Dann seufzte Korn.

„Ich werde sehen, was ich tun kann. Wenn es sich medizinisch vertreten lässt, werden wir versuchen, Frau Boschlana spät am Abend aufzuwecken. Sind Sie dann verfügbar?“

„Jederzeit, Dr. Korn.“

„Ich melde mich.“

„Danke.“

Steinmann rieb sich das müde Gesicht. Er studierte Rapporte, als die Beamten, welche die Polizeiberichte sortierten, vor ihn traten.

Finn sah auf.

„War ziemliche Fummelei“, sagte der ältere der beiden Polizisten. „Aber jetzt haben wir es fertig.“

„Irgendwelche Auffälligkeiten?“

„Es gibt einen klaren Startzeitpunkt“, erklärte der Ältere. „Die frühesten Polizeiberichte stammen aus dem Wochenspiegel und der Nahe-Zeitung vom 7. Februar 2007. Das war ein Mittwoch. Ältere Berichte waren dem Paket für den Oberbürgermeister nicht beigelegt.“

Finn lehnte sich zurück.

„Februar 2007“, wiederholte er und sagte dann zu den jungen

Kollegen: „War etwas Besonderes an jenem Tag? Ein möglicher Auslöser? Habt ihr die Rapporte von damals geprüft?“

„Noch nicht.“

„Dann setzt euch gleich dran. Besorgt mir aus den Archiven der Verlage die Zeitungen aus der Zeit. Ich will mir das im Urzustand ansehen.“

Die Männer nickten und zogen sich wieder in eines der kleineren Büros zurück. Steinmann spürte Nervosität in sich aufsteigen. Er hatte das Gefühl, an mehreren Fronten kurz vor dem Durchbruch zu stehen. Nur die Aussage von Kevin im Krankenhaus passte nicht in sein Konzept, war eine noch unbekannte Größe.

‚Erna will es ... was bedeutet das?‘, dachte er. ‚Ein Detail fehlt. Ein Detail ...‘

Er versuchte es erneut bei Katja Fewinger, aber er hatte wieder nur den Anrufbeantworter dran. Er sprach eine kurze Dringlichkeitsmitteilung in den Hörer. Danach telefonierte Steinmann mit den Kollegen an Engels Auto. Der Leiter des Spurensicherungsteams klang müde und niedergeschlagen.

Genauso fühlte sich auch Finn. Er ermahnte sich, einen Schluck Wasser zu trinken und schloss grübelnd die Augen. Er dachte an Horst Engel, seinen väterlichen Freund, der nun schon seit mehr als fünf Tagen vermisst wurde. Dann und wann beschäftigte er sich mit der Aussage um „Erna“, aber er fand keinen Zugang zur Lösung des Rätsels.

Das Klingeln des Telefons ließ ihn aufschrecken. Sein Blick fiel auf die Uhr. Ein Schleier lag vor seinen Augen, löste sich erst nach fünf Sekunden auf. Es war nach zehn Uhr abends. Er musste eingeschlafen sein. Zuletzt hatte er um 20.30 auf die Uhr gesehen.

Er griff schnell zum Wasserglas und trank den Rest aus. Die Kohlensäure hatte sich längst verabschiedet. Seine Zunge fühlte sich dick an. Er würde klingen wie ein Betrunkener.

„Hauptkommissar Steinmann.“

„Katja Fewinger. Guten Abend. Sie haben bei mir aufs Band gesprochen?“

Sein Kreislauf sprang schlagartig an. „Ja, richtig. Gut, dass Sie sich noch melden."

„Um was geht es denn genau?"

„Wir brauchen Ihre Erinnerungen, Frau Fewinger ...", sagte er ein wenig zu laut und hätte sie fast beim Vornamen genannt. „Am 28. Mai wurde eine einzelne Dose Silberlack der Marke ‚Schmidts Beste' verkauft. Sie waren zu jener Zeit als Kundenbetreuerin im Markt eingesetzt. Können Sie sich an irgendetwas erinnern? Ist Ihnen etwas im Gedächtnis geblieben? Es ist wichtig."

Katja Fewinger schwieg einen Moment.

„Ich wusste es doch", sagte sie plötzlich. „So ein Schweinehund."

Finn setzte sich kerzengerade hin. Er wollte etwas erwidern, da stellte sie ihm eine überraschende Frage.

„Hat er sie umgebracht?"

Steinmann neigte den Kopf. „Der Reihe nach, Frau Fewinger. Wer soll wen umgebracht haben?"

„Na der Typ. Der junge Mann, der die Farbe gekauft hat."

„Sie können sich an den Kunden erinnern? Haben Sie mit ihm gesprochen?"

„Nein. Ich habe ihn beobachtet."

„Warum?"

„Weil er die Mädchen, die bei ihm waren, schlecht behandelt hat."

‚Die Mädchen, die bei ihm waren?'

„Beschreiben Sie ihn."

„Er war ein wenig größer als mein Mann, und der ist einsfünfundachtzig. Er war jung, vielleicht gerade zwanzig, schlank und sportlich, so 'ne typische Fußballerfigur, verstehen Sie? Er war ziemlich hübsch, hatte aber harte Gesichtszüge, so 'n junger Clint Eastwood, verstehen Sie?"

„Haarfarbe?"

„Dunkel, aber ich habe nur das Nackenhaar gesehen, weil er eine Kappe trug."

Finn kam kaum mit dem Schreiben nach. „Beobachten Sie alle Kunden so genau?“

„Nein, nur Typen, die ... die sich genauso verhalten wie das Dreckschwein, das mit meiner Schwester verheiratet war. Ich merke mir immer die Gesichter, damit ich später ... helfen kann, wenn im Radio oder so nach Zeugen gesucht wird.“

„Haben Sie deshalb gefragt, ob er sie umgebracht hat? Wurde Ihre Schwester getötet?“

„Nein ... aber ihr Ex hat sie geschlagen. Einmal sogar öffentlich, mitten auf dem Spießbratenfest, und keiner will was gesehen haben, können Sie sich das vorstellen, Herr Hauptkommissar? Immer schön wegdrehen, nur nicht hingucken, ach ich reg mich schon wieder auf, Scheißkerle, das alles.“

„Wir treffen nicht mehr oft auf Menschen wie Sie, Frau Fewinger“, sagte er. „Wie war das an dem Tag? Was hat der Mann gemacht?“

„Er ging mit den Mädchen zu den Farben. Sie dackelten hinter ihm her wie die Küken einer Henne. Sein Gang kam mir aggressiv und geladen vor, und daher habe ich mich gleich in der Nähe postiert. Er stromerte eine Weile hin und her, bis er stehen blieb und eine Dose in die Hand nahm.“

„Sie haben ihn da schon beobachtet?“

„Belauscht, ja. Er schnauzte die Mädchen an, wie so'n Feldwebel beim Bund, wissen Sie? Ich dachte schon, er sei ein Zuhälter, aber dafür war er zu jung.“

‚Das passt‘, dachte Finn. ‚Ein Kommandeur.‘

„Was geschah dann? Konnten Sie etwas verstehen?“

„Die jüngere der beiden Mädchen, so 'ne Große, meinte irgendwann, ob sie nicht eine billigere Farbe nehmen sollten, die wäre doch genauso gut, und sie hätte nicht so viel Geld dabei.“

„Wie hat er reagiert?“

Katja Fewinger atmete schneller. „Das klingt jetzt ziemlich bescheuert, Herr Steinmann.“

„Raus damit. Ich bin schräge Sachen gewöhnt.“

„Er sagte: ‚Schweigt still, Felsritter. Diese Farbe ist die richtige.‘ Die kamen mir vor wie ’ne Sekte, Herr Hauptkommissar. Die Große hat dann noch was geantwortet. Es klang unterwürfig, aber ich habe es nicht verstanden, tut mir echt leid. Zum Kotzen. Keine Frau sollte vor so einem Kerl buckeln.“

„Hat man Sie nicht bemerkt?“

„Nein. Ich stand einen Gang weiter bei den Eisenwaren. Dort sind die Regale viel höher.“

„Sie sagten, er habe die Mädchen angeschnauzt. Haben Sie ein Beispiel dafür?“

„Ja. Nachdem der Typ die Große zurechtgewiesen hatte, sagte die Andere was. Warten Sie, jetzt fallen mir auch die Namen wieder ein. Sie meinte, dass die beiden einen Knall mit den Scheiß Dienstgraden hätten, und ob sich Pattie nicht langsam doof vorkäme.“

‚Pattie‘, dachte Finn. ‚Das Mädchen, hinter dem Horst herschnüffelte.‘

„Wie hat er auf diesen offenen Widerstand reagiert?“

„Er wurde sauer. ‚Bist du für uns oder gegen uns?‘, so hat er gesagt, und dann hat sie was geantwortet, aber das konnte ich nicht verstehen – die blöde Kuh war ganz eingeschüchtert und flüsterte nur noch, jetzt reg’ ich mich schon wieder auf, wie kann man sich nur so unterbuttern lassen von so einem Drecksack! Wenn Sie den erwischen, Herr Hauptkommissar, dann sagen Sie ihm ruhig meinen Namen, hören Sie? Der soll wissen, wer ihn bei seinem Macho-Scheiß beobachtet, und wenn es sein muss, sage ich auch irgendwo vor Gericht aus oder so, hören Sie?“

„Ich vermerke das, Frau Fewinger. Danke für Ihre Hilfsbereitschaft. Haben Sie noch mehr gehört?“

„Ja. Er meinte, wenn sie schon nicht mitmachen will, soll sie wenigstens nicht im Weg stehen. Irgendeine Erna würde es von ihm verlangen, und er müsse das machen, und dann sagte er wörtlich: ‚Jetzt halt dein verseichtes Maul, Svenja.‘ Stellen Sie sich das mal vor, Herr Steinmann! Mitten im Markt so ein Umgangston! Was sind das für Kerle?“

Finn erhob sich von seinem Stuhl. „Sie sind sicher, diese beiden Namen gehört zu haben, Frau Fewinger? Erna und Svenja?"
„Hundertprozentig sicher."
Svenja. Er kannte nur eine Svenja. Konnte das sein?
„Beschreiben Sie die beiden Frauen."
Katja Fewinger nannte Details bei Pattie, die auch Horst Engel auf seinem Tonband aufgezählt hatte. Die Personenbeschreibung stimmte soweit überein. Dann ging sie über zu Svenja. Ihre Worte ließen eine junge Frau vor Finns geistigem Auge entstehen, die der Verletzten im Krankenhaus verdammt ähnlich sah.
„Dem Gesicht nach stammte sie wohl aus dem Osten", meinte die Zeugin.
‚Sie muss es sein', dachte Steinmann. ‚Die ganze Zeit haben wir den wichtigsten Zeugen an der Hand, und niemand wusste es.'
Er rieb sich das stoppelige Kinn und schwieg überrascht. Katja Fewinger sagte ebenfalls nichts. Vielleicht dachte sie, er notiere ihre Worte auf. Finn hörte aus einem anderen Büro ein Radio laufen.
‚Warum ist Svenja fast nackt durch die Stadt geirrt? Es war zeitgleich mit Engels Verschwinden. Warum? Was ist da passiert? Sie hat offen rebelliert gegen die Zonenkrieger ...'
„Herr Steinmann?"
‚Sie hat die Sache nicht gutgeheißen. Wurde sie dafür bestraft? Das macht keinen Sinn. Warum hat man sie laufen gelassen?'
„Hauptkommissar Steinmann? Sind Sie noch dran?"
‚Sie konnte uns den Täter beschreiben. Sie kannte ihn. Deshalb wusste sie, wie er aussah, obwohl er sie von hinten niedergeschlagen hatte.'
„Hört mich nicht. Na, dann warte ich eben."
‚Das gibt aber auch keinen Sinn. Wenn sie für Widerworte bestraft wurde, riskieren die Zonenkrieger eine Anzeige und das ganze Unternehmen fliegt auf. Es sei denn ...'
Das Radio im Nachbarbüro wurde lauter gestellt. Die Nachrichten kamen gerade.

‚... es sei denn, man wollte sie nicht verletzen, sondern töten.‘

Steinmann löste sich aus seiner Starre und blickte auf den Hörer, den er immer noch an sein Ohr drückte.

„Ich melde mich vielleicht wieder“, sagte er heiser, nicht sicher, ob Katja Fewinger noch am Apparat war. „Haben Sie ein Handy?“

„Natürlich.“

Sie gab ihm die Nummer. Er speicherte sie auf seinem Mobiltelefon. Dabei fiel ihm der Eintrag von Christian Schultz, dem Pfleger von der Intensivstation, ins Auge. Er hatte die Nummer immer noch nicht gelöscht.

‚Das mache ich später auf jeden Fall, sonst platzt mir irgendwann mein Handy.‘

Er verabschiedete sich und legte auf. Die Radiogeräusche aus dem Nachbarbüro erreichten seine Ohren wieder gedämpfter. Wahrscheinlich hatte jemand vom Krankenhauspersonal geplaudert. Neue Informationen steigerten den Marktwert.

‚Radio!‘, dachte Finn. ‚Korn sagte es schon. Seit heute Morgen wird die Meldung gebracht, dass Svenja Boschlana auf dem Weg der Besserung ist! Was ... was ist, wenn sie wirklich getötet werden sollte ... wissen die Zonenkrieger, dass sie überlebt hat?‘

Wenn sie es bisher nicht gewusst hatten, so war es ihnen heute im Radio zu jeder vollen Stunde gesagt worden. Was, wenn die Ritterschläger die Sender abhörten? Auf diese Weise blieb die Truppe einigermaßen auf dem neuesten Stand, was die Ermittlungen betraf.

Steinmann spürte ein unangenehmes Ziehen im Magen, als er erneut zum Telefon griff und die Nummer des Oberarztes wählte.

„Korn.“

„Steinmann hier. Herr Doktor Korn, ich habe Grund zu der Annahme, dass Svenja Boschlana nicht mehr sicher im Krankenhaus ist.“

„Wie kommen Sie darauf?“

Finn erklärte es ihm in kurzen Worten.

„Ich kann kein Risiko eingehen, Doktor Korn. Wir sollten den

Sicherheitsdienst auffordern, zwei Mann zur Überwachung abzustellen."

„Sicherheitsdienst? Wir haben keinen Sicherheitsdienst."

Steinmann strich sich über die Stirn. Natürlich. Das Krankenhaus von Idar-Oberstein war zu klein, um eine teure Wachmannschaft zu unterhalten. In großen Kliniken war das inzwischen Standard. Tagsüber bewegten sich freundlich aussehende Uniformierte durch die Gänge und wiesen herumirrenden Menschen den Weg – man hätte sie für Flughafenpersonal halten können, wären da nicht die wachsamen Blicke, mit denen diese Uniformierten ihren Dienst versahen.

Der Hauptkommissar traf eine Entscheidung.

„Ich werde Ihnen zwei Männer zum Schutz der Zeugin abstellen. Wir kommen schnellstmöglich zu Ihnen rauf. Ich melde mich kurz vorher noch mal."

Er ging zur Zentrale der Inspektion. Schneider saß dort und schrieb gerade einen Bericht.

„Rufen Sie eine Streife hierher."

Schneider las eine Sekunde in Finns steinerner Miene. Er stellte keine Fragen und funkte die Streifenfahrzeuge an.

„Hier 60-30", quäkte Lanzingers Stimme aus dem Lautsprecher. „Liegt etwas an?"

Anstelle von Schneider antwortete Steinmann: „Hier Porta60. Ich brauche eine Besatzung für einen Personenschutzauftrag. Beeilt euch."

„Verstanden", kam sofort zurück.

Finn ließ es eine Minute lang läuten. Er sah auf die Uhr. Halb elf. Er tippte Dr. Korns Nummer auf das Eingabefeld des Telefons. Der Oberarzt hatte Bereitschaft, das wusste er. Er musste einen Treffpunkt vereinbaren, bevor sie unnötig Zeit vergeudeten.

Niemand meldete sich.

Steinmann sah wieder auf die Uhr. Möglicherweise war Dr. Korn auf der Station, untersuchte Patienten und las Berichte, konnte deswegen nicht ans Telefon. Der Hauptkommissar rief noch einmal das Stationszimmer an.

Nichts.

Finn wählte die Zentrale des Krankenhauses. Eine Frauenstimme drang an sein Ohr.

„Guten Abend. Hauptkommissar Steinmann von der Inspektion Idar-Oberstein. Ich versuchte gerade, die Intensivstation zu erreichen, aber es hat sich niemand gemeldet."

Er nannte die Nummern, die er gewählt hatte.

„Doktor Korn ging auch nicht an sein Telefon."

„Warten Sie, ich verbinde."

Er hörte kurz Musik, dann das typische Tüüt-Tüüt. Dreißig Sekunden lang vernahm er das Signal, dann knackte es in der Leitung und die Frau von der Zentrale war wieder dran.

„Hmm, da geht niemand ans Telefon. Doktor Korn habe ich auch nicht erreicht."

„Ist das ungewöhnlich zu dieser Tageszeit? Kommt das vor?"

„Wenn Notfälle reinkommen oder eine OP war, aber soweit ich informiert bin, läuft derzeit nichts. Ich versuche Sie noch mal zu verbinden."

„Danke."

Nach zwanzig Sekunden Tüüt-Tüüt erwachte Steinmanns Gefahreninstinkt: ‚Da stimmt was nicht.'

Es knackte wieder, und die Stimme der Frau war zu hören: „Tut mir leid. Ich habe auch Doktor Korn noch mal angepiepst, aber es gibt keine Reaktion. Kann ich noch etwas für Sie tun?"

„Nein. Danke für Ihre Hilfe", sagte Steinmann und legte auf.

Keine Verbindung zu Dr. Korn und dem Stationszimmer.

Kein Sicherheitsdienst, der helfend eingreifen konnte.

Finn begann zu rennen.

Die Streifenwagen 60-30 und 60-50 fuhren dicht hintereinander nach Göttschied hinauf, einem der höchst gelegenen Stadtteile der Edelsteinmetropole. Das Krankenhaus liegt linker Hand auf einem Plateau und ist von der Inspektion nur zwei Minuten entfernt. Finn fragte sich, wie im Winter die medizinische Notfallversorgung der Stadt gewährleistet wurde. Die Straße zum Klinikum war teilweise sehr steil. Wahrscheinlich wurde hier immer zuerst Salz gestreut und Schnee geräumt.

Die blausilbernen Kombis rollten bis direkt vor den neu gestalteten Eingangsbereich des Krankenhauses. Steinmann hatte während der Fahrt kein Wort gesprochen.

Er sprang aus dem Wagen und lief zum Eingang des Gebäudekomplexes. Er wusste zwar, wie die Intensivstation aussah, war beim letzten Mal jedoch vom Labor aus dorthin gelangt. Lanzinger kannte den Weg.

Links der Türschleuse des Krankenhauses lag die kleine Telefonzentrale. Das ganze Foyer machte einen alten, gediegenen Eindruck auf Finn. Entgegen der hellen Farben in neueren Bauten herrschten hier dunklere Töne vor, ähnlich der Rezeption in einem Hotel.

Finn musste sich bücken, um durch das kleine Loch in der Scheibe mit der Frau sprechen zu können.

„Guten Abend", sagte er, während hinter ihm vier Streifenpolizisten das Foyer betraten. „Hauptkommissar Steinmann. Wir haben eben miteinander telefoniert. Die Kollegen und ich gehen zur Intensivstation. Bitte versuchen Sie noch mal, dort jemanden zu erreichen."

„Das habe ich schon", sagte die Frau mit großen Augen. „Aber es tat sich nichts. Das ist wirklich seltsam, wissen Sie? Ich habe eine Schwester von einer anderen Station gebeten, nach dem Rechten zu sehen, aber sie hat sich noch nicht gemeldet."

„Okay. Wir überprüfen das jetzt. Keine Sorge."

Er klopfte zum Abschied auf die Scheibe und bedeutete Herbert Lanzinger, die Führung zu übernehmen.

„Was meinst du, Finn", fragte Oberkommissar Müller. „Sind Sie hier?"

„Ich fürchte ja, Frank. Die Zonenkrieger waren schneller als wir."

18.

Finn Steinmann und die vier Streifenpolizisten liefen durch das nächtliche Krankenhaus. Mit den Oberkommissaren Müller und Lanzinger hatte der SoKo-Leiter zwei Kollegen bei sich, denen er voll vertraute.

Die Besatzung des anderen Fahrzeugs bestand aus Kommissar Peters, der kurz vor der Beförderung stand, und einem ganz jungen Beamten namens Wagner. Finn kannte ihn nicht, und von Peters war ihm nur der Nachname geläufig, obwohl sie sich seit dem Strohbärfall duzten.

Die Männer trugen ihre Kevlar-Westen. Steinmann hatte vorsorglich die Schlagstöcke mitnehmen lassen – sie konnten im Krankenhaus keine Schießerei riskieren. Nur im absoluten Notfall sollten Feuerwaffen eingesetzt werden. Lanzinger führte die Gruppe bis zur Schleuse der Intensivstation. Der Öffnungsmechanismus funktionierte über ein Tastenfeld. Finn hatte es bei seinem Besuch hier gesehen. Einige Buchstaben und Zeichen sahen abgewetzt aus. Offenbar wurde der Türcode nicht allzu oft geändert. Auf die Besucherklingel reagierte niemand.

„Ist das der einzige Zugang?“, fragte Finn.

„Nein“, meinte Lanzinger und sah missmutig auf die elektronische Vorrichtung. „Auf der anderen Seite ist ebenfalls eine Schleuse, aber auch die hat so ein Sicherheitssystem.“

„Scheiße“, meinte Müller.

Steinmann drehte sich um. „Peters, lauf zurück zur Anmeldung. Vielleicht weiß die gute Frau die Kombination. Wagner, Sie versuchen, einen Pfleger in der Nachbarstation aufzutreiben. Die Codierung der Schleuse ist mit Sicherheit auch anderem Krankenhauspersonal bekannt. Wir warten hier.“

Peters und sein junger Partner entfernten sich in zwei verschiedene Richtungen. Herbert Lanzinger stand vor der großen Tür der Intensivstation und versuchte, einen Blick in das Innere zu erhaschen. Das dicke Glas war milchig, und dahinter gab es offenbar nicht viel Licht. Irgendetwas blitzte schwach in der Ferne.

„Scheint dunkel zu sein auf der Intensiv", brummte Lanzinger. „Aber da ist es auch tagsüber nicht sehr hell."

„Es könnte schon alles vorbei sein", knurrte Frank Müller. „Finn, wie lange ist dein letzter Anruf jetzt her?"

Steinmann sah auf das Display seines Handys.

„Etwa zehn Minuten."

Wagner kehrte zurück. Er schüttelte den Kopf und deutete mit dem rechten Daumen über seine Schulter.

„Auf der anderen Station ist niemand."

„Das könnte die Schwester gewesen sein, die von der Anmeldung alarmiert wurde", sagte Finn und deutete auf die Schleuse. „Sie muss da drinnen sein."

„Ich gehe zur nächsten Station", meinte Wagner und entfernte sich wieder.

Aus Richtung Krankenhauseingang kam Peters gelaufen. Er winkte ab.

„Fehlanzeige. Sie weiß es nicht. Sie telefoniert mit anderen Bereitschaftsärzten und meldet sich dann eventuell."

„Soll ich die Tür auftreten?", fragte Lanzinger.

Steinmann reagierte nicht auf seine Äußerung.

‚Hier muss doch irgendjemand sein, der diese verdammte Kombination kennt!'

Er sah noch einmal auf die Uhr seines Mobiltelefons. Es war viel zu viel Zeit für einen tödlichen Anschlag vergangen.

Finns Augen weiteten sich, als er mit fliegenden Fingern das Adressbuch in seinem Handy durchsuchte. Er fand den Namen „Christian Schultz" und wählte ihn sofort an. Es war ihm egal, ob man in einem Krankenhaus mit einem Mobilgerät telefonieren durfte oder nicht. Er betete, dass der Pfleger die Nummer noch nicht geändert hatte. Er hatte sie vor ungefähr zweieinhalb Jahren gespeichert. In der heutigen Zeit wechselten manche Leute ihre Telefone wie Unterhosen.

Steinmann spürte, wie ihm der Schweiß vom Ohr auf das kleine Telefon lief. Er hatte Schultz am Morgen hier angetroffen, was bedeutete, dass er jetzt nicht im Dienst sein konnte.

‚Komm schon, bitte, du bist zu Hause, hörst das Klingeln, stehst auf, nimmst das Handy in die Hand und ...‘

„Schultz.“

„Gott sei Dank, Sie sind es.“

„Hallo? Wer ist da?“

„Hauptkommissar Steinmann hier. Wir hatten uns heute Morgen gesehen, wissen Sie noch? Herr Schultz, ich brauche unbedingt den Code für die Schleuse der Intensivstation. Ich bin im Krankenhaus, und ich glaube, dass sich jemand unberechtigt Zugang verschafft hat. Wir haben keinen Kontakt zu Ihren Kollegen im Inneren. Ich muss da rein.“

„Ich verstehe, Herr Steinmann. An welchem Zugang stehen Sie? Vom Foyer aus?“

„Ja.“

„Okay, dieser Code ist fünfstellig. Es sind vier Zahlen und ein Zeichen. Auf der anderen Seite ist der Code sechsstellig – ein Zeichen mehr.“

„Gut, ich höre.“

„Sie dürfen aber auf keinen Fall extremen Krach machen auf der Station. Da ist ein instabiler Infarktpatient im ersten Raum, und gleich dahinter ...“

„Vertrauen Sie mir, Herr Schultz.“

„Okay.“

Er gab Finn die beiden Codes durch. Der SoKo-Leiter vertippte sich zuerst, aber dann trafen seine zitternden Finger die richtigen Tasten. Die Schleuse schwang auf, viel zu laut, wie Finn fand.

Er hauchte ein „Danke“ in sein Handy und kappte die Verbindung, schwor sich gleichzeitig, nie wieder eine Telefonnummer zu löschen. Die Polizisten traten zur Seite und packten die Schlagstöcke fester.

Die elektronisch verriegelte Haupttür der Intensivstation öffnete sich wie der magische Zugang einer geheimnisvollen Höhle. Die Anschlusstür ließ sich durch einen simplen Knopfdruck entriegeln. Schon der erste Blick verriet, dass auf der Station etwas nicht stimmte. Die größten Teile davon lagen in Dunkelheit. Schwaches Restlicht glomm aus zahlreichen Überwachungsapparaturen. In der Mitte, vor dem Schwesterntresen, lag eine weiß gekleidete Frau auf dem Boden.

Die vier Polizisten bewegten sich vorsichtig in die Station hinein. Es summte, brummte und gluckerte aus allen Richtungen. Die Tür schwang hinter ihnen wieder zu. Finn gab Peters ein Zeichen. Der Kommissar schlüpfte durch das sich schließende Portal und postierte sich vor der Schleuse. Wenn Wagner jenseits des Zugangs wieder auftauchte, musste ihm jemand öffnen können.

Lanzinger und Müller sicherten Finn ab. Der Hauptkommissar hielt den Blick starr nach vorne gerichtet, über die am Boden liegende Frau hinweg. Er hörte die beiden Schutzpolizisten angespannt atmen, und stellte nach einigen Sekunden fest, dass sein eigenes Luftholen nicht weniger nervös klang.

‚Wie viele werden es sein?‘, dachte Finn. ‚Drei? Vier?‘

Eher nicht. Es schien ihm wahrscheinlicher, dass nur ein einzelner Zonenkrieger hier im Krankenhaus war, um den Auftrag zu vollenden. Ein klassischer Assassine. Eine große Gruppe wäre vorher schon aufgefallen. Eine Person allein konnte sich irgendwo versteckt halten. Das Krankenhaus war ein Labyrinth.

Aber wie war der Attentäter hier hereingekommen? Er konnte doch nicht einfach geklopft haben?

„Hallo, ich bin XY, ich will einen Patienten erschlagen.“

Finn blieb stehen. Er befand jetzt in der Mitte der Station, direkt über der regungslosen Frau. Auf ihrem Hinterkopf prangte eine große Platzwunde. Ein Hautfetzen mit ein paar Haaren war abgeklappt, hing seitlich nach unten, verdeckte ihr rechtes

Ohr. Sie sah aus, als habe ein Indianer ihren Skalp nehmen wollen.

Der SoKo-Leiter ging auf die Knie und ertastete am Hals der Frau den Herzschlag. Er fand ihn sofort. Es wummerte gleichmäßig und kräftig unter der Haut.

‚Knockout von hinten', dachte er. ‚Wie immer auf den Kopf. Schnell und skrupellos.'

War dies die Schwester, die von der Telefonzentrale geschickt worden war? Wie lange mochte sie schon hier liegen? Es konnte noch nicht allzu lange her sein, dass man sie niedergeschlagen hatte – allerhöchstens zehn Minuten.

„Der Zonenkrieger war bis vor kurzem noch im Krankenhaus", flüsterte Finn.

„Nein", gab Herbert Lanzinger zurück und hob seinen Schlagstock wie ein Samurai. „Er ist immer noch hier."

Frank Müller ging hinter den Schwesterntresen. Ein kleines Pausenzimmer grenzte an.

„Hier liegt noch eine Schwester", raunte der große Oberkommissar und bückte sich. „Sie lebt. Schlagwunde am Kopf."

„Wir können sie nicht versorgen, solange wir den Zonenkrieger nicht haben", entgegnete Steinmann und erhob sich wieder.

„Sind alle Zugänge zum Komplex nachts verschlossen?", flüsterte Müller.

„Keine Ahnung", gab Lanzinger ebenso leise zurück. „Ich hoffe es."

Steinmann ging vorsichtig zwei Räume weiter. Die 22 hatte nicht die gleiche Bauweise und Struktur wie eine reguläre Station. Übersicht war wichtig, gleichzeitig war alles enger zusammengerückt.

Er musste sich jetzt Svenja ansehen. Er rechnete fest damit, die junge Frau mit endgültig zertrümmertem Kopf in ihrem Bett vorzufinden, und der weiße Bezug war in seiner Fantasie rot getränkt. Ihr Gehirn würde wie eine Girlande auf dem Laken verteilt sein.

„Frank“, wisperte Lanzinger hinter seinem Rücken. „Geh zum anderen Ende der Station und stell dich dort vor die Tür.“

Müller bewegte sich schnell und lautlos an Steinmann vorbei, erreichte die zweite Schleuse und drückte sich dort an die Wand.

Der SoKo-Leiter gelangte derweil zu Svenja Boschlanas Raum. Er registrierte zwei Dinge gleichzeitig: Das leere Bett und Dr. Korn, der auf dem Boden vor dem Bett lag und gerade im Begriff war, aufzustehen. So wie es aussah, war er rückwärts umgefallen. Die obere Gesichtshälfte war angeschwollen. Vielleicht hatte er versucht, die Patientin zu schützen.

Es war umsonst gewesen. Sie befand sich nicht mehr hier.

Steinmann ging zum Bett und half Dr. Korn auf die Beine.

„Mistkerl“, nuschelte der Arzt und sank mit glasigem Blick auf das Bett.

Er schrak auf, befürchtete wohl, auf seiner Patientin zu sitzen, aber dann bemerkte er, dass sie nicht mehr da war.

„Wie geht es Ihnen?“, fragte Finn. „Kommen Sie klar?“

Korn drehte seinen Kopf suchend in Steinmanns Richtung. Er hatte Schwierigkeiten, den Hauptkommissar zu fixieren.

„Meine Nase ist wohl gebrochen“, brummte der Oberarzt unverständlich. „Aber ich habe der Ratte eine Spritze in die Hand gerammt.“

„Die anderen Patienten schlafen friedlich“, teilte Lanzinger Steinmann vom Türrahmen mit. „Es muss sehr leise passiert sein. Im letzten Zimmer liegt ein Pfleger auf dem Boden.“

Finn wandte sich zu ihm um. „Sonst nichts? Sagtest du nicht, der Zonenkrieger wäre noch hier?“

Lanzinger schwieg betreten. Seine Intuition schien ihn im Stich zu lassen. Er spielte hektisch an seinem Ehering herum.

Finn lief zum Zentraltresen und wählte von dort die Krankenhauszentrale. „Rufen Sie den Notarzt“, sagte er rau in den Hörer, „und schicken Sie ihn auf die Intensivstation. Hier sind vier Personen mit Kopfverletzungen. Schnell!“

Er wartete die Antwort der Frau nicht ab und legte auf. Die Schleuse der Station öffnete sich. Peters und Wagner kamen rein.

„Der Notdienst ist in der Nähe des Ausgangs“, erklärte Lanzinger. „Dort wird jetzt gleich Aufregung herrschen. Genug Tumult für eine unbemerkte Flucht.“

Steinmann wandte sich an die Neuankömmlinge. „Leistet hier Erste Hilfe. Wir gehen auf die Suche. Sie können sich unmöglich schnell vorwärts bewegt haben.“

„Es sei denn, sie ging freiwillig mit“, meinte Lanzinger.

„Das glaube ich nicht“, entgegnete Finn. „Dazu hatte sie zu viel Angst, als ich sie das erste Mal sprach.“

Dr. Korn taumelte aus dem Zimmer heraus.

„Es war definitiv nur einer?“, wollte Steinmann von ihm wissen.

„Ja“, nickte der Mediziner. „Er öffnete die Schleuse und ging sofort auf die Schwestern los.“

„Mit einem silbern lackierten Schlagstock, nicht wahr?“

Korn nickte erneut. „Ein Baseballschläger, um genau zu sein. Die Form war unverkennbar. Ich habe es genau gesehen. Er hat das Ding wie ein Schwert bemalt.“

„Wir reden später darüber“, sagte Finn und lief los.

Während ihm Lanzinger und Müller stumm folgten, fragte er sich, woher der Zonenkrieger die Zahlenfolge des Codecomputers gekannt hatte. Oder hatte ihm jemand geöffnet?

„Svenja hat tief geschlafen“, rief ihm Dr. Korn undeutlich hinterher.

19.

Lanzinger übernahm wieder die Führung. Er lief zielstrebig zur Schleuse auf der anderen Seite der 22 und öffnete sie. Der Gang hinter der Tür lag still vor den Polizisten. Abgedämpftes Licht verbreitete nur wenig Helligkeit. Die Luft roch alt. Die Hitze drang bis in den Kern des Krankenhauses vor.

Müller griff nach Lanzingers Schulter. „Woher willst du wissen, dass die hier raus sind?“

Lanzinger zeigte auf einen unscheinbaren Blutfleck, über den die sich wieder schließende Tür gerade hinwegwischte. Ein kleiner, bogenförmiger Strich entstand.

„Korn sagte, er habe den Zonenkrieger eine Spritze versetzt.“

„Hoffentlich war es ein Betäubungsmittel“, knurrte Müller.

„Wohl kaum“, warf Steinmann ein. „Wir hatten darüber gesprochen, Svenja Boschlana aufzuwecken. Ich wollte noch einmal mit ihr sprechen. Es ist eher ein Aufputschmittel gewesen.“

„Na großartig“, stöhnte Müller.

Die drei Polizisten standen vor dem Ausgang der Station und wussten nicht weiter. Ein Weg ging Richtung Treppenhaus, ein anderer führte in einen weiteren Krankenhausbereich.

„Wohin?“, fragte Müller. „Was meinst du, Herbert? Die Blutspur ist genau in der Mitte.“

„Ich bin mir nicht sicher, wohin wir gehen sollen“, gab Lanzinger kleinlaut zu und spreizte die Finger. „Das Treppenhaus erscheint mir logischer. Der andere Bereich da heißt ‚Neues Haus‘. Da werden sie nicht lang sein.“

Über Finns Gesicht lief der Hauch eines Lächelns. Hier war kriminalistischer Spürsinn gefragt, und nicht Müllers Hoffnung auf die Eingebungen seines Partners. Dem „Orakel“ der Inspektion Idar-Oberstein wurde zu viel zugetraut.

„Wir teilen uns auf“, ordnete er an. „Sucht am Boden nach einem weiteren Blutstropfen.“

Zwei Minuten dauerte es, bis Müller einen kleinen roten Punkt am Boden entdeckte, und damit war klar, dass sich der Zonenkrieger mit Svenja Boschlana zum Treppenhaus bewegt hatte.

„Wo will er mit ihr hin?“, dachte Lanzinger laut.

Es ging ins Treppenhaus hinein. Rote Schlieren am Griff der Zugangstür belegten das. Es war nicht viel, aber genug für ein suchendes Auge. Der Zonenkrieger hatte offenbar keine Zeit, die Wunde abzuwischen.

‚Korn wollte mir sagen, der Attentäter habe sie wahrscheinlich schlafend mitgenommen‘, dachte Finn. ‚Das bedeutet, dass er sie tragen muss und langsamer ist als wir.‘

„Hoch oder runter?“, fragte Müller.

Steinmann überlegte. Sie waren recht weit oben im Krankenhaus. Zwei Stockwerke lagen über, vier unter ihnen.

„Herbert, du gehst runter“, sagte er. „Frank und ich sehen oben nach.“

Der füllige Oberkommissar lief nach unten und nahm immer zwei Stufen auf einmal. Müller und Steinmann taten das Gleiche in die andere Richtung.

Lanzinger erhaschte einen Blick auf ihre Hinterköpfe, als er selbst im Treppenhaus um die Ecke bog und oben die beiden Männer verschwinden sah.

Einen schmerzhaften Moment lang hatte er wieder ein seltsames Druckgefühl im Magen, als Frank Müller aus seinem Sichtfeld geriet. Seine Intuition geriet durcheinander. Seit einer ganzen Weile teilten ihm seine Sinne herannahendes Unheil an, und er wusste, es würde sehr bald geschehen. Er konnte es selbst nicht erklären. So wie andere Menschen vor die Haustür treten und im ganzen Körper spüren, dass ein Gewitter bevorsteht, so fühlte er einen drastischen Einschnitt nahen. Es überlagerte alle anderen Aspekte seiner Intuition. Er kam sich vor wie ein überbelichtetes Bild. Von irgendwoher wurde er geblendet und nahm andere Dinge nur noch eingeschränkt wahr.

Herbert Lanzinger strich sich über das Gesicht und konzentrierte sich auf die vor ihm liegende Aufgabe. Er kam immer tiefer und erreichte die Ebene unter dem Erdgeschoss. Hier befand sich die Pathologie, ein Ort, wo in unerzählten Albträumen Unfallopfer in Kühlräumen lagern und Pathologen mit blutigen Kitteln abgetrennte Körperteile und Innereien sortieren. Viele Träumende bewegen sich wie in Zeitlupe durch diese Katakomben, hilflos und orientierungslos, bis sich plötzlich die Türen öffnen und eine Armee entstellter Leichen auf die Gänge tritt.

‚Die Toten warten', dachte Lanzinger und drehte sich auf dem Absatz herum.

Seine Nackenhaare stellten sich auf. Die Angst vor einer unbekannten Zukunft kollidierte mit dem nächtlichen Horror des alten Krankenhauses. Die Laufgeräusche von Steinmann und Müller waren hier unten nicht mehr zu hören.

Er war allein. Er überlegte, ob es vielleicht falsch gewesen war, Wagner und Peters auf der Intensivstation zu lassen, aber irgendjemand musste Erste Hilfe leisten, und Dr. Korn war dazu nicht in der Lage. Er hoffte, die beiden jüngeren Kollegen würden so gewieft sein, selbstständig die Suche nach dem Zonenkrieger aufzunehmen, wenn professionelle Ersthelfer eintrafen.

Lanzinger stellte sich vor den Fahrstuhl. War der Eindringling mit seiner Beute so cool gewesen, hier seelenruhig auf den Knopf zu drücken und auf den Lift zu warten?

Lanzinger hielt es für unwahrscheinlich. Auch wenn die Entdeckungsgefahr zu dieser späten Stunde gering schien, so war sie trotzdem immer gegeben.

Er entschied sich dafür, auf dieser Ebene weiterzusuchen. Er starrte auf den Boden und versuchte gleichzeitig, mit einem Auge die dämmrige Umgebung im Auge zu behalten. Er kratzte wild am Ehering herum, verfluchte diese seltsame neue Angewohnheit, die ihn langsam selbst nervte. Mit allen Sinnen gleichzeitig wachsam zu sein, erfordert viel Kraft, und dem Oberkommissar standen nach wenigen Augenblicken dicke Schweißperlen auf der Stirn. Er wischte die salzige Brühe mürrisch weg und packte den Schlagstock fester.

Der Druck im Magen ließ nicht nach.

Steinmann atmete schwer, als sie die oberen Regionen erreichten.

„Gott, die Luft hier ist zäh wie Leder“, keuchte Müller. „Es wird dringend Zeit für Regen.“

„Wind würde schon reichen, Frank.“

Müller antwortete nicht. Er blickte zu Boden, suchte die nächste Blutspur, irgendein Zeichen, das ihnen sagen würde: Ja, ihr seid auf dem richtigen Weg, hier lang, immer weiter, packt schon mal die Handschellen aus, denn gleich ist die Sache gelaufen, und dann schüttelt ihr aus dem bescheuerten Kreuzritter die Information heraus, an welchem Ort Horst Engel gefangen gehalten wird.

Müllers Fingerknöchel traten weiß hervor. Die meisten Angehörigen der SoKo „Zonenkrieger“ verdrängten die Sorge um den ehemaligen Kollegen.

„Wie lange ist Horst schon verheiratet?“, fragte der Schutzpolizist plötzlich.

„Ich weiß es nicht genau.“ Steinmann wirkte irritiert. „Wie kommst du darauf?“

„Weil ich gerade daran denken musste, welche Hölle seine Frau im Moment durchlebt.“

Steinmann schwieg betreten. Er hegte ähnliche Gedanken. Müller konnte nicht wissen, dass der Norddeutsche allmählich große Angst um Katja Neisinger in sich aufbaute.

„Man erhält eine Vorstellung“, sagte Müller weiter, während sie die Stufen erklommen, „was Eltern empfinden, deren Kinder entführt werden.“

Er sah nach oben, das Treppenhaus hinauf. Ein kaum sichtbarer roter Fleck fiel ihm ins Auge. Es sah aus, als habe sich der Zonenkrieger auf dem Handlauf abgestützt.

„Dort“, sagte er und deutete auf seine Entdeckung.

Steinmann fuhr mit dem Finger über den Fleck. Das Rot verwischte.

„Ganz frisch“, sagte der Hauptkommissar. „Es geht noch weiter hoch.“

„Soll ich Herbert holen?“

„Nein, das kostet zu viel Zeit. Er wird zu uns stoßen, wenn er unten nichts findet.“

Die Männer folgten der Spur.

„Wo will er hin, Finn?“

„Das hängt davon ab, was er vorhat. Hätte er sie aus dem Weg räumen wollen, hätte er das schon auf der 22 getan. Er macht sich aber die Mühe, sein Opfer mitzunehmen, und wenn er nicht bluten würde, wüssten wir auch nicht, dass er hier entlang gekommen ist.“

Sie erreichten das nächste Stockwerk.

„Das ist der letzte Stock mit Stationen“, sagte Müller. „Leider ist keine Blutspur am Türgriff.“

Steinmann kaute auf seiner Unterlippe herum. Es sah aus, als wolle er sich selbst aufessen.

„Wohin führt das Treppenhaus?“, wollte der SoKo-Leiter wissen.

„Keine Ahnung. Hier war ich noch nie. Herbert könnte ... ach, vergiss es.“

Steinmann runzelte die Stirn.

„Was will der Attentäter von Svenja?“, dachte er laut. „Sie bestrafen?“

„Dann hätte er sie gleich tot gehauen“, meinte Müller. „Und fliehen will er offenbar nicht, sonst wäre er unten zum Ausgang hinaus.“

Steinmann nickte zustimmend.

„Er will sie daran hindern, die Zonenkrieger zu verraten, Frank, aber vorher muss er wissen, was sie uns vielleicht schon gesagt hat. Nichts anderes interessiert ihn. Er verhält sich wie eine Spinne. Er schnappt sie und zieht sich an einen Ort zurück, an dem zu dieser Tageszeit garantiert niemand ist, wo er sie ungestört aussaugen kann. Außerhalb vom Krankenhaus könnte man ihn sehen."

Müller hob verstehend eine Augenbraue. „Er war gezwungen, sie mitzunehmen, weil sie schlief?"

„Ja. Das hat ihr vorerst das Leben gerettet. Wäre sie wach gewesen, hätte er sie ausgehorcht und dann getötet. Sie denken an ihre Mission, Frank. Auf dem Tonband war das ganz deutlich. Nur die Mission zählt."

‚Erna verlangt es', dachte Finn.

Müller holte tief Luft. „Der einzige in diesem Krankenhaus nachts garantiert menschenleere Ort ist das Dach, Finn. Sogar der Hubschrauberlandeplatz liegt neben dem Gebäude, nicht darauf. Niemand würde ihn stören."

Die beiden Polizisten rannten weiter nach oben, wo sich ihrer Hoffnung nach irgendeine Zugangsmöglichkeit zum Dach befand.

„Finn?"

„Ja?"

„Wenn er wirklich da oben ist, verfügt er über verdammt gute Ortskenntnisse."

„Ich weiß, Frank. Denk nur an den Türcode."

„Ja ... es muss jemand vom Krankenhaus sein."

Die Polizisten erreichten das Ende des Treppenschachtes. Eine dicke Stahltür lag vor ihnen.

Sie war offen.

20.

Herbert Lanzinger wanderte einige Minuten hin und her. Er fand mehrere verschlossene Türen und den Zugang zur Müllentsorgung. Die Cafeteria lag in der Nähe, ironischerweise direkt neben der Pathologie, und irgendwo versteckte sich sicher auch der „Maschinenraum" des Krankenhauses. Die Schaltstelle für die Stromversorgung stand abseits auf der Südflanke des Gebäudes, das wusste er von einem Spaziergang bei seinem letzten Aufenthalt. Schließlich hatte er hier einige Tage mit seinen gebrochenen Händen verbracht. Er erinnerte sich oft daran. Rosalinde war ihm nicht von der Seite gewichen. Sie hatte ihm seinen Mut im Einsatz nicht übel genommen. Das Streifenfahrzeug gegen einen Hubschrauber zu lenken war eine Verzweiflungstat gewesen, aber damit war das Überleben eines anderen Menschen, eines jungen Kollegen, gewährleistet worden.

„Du bist ein Held", hatte sie ihm stolz ins Ohr geflüstert, und er wusste, dass sie versucht gewesen war, ihn im Krankenhausbett zu vernaschen.

Und nun – möglicherweise – hing erneut das Überleben anderer Menschen von seinen Handlungen ab. Er hoffte, dass diesmal seine Finger heil blieben, und grinste schief unter seiner Schirmmütze.

Er suchte eine Weile nach einer Spur, aber die unteren Bereiche des Krankenhauses von Idar-Oberstein verrieten ihm nicht, ob hier jemand mit einer menschlichen Last herumgeschlichen war. Er verließ das Gebäude durch eine nur von innen zu öffnende Tür und nutzte einen Stein als Keil, damit er später wieder Einlass fand.

Lanzinger gelangte schnell zu dem Schluss, dass er im Außenbereich des Gebäudes auch nicht weiterkam. Die Ostspitze des Krankenhauses, die mittels einer Brücke mit einem Parkhaus verbunden war, enthielt die Kinderklinik. Er bezweifelte, dass der Attentäter dort entlanggelaufen war. Den Bereich konnte man im Laternenlicht frei einsehen, und auch in dem Parkhaus mit seinen neun Stockwerken war die Gefahr einer Entdeckung ziemlich groß.

Lanzinger blickte über die offenen Flächen und schüttelte den Kopf.

‚Hier ist niemand.'

Er überlegte, an welchen Ort ein als Kreuzritter verkleideter Mann mit einer verletzten Frau fliehen könnte, als sich ein neuer Gedanke nach vorne schob und Aufmerksamkeit einforderte.

‚Will er überhaupt fliehen? Wenn ja, ist er bereits unauffindbar entschwunden, aber was, wenn er überhaupt nicht vorhat, Svenja Boschlana mitzunehmen?'

Was, wenn er sich nur an einen sicheren Ort zurückgezogen hatte, um auf ihr Erwachen zu warten?

Herbert Lanzinger drehte sich wieder zu dem Krankenhaus um. Er versuchte die Überlegungen des Zonenkriegers zu erahnen, nahm die Mütze ab und kratzte sich auf seinem inzwischen fast haarlosen Schädel.

‚Wo steckst du? Wohin bist du mit ihr gegangen?'

Er legte den Kopf in den Nacken, strich sich übers stoppelige Kinn ... und erstarrte.

Auf dem Flachdach des Krankenhauses war jemand. Lanzinger erkannte eine hastige Bewegung an der Kante. Ganz schemenhaft nur, aber er sah es.

Er ging schnell einige Meter vom Gebäude weg und hockte sich hinter einem Betonblumenkübel nieder. Er bedauerte, dass sie keine Walkie-Talkies mit sich führten, aber es war nicht vorhersehbar gewesen, im Labyrinth des Krankenhauses einen dieser Fanatiker jagen zu müssen.

Der Oberkommissar hielt das Dach des Gebäudes fest im Blick. Wenn er sich doch irrte und seine Kollegen im Inneren alarmierte, zog er nicht nur Spott auf sich, sondern gewährte dem Zonenkrieger auch noch eine Fluchtmöglichkeit.

In vergangenen Zeiten hätte er seiner Intuition blind vertraut, aber er wollte lieber sicher gehen. Vielleicht rührte seine Unsicherheit von der Hitze her – er fand keine bessere Erklärung.

Herbert Lanzinger kauerte hinter dem Pflanzenkübel und fühlte, wie die Schwärze der Nacht an Intensität zunahm. Hastig kratzte er mit dem Daumen am Ehering herum. Er hatte einen Moment Schwierigkeiten, das Dach des Krankenhauses im Auge zu behalten.

Die Zukunft barg Schlimmes, und seltsamerweise dachte Lanzinger an seinen Freund Frank Müller, ein Gedanke, der ihn auf eigentümliche Weise beruhigte.

Die Dunkelheit rückte etwas von ihm ab – und er sah erneut den sich bewegenden Schatten auf dem Dach. Etwas blitzte silbrig auf, reflektierte das Licht eines Laternenmastes.

Herbert Lanzinger erhob sich und rannte zurück ins Gebäude. Sein Puls schraubte sich in gefährliche Höhen. Er wagte es nicht, sich umzudrehen.

Er fürchtete, die Dunkelheit einer schrecklichen Zukunft folgte ihm gleich einem rachsüchtigen Geist.

Steinmann zog die beschädigte Tür gänzlich auf. Sie war aufgehebelt worden. Licht fiel vom Treppenschacht in den dahinter liegenden Bereich. Der Hauptkommissar erkannte einen Gang mit Belüftungsklappen, dicken Rohren und kleineren Stromverteilern.

‚Ein Krankenhaus ist wie die Miniaturausgabe einer Stadt', dachte er. ‚Niemand kennt alle Ecken.'

Finn ging voraus. Er trug keinen Schlagstock, verließ sich ganz auf seine Schnelligkeit und Gewandtheit – und natürlich auf Frank Müller, eine menschliche Wand, die hinter ihm her stapfte und mit dem schwarzen Alustab bewaffnet war. Im Notfall konnte Steinmann immer noch die P99 aus dem Schulterhalfter reißen. Er hoffte, es nicht tun zu müssen. Er hatte sich an das leichtere Gewicht seiner neuen Dienstwaffe noch nicht vollends gewöhnt.

Der Gang erstreckte sich nur einige Meter weit. Eine kleine Treppe mit gerade mal sechs Stufen führte zu einer weiteren Tür.

Auch diese war offen.

„Ganz leise jetzt", flüsterte Finn.

Er spürte Müllers Präsenz hinter sich und schob sich auf die Tür zu. Langsam drückte er gegen den grauweißen Stahl. Die Tür quietschte nicht, als sie aufschwang.

Steinmann öffnete sie gerade so weit, dass er sich durch den Spalt hindurch ins Freie schieben konnte. Müller folgte ihm geräuschlos.

Die beiden Männer kauerten zwanzig Sekunden nebeneinander und ließen ihre Blicke über das Flachdach des Hospitals wandern. Mehrere Blitzableiter ragten in den Himmel. Viele Abluftschächte mündeten hier oben in Betonhöckern mit rußigschwarzen Gittern und machten aus dem Dach eine unübersichtliche Fläche. Die Lampen in den Laternen vor dem Eingangsbereich des Krankenhauses waren niedriger als das Dach des Gebäudes, was die Sicht ohne Lichtquelle zusätzlich erschwerte.

Im Gegenteil – der Rand des Daches bildete eine scharfe Kante, über den das gelbweiße Laternenlicht hinwegstrich. Steinmann sah ganz deutlich die Strahlen steil in die Luft ragen, was dazu führte, dass die Nacht hier oben noch kompakter wurde.

In der unmittelbaren Nähe der Polizisten schien sich niemand zu befinden. Finn kroch im Watschelgang zum nächsten Hindernis und versuchte, über seine Atemzüge hinweg etwas zu hören.

Frank Müller tippte ihm auf die Schulter. Steinmann zuckte zusammen und drehte sich auf den Absätzen um. Müller deutete auf sich, dann nach links, zeigte auf Finn und dann nach rechts.

Steinmann verstand und reckte den Daumen in die Höhe. Er schlich rechts am Abluftschacht vorbei. In seinem Nacken sammelte sich Schweiß und lief als unangenehm klebriger Strom seinen Rücken hinab. Seine Kehle war trocken. Er hatte grässlichen Durst.

Links von ihm bewegte sich Müller. Er ahnte ihn mehr, als dass er ihn tatsächlich sah.

Finn erreichte den nächsten Schacht und presste sich gegen den verwitterten Beton. Er spürte das Metall der P99 im Schulterhalfter und hoffte, sie nicht hervorholen zu müssen. Er träumte noch heute von dem Moment auf der Edelsteinbörse, wo er ein Leben hatte auslöschen müssen. Menschen erschießen stand nicht auf seinem Regeldienstplan.

Steinmann ignorierte das Déjà-vu-Gefühl, welches in ihm aufkam. Er blickte mit weit aufgerissenen Augen nach vorne, wie eine Katze, in der Hoffnung, das Restlicht des Himmels und der Umgebung zur Orientierung nutzen zu können.

Keine Chance. Er war froh, dass er einen Meter vor sich überhaupt etwas erkannte.

Müller war aus seinem Blickfeld verschwunden. Der große Streifenpolizist kämpfte sicher mit den gleichen Sichtproblemen.

Weiter vor sich sah Finn einen Abluftschacht, der höher zu sein schien als die übrigen und sich zudem noch nach oben hin verjüngte.

‚Ein guter Wegpunkt', dachte Finn.

Er bewegte sich vorsichtig weiter und erblickte am Fuß des großen Betonhöckers einen länglichen Körper.

Steinmann watschelte näher an den Umriss heran. Hatte er Svenja Boschlana gefunden? Lebte sie noch? Oder hatte der Zonenkrieger das gehört, was er wollte, und sie dann auf die ihm eigene Art getötet – mit einem brutalen Hieb auf den Kopf?

‚Sind wir zu spät gekommen?'

Das Déjà-vu-Gefühl wurde stärker. Er sah zweieinhalb Jahre in die Vergangenheit zurück. Verletzte Polizisten lagen um ihn herum. Der gesuchte Killer behielt die Fläche von oben im Blick.

Von oben ...

Finns Nacken kribbelte. Ihm wurde plötzlich eiskalt, als sich auf seinem Rücken eine dicke Gänsehaut bildete. Er hob den Kopf und sah an dem übergroßen Abluftschacht empor.

Sein Blut gefror zu Eis, als er seinen Irrtum erkannte. Direkt über ihm, nur einen lächerlichen Meter entfernt, hockte eine reglose, unheimliche Gestalt auf dem Betonhöcker und starrte ihn an. Das Grauweiß des Überwurfes hatte in der Lichtlosigkeit die gleiche Farbe wie das Baumaterial, aus dem das Krankenhaus bestand.

Finn Steinmann sah den Zonenkrieger über sich wie einen Gargyl, einen lebendig gewordenen Steingolem, der sich plötzlich bewegte und scheinbar ungeheure Flügel ausbreitete.

Dann fauchte etwas durch die Luft, etwas, das hoch über Steinmanns Kopf einen winzigen Moment lang die Strahlen der Laternen kreuzte.

Finn sah einen silbrigen Schweif auf sich zurasen, und sein Körper bereitete sich innerhalb von wenigen Millisekunden auf eine Reaktion vor: entweder auf ein Ausweichmanöver oder den Treffer eines wuchtig geschwungenen Baseballschlägers.

Im selben Moment tauchte links von ihm Frank Müller auf, und ein Knall peitschte über das Dach des Hospitals.

Herbert Lanzinger sprintete zu der verkeilten Tür zurück. Er riss sie auf und hastete durch die düsteren Gänge.

‚Wie komme ich auf das Dach?‘, überlegte er.

Er gelangte wieder zum Fahrstuhl und drückte im Laufen den Rufen-Knopf. Hätte sich jetzt augenblicklich die Tür geöffnet, wäre er vielleicht in die Kabine gestiegen und ganz nach oben gefahren, aber der Lift war offenbar noch in einem anderen Stockwerk. Es würde zu lange dauern.

Lanzingers Nervosität ließ es nicht zu, dass er wartete. Sein ganzer Organismus war auf Handeln eingestellt, also lief er den Weg zurück ins Treppenhaus und die Stufen hinauf. Er rannte automatisch, ohne nachzudenken.

Er hörte Stimmen über sich, Worte, die er nicht verstand, weil ihn seine Füße wie eine Maschine die Treppe empor hämmerten, und als er zwischen verdutzt blickenden Polizisten hindurchrannte, die er in seiner Eile als Wagner und Peters identifizierte, rief er ihnen ein knappes Kommando zu.

Der dicke Oberkommissar wusste nicht, ob die Männer seine Worte verstanden hatten, aber er hörte an ihren Schritten, dass sie ihm folgten. Lanzingers Blick hielt das Treppenhaus immer im Fokus, wie das Bild einer rasend schnellen Kamerafahrt. Im Vorbeilaufen registrierte er einen verwischten Blutfleck auf dem hellen Handlauf ...

‚Das ist der richtige Weg, immer weiter, beweg dich!‘

... und stoppte erst, als er ganz oben beinahe gegen eine unverschlossene Stahltür prallte. Er rang nach Luft. Seine Hände flatterten so stark, dass er den Türgriff kaum packen konnte.

Peters keuchte hinter ihm die Treppe hinauf.

„Was ... ist hier ... oben, Herbert?“

„Auf'm Dach ... hab's gesehen ... er ist auf'm Dach.“

„Ist das ... der Zugang ... zum Dach?“

„Keine Ahnung.“

Lanzinger hetzte mit Peters durch den kurzen Gang. Wagner stöhnte hinter ihnen etwas von Rauchen aufgeben, und Peters wollte Lanzinger eigentlich bremsen, ihn aufhalten, zur Ruhe gemahnen, aber der Oberkommissar schoss vorwärts wie ein Rammbock. Was ihn so zur Eile antrieb, wusste er selbst nicht, aber er roch aufbrandende Gefahr so deutlich wie einen Harzer Käse. Diesmal stoppte Herbert Lanzinger nicht, als sein Körper gegen die Tür stieß. Er sah, dass sie nach außen hin aufgehen würde, und er sah auch, dass sie offen und nur angelehnt war.

Der massige Polizist wuchtete sein ganzes Gewicht gegen die Stahltür, die dem Aufprall nichts entgegensetzte und sprungartig aufschwang. Ein Mensch direkt dahinter wäre wohl durch den Treffer niedergestreckt worden. In Lanzingers Schulter flammte heißer Schmerz auf, aber er war inzwischen ein Experte in Verletzungen. Er hatte sich eine Prellung zugezogen, nichts Ernstes, nur einen großen blauen Fleck, der in den nächsten Tagen rasant wachsen würde.

Die aufgestoßene Tür knallte laut gegen den Außenputz des Dachaufbaus. Herbert Lanzinger sprang fast blind auf das Dach. Das Licht innerhalb des kurzen Ganges war zwar trübe gewesen, aber immer noch gleißend hell gegen die hier vorherrschende Nacht. Er sah in einigen Metern Entfernung ein helles Aufblitzen, einen halbmondförmigen Schweif in der Luft, und dann eskalierte die Situation.

Steinmanns Rücken bog sich durch, als er sich gleich einer gespannten Feder nach hinten warf. Der Krach durch die auffliegende Tür hatte ihm einen winzigen Vorteil verschafft und bewahrte ihn vor einer furchtbaren Kopfverletzung.

Der Zonenkrieger schwang seinen Schwertschläger wie einen Vorschlaghammer, aber er traf nur noch Steinmanns linke Schulter.

Finn stöhnte unter Schmerzen auf und griff mit der rechten Hand instinktiv nach dem Fuß des Angreifers. Der Zonenkrieger sprang von seinem Podest ab und vollführte eine Rolle über den Hauptkommissar hinweg.

Er flog direkt in die ausgebreiteten Arme von Frank Müller. Der Streifenpolizist umklammerte den kostümierten Angreifer ohne eine der speziellen Polizeigrifftechniken. Dafür ging alles viel zu schnell. Er nutzte seine rohe Kraft, um den sich windenden Mann zu bändigen. Der bemalte Baseballschläger fiel auf den Boden.

Finn kam auf die Beine, drehte sich um und sah schemenhaft, wie der Kopf des Kriegers nach vorne ruckte und Müllers Gesicht traf.

Der Oberkommissar wackelte mit dem Kopf, aber er hielt den Mann in seinem Schraubstockgriff fest. Erneut rammte die Gestalt mit dem weißen Überwurf ihre Stirnplatte gegen Müllers Nase, und sie kam frei. Der Zonenkrieger wand sich aus den langen Armen heraus.

„Jetzt ist Schluss“, knurrte Steinmann und umschlang den Mann von hinten.

Der Bursche war geschickt. Er ließ sich nach vorne fallen, packte Finns Hemd über die Schulter hinweg, machte einen Katzenbuckel und zog ihn mit sich. Der SoKo-Leiter stürzte über die Gestalt und prallte auf den Rücken. Er sprang auf die Beine und hörte, wie der Zonenkrieger seine Waffe vom Boden aufnahm.

Herbert Lanzingers Stimme donnerte plötzlich auf, gebot dem Treiben Einhalt, und drei Polizistensilhouetten schälten sich aus der Dunkelheit.

Es war zu dunkel, um Einzelheiten zu erkennen, aber der Zonenkrieger huschte wie ein bewaffneter Tänzer vorwärts. Er verteilte Hiebe mit seinem „Schwert", als habe er kein schweres Holz in der Hand, sondern eine Feder. Er hatte offenbar lange mit dem Schläger geübt.

Und er war verdammt schnell.

Es war, als steckten die Beamten in einer Art Zeitlupe fest, und nur der Mann bewegte sich in Normalgeschwindigkeit.

Finn erkannte das Ziel des Zonenkriegers, der sich trotz seines Geschicks nicht lange würde halten können.

‚Er will fliehen!', dachte er. ‚Hat er sein Ziel erreicht?'

Steinmanns Hand ging wie von selbst zum Schulterhalfter, um die P99 zu ziehen. Er musste diesen Irrwisch stoppen.

Jetzt.

„Halt, stehen bleiben!", brüllte Finn.

‚Scheiße, ich kann kaum etwas sehen.'

„Leg den Schlä..."

Der Zonenkrieger tauchte wie aus dem Nichts vor ihm auf. Steinmann spürte einen harten Schlag gegen seinen Unterarm. Seine Finger öffneten sich ohne Kraft. Die Pistole fiel ihm aus der Hand.

Einen Augenblick lang taumelten die Polizisten allesamt hin und her, rammten einander, getroffen und überrascht, was der Krieger sofort nutzte und die Flucht antrat. Seine körperliche Fitness war beeindruckend. Ein Sportler, kein Zweifel.

Finn wankte einen Schritt zur Seite und sah, dass der Kerl die

Tür aufzog. Das schwache Licht aus dem Gang umriss seine Kontur.

„Bleib stehen!", rief Finn. Seine Nerven gingen mit ihm durch. „Bleib hier, du Arschloch! Wo ist er? Wo ist Engel?"

Der Zonenkrieger reagierte nicht und tauchte in den Gang.

Müller fand als Erster die Fassung wieder und stürzte ihm hinterher. Aus seiner Nase lief Blut. Der Attentäter hatte ihn mit der Stirnplatte genau auf den Knochen getroffen.

Finn sprang in langen Sätzen hinter Müller in den beleuchteten Gang.

„Bleib stehen!", rief er wieder und dann, ohne es bewusst zu formulieren: „Wer ist Erna? Wer ist das?"

Steinmann hatte den Eindruck, der Attentäter würde sich am Ende des Ganges zu ihnen umdrehen. Dann hämmerte der Zonenkrieger die behandschuhte Faust auf den Lichtschalter und trat in den Treppenschacht.

Es wurde dunkel, und gleichzeitig warf der Mistkerl die Tür zu. Es klang, als würde sie dabei leicht verkanten. Steinmann stieß gegen Frank Müllers Rücken. Der Oberkommissar hatte seinen Lauf verlangsamt, um nicht zu stürzen.

„Weiter! Weiter!", presste der SoKo-Leiter atemlos hervor. „Los doch!"

Müller beschleunigte wieder, und hinter ihnen rückten die anderen Polizisten in den Gang nach. Finn hörte ihre Schritte über den rauen Fußboden schleifen, vernahm das Klacken ihrer Tonfas, wenn die Stöcke die Wände berührten – und dann blieb Müller ruckartig stehen.

Einen Moment war das Geräusch von Fingern zu hören, die tastend über die Stahltür glitten, und mit einem Ruck öffnete sich das Treppenhaus vor ihnen. Steinmann wurde kurz geblendet. Er fühlte sich wie ein Fallschirmspringer, vor dem sich die Tür zum freien Fall gleich einem gähnenden Schlund weitete.

„Wer ist oben bei Svenja?", rief Finn nach hinten, ohne sich umzudrehen.

„Wagner", antwortete Peters keuchend.

‚Vielleicht ist sie noch zu retten', dachte Finn, während er die Treppe hinunterhastete.

„Ich hole Hilfe, wenn wir unten sind", gab Peters kund.

„Okay", erwiderte Steinmann atemlos.

Er musste bremsen, denn Müller verzögerte seine Schritte. Der große Oberkommissar deutete mit ausgestrecktem Arm auf eine langsam zufallende Tür, durch die man den Knotenpunkt einer Stationsebene erreichte.

‚Da ist er raus', dachte Finn. ‚Wo will er hin?'

Müller lief auf die Tür zu und drückte sie wieder ganz auf. Steinmann betrat hinter ihm die Ebene. Mehrere grau schimmernde Fahrstuhltüren lagen auf beiden Seiten des Zwischenbereiches. Der Hauptkommissar biss sich auf die Lippen. Wohin konnte der Zonenkrieger geflohen sein? Wollte er Geiseln nehmen? Vier Stationen grenzten an den Zwischenbereich.

Lanzinger schlüpfte hinter ihm auf die Ebene. Peters gab Handzeichen, dass er weiter nach unten wollte, zur Intensivstation, wo im Moment mehrere Sanitäter die Verletzten versorgten.

Die schwere Tür fiel geräuschvoll ins Schloss. Die hallenden Schritte von Peters aus dem Treppenschacht wurden dumpfer und verklangen.

„Wohin jetzt?", fragte Müller. „Sollen wir uns trennen?"

Steinmann überlegte fieberhaft und bemerkte nicht, dass Herbert Lanzinger hinter ihm plötzlich die Stirn runzelte und misstrauisch an die Tür zum Treppenhaus trat.

„Scheiße", fluchte der dicke Oberkommissar unvermittelt und störte Finns Gedanken.

Der SoKo-Leiter drehte sich um und sah, wie Lanzinger die Tür wieder aufzog und „Was?" rief.

Eine Stimme drang ungehindert zu ihnen vor. Es war Peters. Er brüllte von unten Alarm.

„Der Bastard ist hier unten lang! Hier ist noch eine Tür zugefallen! Ein Trick! Ein Trick!"

Diesmal war es Lanzinger, der an der Spitze lief. Der Zonenkrieger hatte sie hereingelegt und die Tür zu dieser Ebene einfach aufgestoßen.

Sie waren auf einen Köder hereingefallen.

Die drei Polizisten stolperten zwei weitere Stockwerke hinab und erreichten Peters, der die besagte Tür aufhielt.

„Bring Hilfe zum Dach!“, rief Finn und stürzte hinter Lanzinger durch die Öffnung.

Steinmann folgte dem beleibten Kollegen ohne nachzudenken. Lanzinger schien zu wissen, wohin er sich wenden musste. Es dauerte nicht lange, bis sie eine Tür erreichten, die auf der langen Nordseite des Krankenhauses ins Freie führte.

Die keuchenden Männer verteilten sich auf der freien Fläche. Es war nichts zu sehen.

„Wieviel Vorsprung hat er?“, grummelte Müller.

„Eine halbe Minute“, schätzte Finn. „Mindestens. Eher mehr. Und er ist bedeutend jünger und schneller als wir.“

Lanzinger lief rasch zu einem geparkten Fahrzeug und sprang auf die Motorhaube. Mit einem weiteren Schritt gelangte er auf das Dach des Wagens. Müller schüttelte den Kopf, aber sein dicker Partner ließ sich nicht beirren und sah sich suchend um. Nach einer Weile hob er resignierend die Schultern.

„Er könnte überall sein. Wir haben ihn verloren.“

Steinmann musste zustimmen. „Frank, lauf zum Streifenwagen und lass in der Inspektion eine Fahndung anlaufen. Du kannst am ehesten eine Beschreibung abgeben. Er sprang genau auf dich zu.“

Müller fasste sich vorsichtig an die leicht geschwollene Nase und schnitt eine Grimasse. „Er kam mir wirklich sehr nah, da hast du recht.“

Lanzinger stieg langsam von dem Auto herunter, nicht ohne zu prüfen, ob er Beulen im Blech hinterlassen hatte.

„Wir beteiligen uns an der Fahndung, Finn“, sagte er. „Um die Verletzten kümmert sich das Krankenhauspersonal besser als wir.“

„Einverstanden. Wenn Svenja Boschlana noch am Leben ist, behalte ich Peters und Wagner zur Sicherheit hier. Wenn nicht ... schicke ich die beiden auch zur Fahndung.“

„Ja.“ Lanzinger zögerte. „Ziemlicher Freak, was? Hat sich schon jemand Gedanken darüber gemacht, was der Kreuzritterscheiß eigentlich soll?“

„Ich arbeite daran“, meinte Steinmann. „Und jetzt beeilen wir uns besser.“

Lanzinger war noch nicht zufrieden. „Was hast du ihm hinterhergerufen? Einen Namen, oder? Ich habe etwas von einer Erna im Ohr.“

Steinmann winkte ab. „Es ist noch nichts Konkretes. Der Name ist aufgetaucht, aber nie im Vordergrund. Eher so wie ein großer Fisch, der einfach nicht anbeißen will.“

Die Männer liefen gemeinsam los. Da die Tür zum Krankenhaus ins Schloss gefallen war, musste Finn zurück zum Haupteingang, wo auch die Streifenfahrzeuge standen. Er verabschiedete sich von Lanzinger und Müller und rannte zurück zur Intensivstation, den einzigen Weg, den er im Göttschieder Krankenhaus gut kannte. Er tippte die Codierung in den Türcomputer und betrat die überfallene Station. Mehrere Ärzte mit müden Gesichtern waren zusammengezogen worden, um die Verletzten zu behandeln. Die beiden Schwestern und der Pfleger hatten inzwischen das Bewusstsein wiedererlangt. Alle drei standen unter Schock. Peters war mit zwei Rettungssanitätern auf dem Weg zum Dach, um Svenja Boschlana zu bergen.

Die Ärzte waren bemüht, die Verwundeten so schnell wie möglich von der Intensivstation wegzubringen. Die Behandlung vor Ort lief im Flüsterton ab, da die Patienten in den Überwachungszimmern Ruhe benötigten. Steinmann ließ seine linke Schulter überprüfen, aber der Schlag des Schwertmeisters würde nur einen großen, blauen Fleck als Erinnerung zurücklassen.

Finn erhielt gerade über das Stationstelefon Rückmeldung über den Anlauf der Fahndung, als sich die Schleuse auf der anderen Seite der 22 öffnete und Sanitäter mit einer Trage hereinkamen. Wagner lief hinter ihnen her und Peters hielt sich auf der rechten Seite der Trage. Die rotweiß gekleideten Rettungshelfer hatten ihm einen Infusionsbehälter in die Hand gedrückt.

Finn wertete es als gutes Zeichen, und kurz darauf erhielt er von einem der Ärzte die erlösende Nachricht: Seine wichtigste Zeugin lebte. Sie schlief und war bis auf ihre ursprüngliche Verletzung unversehrt. Der Zonenkrieger hatte sie nicht angetastet.

Der SoKo-Leiter war erleichtert und nahm sich zehn Minuten Auszeit. Er ging ins Foyer des Krankenhauses und setzte sich auf einen der Stühle vor dem Kiosk. Seine Hände zitterten und er fühlte Kälte über seinen Rücken wandern.

Seine Gedanken kehrten zurück zu jenem Moment, in welchem er seine Nerven verlor und den flüchtenden „Kreuzritter" anbrüllte.

Die Zonenkrieger trugen die Schuld am Verschwinden eines wichtigen Eckpfeilers seiner jüngeren Vergangenheit. Steinmann trauerte um Horst Engel, wie es ihm um seinen eigenen Vater nie möglich gewesen war. Vor einer Ewigkeit war der fünfjährige Finn eine Weile eine leere Hülle gewesen, aber irgendwann hatte er wieder gelacht.

Das war nun anders. Er verbrachte zu viel Zeit allein – Zeit, in welcher er über sich und sein Leben nachdachte. Er vermisste Katja Neisinger, doch sein Pflichtgefühl gegenüber dem entführten Freund verbot es ihm, über private Dinge vorrangig zu grübeln. Es zerriss ihn. Sein Leben brach auseinander.

‚Ich habe es dir versprochen, Horst', dachte er und eine einzelne, kleine Träne bildete sich in seinem linken Auge. Er wischte sie achtlos weg. Dafür war keine Zeit.

‚Ich bring dich zu deiner Frau zurück.'

Zu diesem Zeitpunkt ahnte er noch nicht, welchen Horror die Zukunft für ihn bereithielt. Die Schicksalsfäden vieler Menschen würden sich bald an einem bestimmten Punkt kreuzen, und drei dieser Fäden waren dazu vorgesehen, diese Begegnung nicht zu überstehen.

Hätte Steinmann davon gewusst, wäre er womöglich davongerannt.

Er kauerte am Rande eines Feldweges. Hinter den Büschen erhob sich das Krankenhaus. Der Hubschrauberlandeplatz lag nicht weit von seinem Versteck. Einige Ruhebänke standen kaum sichtbar im nächtlichen Schatten des Waldes.

Man konnte ihn von der Klinik unmöglich sehen.

Er zitterte. Zu viel war auf ihn eingestürmt, zu viele Emotionen tanzten in seinem Körper. Da war Angst und Niedergeschlagenheit, denn er hatte sein Ziel nicht erreicht, sich nicht überwunden, die Verräterin zu erschlagen. Nun kam der Niedergang der Zonenkrieger, noch bevor sie ihre Mission zu Ende führen konnten.

Er trug die Verantwortung für das Scheitern, den nun sinnlos vergeudeten Jahren harter Arbeit, und all dies nur, weil er ... weil er immer noch den Versager in sich trug, die jämmerliche Gestalt, die er vor Äonen einmal gewesen war.

Ein wimmernder, kleiner Versager.

‚Ich bin es immer noch. All die Schminke und Verkleidung und das Training ändern nichts daran, dass ich ein Waschlappen bin.‘

Der Gedanke an sein altes Dilemma ließ Wut und Zorn in ihm aufkochen, heiß, lodernd, eine alles verzehrende Flamme, die ihn irrationale Schlüsse ziehen ließ.

Welche Wahl blieb ihm noch? Sollte Svenja reden – und davon musste er ausgehen – gelangte die Polizei an die Namen der fünf anderen Zonenkrieger, und über die Namen auch an deren Adressen.

Selbst wenn er sie jetzt alle informierte, sie antrieb, ein Versteck aufzusuchen, würde die Polizei wahrscheinlich einen von ihnen erwischen.

Es war, als habe ihm der himmlische Vater damit sagen wollen, was er von seinem Tun hielt.

‚Gott wird mich eines Tages dafür richten.‘

Das konnte er gut, der bärtige Mann über den Wolken. Richten.

Erna ...

Es war ihm ein Rätsel, wie der Bulle auf dem Dach von der alten Frau hatte wissen können. War der Mann, der sein Idol erschossen hatte, mit übersinnlichen Fähigkeiten ausgestattet? War ihm ein Gedankenleser auf der Spur?

Nein, unmöglich.

‚Es tut mir leid, Erna', dachte er und ein Krampf schüttelte ihn. ‚Ich bin und bleibe ein Nichts.'

Bruchstückhafte Erinnerungen prasselten in rasend schnellem Tempo auf ihn ein. Er sah ein faltiges Gesicht, Ernas Gesicht, und einen Arzt, der ihm ein erschreckendes Geheimnis verriet, und dann die Kneipe, die Kneipe mit dem beschissen billigen Schnaps, und grinsende Gesichter, das vielköpfige Ameisenkollektiv einer Jugendbande, und, und ...

Und ganz am Schluss das in seinen Gehirnwindungen auf immer und ewig fest gebrannte Bild von jenem Bett, ihrem Bett, Ernas Bett, und ihrer eingefallenen Hülle, die die Bezeichnung Körper nicht mehr verdiente.

Das Bett war die Wiege der Zonenkrieger und gleichzeitig der Altar seines blinden Ehrgeizes.

Wieder lief ein Krampf durch seine Därme, die Vorstufe einer Panikattacke, und eigentlich hätte er nun weinen müssen, aber alle Tränen seines Lebens waren bereits an jenem Bett vergossen worden. Ein fataler Gedanke, die Triebfeder destruktiven Handelns, schoss ihm durch den Kopf: ‚Es gibt kein Zurück.'

Der Schwertmeister beruhigte sich. Ja ... es gab für ihn keinen Ausweg mehr. Nur noch die Flucht nach vorn. Ein Zeichen setzen war alles, was er noch tun konnte.

Die alte Frau verlangte es.

„Es muss aufhören", hatte sie zuletzt immer gesagt. „Es muss aufhören."

Er erhob sich aus seiner knienden Haltung. Kein Zittern toste mehr in seinem Innern. Keine Zweifel mehr.

Kein Zurück. Nur noch ein Zeichen.

Der Schicksalsfaden des Schwertmeisters war der erste, der sich auf den Weg zur Kreuzung machte.

Vierter Teil

Schicksalsfäden

21.

Samstag
Jeder verfügbare Polizist in Idar-Oberstein wurde zur Fahndung eingesetzt. Die Spürhunde zog man von Engels Wagen ab. Sie leisteten bei der Suche nach dem Zonenkrieger wertvolle Arbeit.

Der Flüchtige blieb jedoch verschwunden. Zwar konnten die Hunde die Richtung bestimmen, in die er gerannt war, aber dann versiegte die Fährte. Dem platt gedrückten Gras nach hatte am Wegesrand ein Fahrrad gelegen.

Den Polizisten bot sich somit ein bizarres Phantombild: ein Mann, verkleidet als Kreuzritter, auf einem Fahrrad, bewaffnet mit einem bemalten Baseballschläger. Zu jedem anderen Anlass hätte man darüber wahrscheinlich gelacht, aber mehrere schwer verletzte Menschen zeugten von der Gefährlichkeit der Gruppe, die sich auf einem Feldzug gegen den Vandalismus befand.

Finn Steinmann nahm an, dass es sich bei dem Flüchtigen um den Schwertmeister handelte. Er wollte einfach nicht glauben, dass jedes einzelne Mitglied der Bande derart geschickt mit dem Schläger umgehen konnte, und wenn doch, stand der SoKo noch ein heißer Tanz bevor.

In den Morgenstunden erhielt der übermüdete Hauptkommissar die beiden angeforderten Zeitungen. Es war jeweils die Mittwochsausgabe der Nahe-Zeitung und des Lokalanzeigers Wochenspiegel. In manchen Gemeinden wurde das Anzeigenblatt schon dienstagsabends ausgetragen, die meisten jedoch fanden es erst am Mittwoch im Briefkasten.

Steinmann gähnte ununterbrochen, während er die Nahe-Zeitung durchblätterte. Er versuchte mit aller Gewalt, nicht die Konzentration zu verlieren. Nach kurzem Kampf gab er auf und legte sich auf eine Couch. Die Kollegen ließen ihn ruhen. Er schlief augenblicklich ein und erwachte zwei Stunden später mit quälendem Durst, aber ausreichend regeneriert.

Aus dem Krankenhaus lag noch keine Meldung vor, dass Svenja Boschlana das Bewusstsein erlangt hatte. Das Beruhigungsmittel wirkte besser als erhofft. Dr. Korn wollte sie nicht wecken. Ihren Körper – wenn auch schlafend – hatte man in der vergangenen Nacht genug malträtiert.

Eine der beiden niedergeschlagenen Schwestern war schwerer verletzt, als zunächst vermutet. Die heftigen Schläge des Schwertmeisters waren Auslöser einer starken Gehirnerschütterung.

„Das ist seltsam, Hauptkommissar Steinmann", sagte der Arzt am Telefon. Seine Stimme klang gepresst, aber er nuschelte nicht mehr so stark. „Er hat bei Schwester Monika sehr viel stärker als bei uns zugeschlagen."

„Haben Sie dafür eine Erklärung?"

„Nein, aber es ist auffallend. Der Bursche weiß sehr wohl, wie hart und fest er zuschlagen kann und muss."

„Ist die Schwester vernehmungsfähig?"

„Nein. Sie hat starke Begleiterscheinungen durch die Erschütterung. Heute Mittag können Sie vielleicht mit ihr reden, aber auch nur in einem kleinen Zeitfenster. Sie kämpft mit Schwindelattacken, Sinnesausfällen und hat sich mehrfach erbrochen."

Finn strich über seine Nase. Er hatte selten einen Fall erlebt, bei dem sich die Zeugenbefragung so schwierig gestaltete. Der Arzt selbst konnte ihm nicht viel berichten. Der Zonenkrieger war in die Station eingedrungen und schaltete den Pfleger und die Krankenschwester lautlos aus. Korn war zu jenem Zeitpunkt bei Svenja Boschlana im Zimmer. Auch er wurde von dem Angreifer überrascht, verletzte ihn aber in einer Reflexreaktion mit der Spritze. Ohne diese kleine, blutende Stichwunde hätten sie ihn nicht auf dem Dach entdeckt.

„Wer kennt die Codierung der Tür, Doktor Korn?"

„Das ist kein Staatsgeheimnis, Herr Steinmann. Es gibt gewiss eine Anzahl X des Personals, die über die Zahlenfolge Bescheid weiß."

„Und die Patienten? Oder die Verwaltungsangestellten?"

„Auch das ist nicht auszuschließen. Sie müssen nur jemandem bei dem Eingabevorgang auf die Finger schauen. Hier im Krankenhaus herrscht viel Verkehr."

Finn dachte einen Moment nach. Er hatte gehofft, der Personenkreis sei überschaubarer. Korn nutzte den Freiraum zu einer Frage.

„Glauben Sie, der Täter ist einer von uns?"

„Es wäre möglich. Er kam durch die Schleuse. Er hat sich mit Svenja Boschlana auf das Dach zurückgezogen. Er wusste zu nutzen, dass die Türen sehr langsam zufallen, hat sich dadurch einen Vorteil verschafft. Sein Verhalten deutet auf gute Ortskenntnisse hin."

„Da könnten Sie recht haben, Herr Steinmann. Mir ist er auf jeden Fall nicht bekannt. Trotz seiner Maskerade war sein Gesicht sehr gut zu sehen."

„Kennen Sie das gesamte Krankenhauspersonal?"

„Nein, natürlich nicht. Ich kann selbstverständlich nur von meinem Blickpunkt aus sprechen."

„Wir werden aufgrund der Aussagen von Ihnen, den Pflegern und uns Polizisten ein Phantombild erstellen. Wir bringen es im Krankenhaus in jede Abteilung. Vielleicht erkennt ihn jemand von einer anderen Station."

„Ich kann mir das irgendwie nicht vorstellen, Herr Steinmann. Wir arbeiten in diesem Gebäude, um Menschen zu helfen, nicht um sie in Gefahr zu bringen. Das ist paradox. Wie pervertiert muss ein Mensch sein, um dies willentlich in Kauf zu nehmen?"

„Das ist die Frage, die wir klären müssen, Doktor Korn."

Finn zog sich mit Stefanie Gorges in ein ruhigeres Büro zurück und studierte die beiden Zeitungen.

Die Nahe-Zeitung gliederte sich wie alle Tagesblätter in mehrere klassische Segmente, die sogenannten Bücher. Ein Anfangsteil mit Kommentaren zum Weltgeschehen und Börsennachrichten, ein Lokalbuch mit Berichten aus der Region, ein Anzeigenteil, die Ressorts Sport, Kultur, Reisen, Boulevardneuigkeiten und einige Todesanzeigen. In der Mittwochsausgabe vom Februar 2007, die nun immerhin dreieinhalb Jahre alt war, fanden sich die zwei Polizeiberichte, welche bei der sortierten Sammlung, die in einer Mappe auf dem Tisch lag, den Anfang markierten. Es waren vergleichsweise harmlose Dinge: ein eingeworfenes Schaufenster und ein junger Mann, der von einer Streife bei einem Einbruch in ein Auto erwischt wurde – schon das dritte in jener Nacht, wie später herauskam.

„An diesem Tag fing es an", dachte Finn laut nach. „Jemand beginnt am 7. Februar 2007, Berichte akribisch auszuschneiden. Warum, Stefanie? Die zwei Meldungen sind nicht sehr auffällig. Er sammelt dreieinhalb Jahre lang und nutzt es als Motiv für Selbstjustiz."

Die Kommissarin strich über das grobe Papier der Zeitung. „Wenn du glaubst, hier drin den Schlüssel zu finden, bleibt uns nichts anderes übrig, als jedes Wort auf jeder Seite im Detail zu zerlegen."

Sie sahen die Ausgabe noch einmal durch, untersuchten jeden Artikel, lasen alle Kleinanzeigen, betrachteten die Namen bei den Todesanzeigen, und gerade als Stefanie Gorges zur nächsten Seite blättern wollte, hob Steinmann den Arm und sagte: „Stopp!"

Ganz rechts unten war ein unscheinbares Rechteck – eine kleine, schlichte Todesanzeige:

Wir nehmen Abschied von
Frau
Erna Schmidt
23.05.1920 – 02.02.2007

In stiller Trauer
Alle, die ihr nahe standen
Idar-Oberstein, im Februar 2007

Stefanie Gorges folgte Steinmanns Blick. Sie las die Anzeige und sah ihn dann aufmerksam an.

„Was ist damit? Kannst du mit dem Namen einer fast 87-jährigen Frau etwas anfangen?"

Der Hauptkommissar reagierte nicht.

„Finn?"

Er atmete tief durch und wandte sich ihr zu. „Ich bin nicht sicher. Es könnte auch ein Zufall sein."

„Hast du den Namen schon einmal gehört? Kennst du die Frau?"

„Nein. Aber Kevin, der Junge, der in der Fußgängerzone zusammengeschlagen wurde, hat diesen Namen von einem der Zonenkrieger gehört."

Stefanie Gorges Augenpartie zeigte einen deutlich skeptischen Ausdruck. „Die haben ihn verprügelt und dann ‚Erna Schmidt' ins Ohr geflüstert?"

„Nein, nur Erna. Und Katja Fewinger hat ihn auch gehört. ‚Erna verlangt es.' Das ist mir jetzt schon zwei Mal begegnet."

Steinmann erklärte ihr, was ihm Kevin und die Mitarbeiterin des Baumarktes erzählt hatten.

„Ich habe es ihm hinterhergerufen, Stefanie. Als der Zonenkrieger in der Tür zum Treppenschacht stand, habe ich ihn gefragt, wer Erna ist."

„Hat er darauf irgendwie reagiert?"

Der SoKo-Leiter lehnte sich zurück, verschränkte die Arme hinter dem Kopf und rief die Szene in sein Gedächtnis. Er sah den Kostümierten im hellen Umriss des Schachtes, wie er mit der Faust auf den Lichtschalter einschlug, aber vorher ... vorher hatte er in den Gang zurückgeblickt, mit einer ruckartigen Kopfbewegung, so als wäre er ...

Finn nahm die Arme hinter dem Kopf hervor und legte sie auf dem Schoß mit den Fingerspitzen zu einer dreieckigen Form zusammen. Irgendwo hatte er mal gelesen, dass Politiker diese Handhaltung von Kommunikationstrainern lernten.

„Er war überrascht, Stefanie. Ich will nicht sagen, dass er die

Fassung verlor, aber er zeigte eine deutliche körperliche Reaktion. Etwa so ..."

Er stellte pantomimisch nach, wie sich der Attentäter in seiner Erinnerung bewegte.

„Okay", erwiderte Stefanie Gorges. „Wir haben also im Hintergrund eventuell eine Erna, die irgendetwas von den Zonenkriegern verlangt."

„Vielleicht diese Erna", meinte Finn und tippte mit dem Finger auf die Anzeige.

Der Rest der Zeitung enthielt nichts, was sich – außer mit blühender Fantasie – dem Kreuzzug der Zonenkrieger zuordnen ließ.

„Nehmen wir uns den Wochenspiegel vor", sagte Steinmann und breitete den Lokalanzeiger auf dem Tisch aus.

Das Exemplar enthielt sogar noch sämtliche Beilagen, die von den Werbepartnern hinzugefügt worden waren. Ein Teppichhaus hatte wieder mal einen vorgetäuschten Insolvenzverkauf, Reifenhändler priesen ihre zu viel gelagerten Winterreifen, Elektronikmärkte verscherbelten veraltete Geräte zu vermeintlichen Spottpreisen und die Discounter unterboten sich munter bei den Lebensmittelprodukten. Die Beamten legten die Werbung geschlossen auf die Seite. Hier würden sie nichts finden, außer vielleicht den Beweis für die Teuerungsrate der vergangenen dreieinhalb Jahre.

Der Wochenspiegel war seiner Natur entsprechend von einfacherem redaktionellem Inhalt. Lokale Themen überwogen. Regionalpolitik sowie Sport besprach man knapp und auf den Punkt gebracht, ansonsten beherrschten kleine und größere Anzeigen das Blatt. Die Polizeiberichte fanden sich auch hier.

Finn und Stefanie Gorges blätterten rasch durch. Sie wurden erneut bei den Todesanzeigen fündig.

„Da ist er", murmelte Finn. „Der Startschuss. Laut und deutlich."

„Es muss aufhören!“
Frau
Erna Schmidt
23.05.1920 – 02.02.2007
Jetzt habe ich dich verstanden
In stillem Gedenken
werde ich dafür Sorge tragen
Idar-Oberstein, im Februar 2007

Stefanie Gorges stützte das Kinn auf die Hand.

„Das ist eine ungewöhnliche Anzeige“, sagte sie nach einigen Sekunden. „Kein Urheber. Nur ein ‚Ich‘.“

„Schau dir das Zitat an.“ Finn deutete auf die Kopfzeile. „Es ist in Anführungszeichen geschrieben. Ganz klar ein Zitat. ‚Es muss aufhören!‘ Es ist keine Zeile aus der Bibel oder einer anderen religiösen Schrift – die Quellenangabe fehlt.“

„Wenn wir davon ausgehen“, begann Stefanie Gorges, „dass die Verstorbene ‚unsere‘ Erna ist, könnten mit ‚Es muss aufhören!‘ die Zustände in der Stadt gemeint sein. Die Grundmotivation für die Gründung dieser radikalen Gruppe.“

„Aber was hat diese alte Frau damit zu tun, Stefanie? Wurde sie Opfer der Jugendkriminalität?“

„Nein.“ Sie schüttelte entschieden den Kopf. „Einen Totschlag hatten wir in diesem Zusammenhang noch nicht, und ich wüsste auch nichts von einer Frau, die in einem so hohen Alter belästigt oder angegriffen wurde.“

Finn fuhr mit dem Zeigefinger den Umriss seines Mundes nach. „Fakt ist, dass die Anzeige merkwürdig ist. Merkwürdig genug, um ihr nachzugehen.“

Er rief die beiden jüngeren Beamten zu sich, welche die Berichte sortiert hatten.

„Ich will wissen, woran und wie Erna Schmidt gestorben ist. Wühlt in unseren Akten und bei den Ämtern, ob sich etwas finden lässt. Wenn es eine Auffälligkeit gibt, sind wir auf der richtigen Spur. Stefanie, du recherchierst, wer diese Anzeigen aufgegeben hat."

Finn spürte, dass die Schlinge um die Zonenkrieger immer enger wurde. Sein Telefon klingelte. Es war Oberkommissar Siborski von den Suchtrupps an Engels Auto.

„Finn, wir haben endlich etwas. Der Hund hat eine zweite Blutspur gefunden. Wir hätten sie fast übersehen."

„Gott sei Dank", seufzte der SoKo-Leiter. „Ich komme sofort."

Siborski sah genauso müde aus wie der Rest seiner Leute, aber in seinem Gesicht stand ungebrochener Einsatzwille. Finn begrüßte ihn per Handschlag und ließ sich dann die Spur zeigen.

In etwa einhundertfünfzig Metern Distanz zu Engels Wagen befanden sich einige kaum erkennbare dunkle Flecken teils im Rinnstein, teils auf dem alten Teer der Straße. Nicht weit von dieser Stelle lag rechter Hand ein kleiner, leer stehender Supermarkt, im Hintergrund erhob sich der kastenförmige Bau des Stadttheaters. Ein großer Pappkarton lehnte an der Hauswand, zwei Meter von der Lache entfernt.

Finn hätte nur zu gerne gewusst, welche der beiden bisher gefundenen Blutspuren die ältere war. Er wusste, dass die Technik des Erkennungsdienstes diese Frage nicht beantworten konnte. Minuten ließen sich hier nicht mehr festlegen.

So oder so – entweder war Horst Engel hier noch auf der Flucht gewesen, oder man hatte ihn auf diesem Weg irgendwohin verschleppt. Der Ausgangs- oder Endpunkt der Geschehnisse befand sich also jenseits dieser zweiten Blutlache. Dort warteten vielleicht weitere Erkenntnisse.

Es war definitiv ein Ermittlungserfolg. Die Ereignisse jener verhängnisvollen Nacht konnten nun weiter rekonstruiert werden.

„Horst muss auf dem Bürgersteig gewesen sein, als er das Blut verloren hat", erklärte Siborski.

„Was macht dich so sicher?"

„Ich habe mir die Lache unter Schwarzlicht angesehen. Es muss ziemlich gespritzt sein, wie das ausgesehen hat."

„Eine Schusswunde?"

„Weiß nicht." Siborski hob die Schultern. „Es hat niemand etwas gehört. Ein Knall hätte jeden im näheren Umkreis geweckt, vor allem bei der Hitze – kaum jemand kann um die Mitternachtszeit schon tief und fest schlafen."

Finn dachte an die Möglichkeit einer schallgedämpften Waffe, aber das Auftreten der Zonenkrieger sprach dagegen.

„Ich würde mir die Lache auch gern unter Schwarzlicht ansehen", meinte er und sah auf zum tiefblauen Himmel. „Aber leider muss ich damit wohl warten."

„Nein", antwortete Siborski und zog den großen Karton heran. „Ich habe auch darin gesessen."

Steinmann hob die Augenbrauen, als der Oberkommissar den Karton über die Blutspur stellte.

„Bitte", sagte der Erkennungsdienstler und vollführte eine einladende Handbewegung.

Finn kroch ächzend unter die gefaltete Pappe. Es roch muffig, und er konnte kaum den Kopf heben. Siborski hob die Kiste an und schob ihm die Lampe in den Innenraum.

‚Ist das heiß', dachte der SoKo-Leiter und schaltete die Lampe schnaufend ein. Auf dem Teer leuchtete das Zeugnis eines Verbrechens auf. Siborskis Behauptung war richtig: Das Blut war fächerförmig auf die Straße gespritzt. Er verschob den Karton nach links und rechts. Einzelne Tropfen fanden sich noch in einem ganzen Meter Entfernung.

Es war unerträglich warm unter der dicken Pappe. Die Luft wurde stickig. Steinmann verbrauchte sie zu rasch, hörte Rauschen im Ohr und dachte an Horst Engel.

„Okay", sagte er laut und klopfte gegen die Pappwände.

Siborski hob die Kiste mit einem Ruck an. Finn stand auf, taumelte und fing sich mit einem Seitschritt ab. Er rieb sich die Schläfe und zog eine Grimasse. Seine Schulter schmerzte. Er rollte sie im Gelenk hin und her. Nach einem Moment legte sich die Kreislaufattacke wieder. Er stellte sich auf den Bürgersteig und betrachtete die Fächerspur am Rand der Straße.

„Hier hat er gestanden", überlegte er laut und drehte sich auf der Stelle um. „Rückwärts oder vorwärts?"

Sein Blick fiel auf einen dunklen Gang zwischen zwei Häusern. Die Gasse war sehr eng. Ihre Seitenwände – die Mauern der beiden Häuser – bestanden aus rotem Backstein. Ein Ort, der das Licht zu verschlucken schien, ein Schlund, an dessen Rändern man entlangglitt. Hob man die Augen an, schob sich die gewaltig aussehende Felsenkirche ins Sichtfeld. Das Bauwerk war wie ein großes Pflaster, das Handwerker vor Ewigkeiten auf eine Wunde im Berg geklebt hatten. Steinmann konnte nicht genau sagen, wie alt die Kirche war. Irgendwas mit siebenhundert Jahren. Der Blick des Betrachters wurde durch die Enge des Ganges fast automatisch auf die Kirche gelenkt.

Finn richtete sich wieder an Siborski. „Wo ist der Hund?"

„Er brauchte eine Pause", entgegnete der Erkennungsdienstler. „Das Tier war ständig im Einsatz. In zwei Stunden geht es weiter."

„Gut. Ruf mich auf dem Handy an, wenn es so weit ist."

Steinmann sah noch einmal in den Gang hinein. Er dachte daran, was ihm Katja Fewinger über den Käufer des Silberlacks gesagt hatte. „Schweigt still, Felsritter" waren die Worte gewesen.

Felsritter. Felsenkirche. – Ein Zufall?

Finn beschloss, der Sache nachzugehen. Er kam jedoch nicht mehr dazu, denn aus dem Krankenhaus erreichte ihn eine Nachricht.

22.

„Sie ist wach“, sagte Dr. Korn zur Begrüßung. „Wir haben ihr von heute Nacht erzählt. Sie ist ziemlich fertig. Sie weiß, dass Sie ihr unterstellen, nicht die Wahrheit zu sagen. Wie wollen Sie vorgehen?“

„Direkt“, antwortete Finn und kommentierte den missbilligenden Blick des Arztes mit einem Achselzucken. „Es geht nicht anders. Menschen wurden und werden von den Zonenkriegern verletzt, ein guter Freund ist vielleicht tot, und deshalb wird Svenja mir jetzt verraten, was ich wissen muss.“

Korn steckte die Hände in die Kitteltaschen. „Da ist noch etwas, Herr Steinmann. Wir haben eine Vermutung, warum der Attentäter Schwester Monika härter niedergeschlagen hat als uns.“

„Lassen Sie hören.“

„Sie glaubt, sein Gesicht zu kennen.“

„Wann hat Schwester Monika das gesagt?“

„Vor einer halben Stunde.“

„Wusste sie seinen Namen?“

„Nein. Sie vermutet aber, dass er hier ...“

„Arbeitet?“

„Gearbeitet hat. Vor ein paar Jahren.“

Finn nickte. „Das hatten wir auch angenommen.“

Er wandte sich um und ging zu Svenja Boschlanas Zimmer. Er spürte Zorn in sich und versuchte, ihn zu kontrollieren. Die junge Frau mit der Schädelverletzung war ein Opfer, nicht sein Feind, aber dennoch hatte sie ihren Peiniger gedeckt, und das machte ihn wütend.

Seine Wut verrauchte, als er sie zusammengekauert auf dem

Bett sitzen sah. Die junge Frau wandte den Kopf ab, als der Hauptkommissar das Zimmer betrat.

Steinmann ließ sich neben ihr auf einem Hocker nieder. Er blieb einige Minuten still bei ihr sitzen. Die Zeit brannte ihm unter den Nägeln, aber er gab Svenja Gelegenheit, sich auf ihn einzustellen. Er sah sich ihre Verletzung noch einmal genau an. Sie hatte mit mehr als nur einem Bein im Grab gestanden.

„Er versuchte Sie zu töten, weil Sie zu viel wissen, nicht wahr?“, begann er schließlich.

Sie drehte langsam ihren Kopf zu ihm hin. „Nein.“

„Warum dann? Verraten Sie es mir. Es ist wichtig, Svenja.“

Sie presste die Lippen fest aufeinander, bis sie einen weißen Doppelstrich bildeten. Er musste genau hinhören, um sie zu verstehen.

„Ich hielt seine kleine Armee immer für einen Club von Spinnern, Herr Hauptkommissar. Ich dachte, er würde so eine Art Partei aufstellen, wissen Sie? Auch als er mit der Bemalung der Schläger begann, war ich von seinen Absichten noch überzeugt. Sein Anliegen kam mir edel vor, aber ich hielt mich da raus.“

„Das weiß ich. Sie sind kein Zonenkrieger, Svenja. Sie haben besseren Umgang verdient. Warum nennen Sie ihn edel? Er hat Sie schlecht behandelt.“

„Wer hat Ihnen das erzählt?“

„Eine Frau aus dem Baumarkt – dort, wo der Silberlack gekauft wurde. Sie waren dabei, Svenja, dann noch ein Mädchen namens Pattie und der ... Schwertmeister, richtig?“

Sie sah ihn überrascht an. „An diesem Tag habe ich zum ersten Mal begriffen, wie stark die Fessel um seine Vernunft geworden ist.“

„Wer ist er, Svenja? Wer ist der Schwertmeister? Wie heißt der Mann, der Ihnen das angetan hat?“

Steinmann rückte ein Stück näher und sah Svenja Boschlana durchdringend an. Sie bot ein Bild des Elends, und das lag in jener Minute nicht an ihrer Verletzung. Aus einem Grund, den der SoKo-Leiter noch nicht kannte, haderte sie mit ihrem

Schicksal, und ihre Lippen zuckten, als kämpfe sie gegen einen Schweigezwang, um den Namen ihres Peinigers aussprechen zu können.

„Sein Name ist Michael Weyrich", stieß sie atemlos hervor, „aber alle rufen ihn Mike – bis auf die Zonenkrieger, für die er der Schwertmeister ist."

Finn seufzte. Endlich. Ein Name. Ein Schild an einer Tür. Eine greifbare Person, die er bald am Kragen packen würde, die er schütteln würde, anbrüllen würde.

‚Wo hast du gottverfluchter Idiot meinen besten Freund versteckt? Was hast du ihm angetan?'

„Wer ist der Capitano?"

„Mikes rechte Hand. Er heißt Böß. Andreas Böß."

‚Ganz gewöhnliche Namen', dachte Finn. ‚Menschen, an denen man auf der Straße vorbeigeht. Wenn es dunkel wird, streifen sie ihre Verkleidung über und werden zu den Zonenkriegern.'

„Wer sind die Felsritter?"

„Es sind vier. Patrizia Heringer ist eine davon. Das ist die, die mit mir und Mike im Baumarkt war."

„Pattie? Pattie ist Patrizia Heringer?"

„Ja."

„Weiter."

„Sebastian Klein. Alle nennen ihn Seppi. Er sieht recht fies aus, ist aber eigentlich ein guter Kerl. Er ist gerade achtzehn geworden. Er kann seine Schuhe nicht richtig zubinden. Ich weiß nicht, warum. Mike macht das für ihn."

‚Ein guter Kerl? Svenja, die guten Kerle haben einem kleinen Hund das Rückgrat mehrfach gebrochen. Sie haben zugesehen, wie das arme Tier seine Därme hinter sich herzog und sich zu seinem Herrchen zurückgeschleppt hat. Paul Fink kämpft nur ein paar Meter von dir entfernt mit dem Leben. Willst du ihm erzählen, dass die Schlächter seines Tieres eigentlich gute Jungs sind, die sich lustigerweise die Schuhe nicht binden können? Willst du ihm erklären, warum die Zonenkrieger sein Gesicht bis zur Unkenntlichkeit bearbeitet haben?'

Steinmann knetete seine Finger. Er durfte den Blickwinkel aus Svenja Boschlanas Sicht nicht vergessen. Sie hatte die Gruppe aus einer anderen Perspektive kennengelernt, vielleicht gelacht und gescherzt mit ihnen.

Er schloss einen Augenblick die Augen.

„Wer noch?", fragte er heiser.

„Ein dreizehnjähriger Junge namens Alex Symanzik. Über ihn kann ich überhaupt nichts sagen. Er ist sehr verschlossen und spricht kaum ein Wort. Er hat immer lange Pullis an, egal, wie warm es ist."

„Dreizehn?", fragte Finn ungläubig. „Dreizehn?"

„Ja. Er ist dem Schwertmeister am treuesten ergeben."

„Mann, Mann, Mann", stöhnte er.

In seiner Vorstellung waren die Zonenkrieger junge Erwachsene, stoppelbärtige Typen, die mit steinernen Mienen und finster blickenden Augen ihre Baseballschläger schwangen.

Jetzt sah er einen Dreizehnjährigen vor sich, einen Jungen, der womöglich unter seiner Ritterverkleidung heimlich ein Spielzeugauto versteckt hielt, einen Jungen, der mit Begeisterung abends seine langsam wachsenden Schamhaare zählte, und neben diesem Jungen stand ein gerade zur Frau gewordenes Mädchen, die mit stierem Blick den Rücken von Paul Finks Hund an mehreren Stellen zerbrach.

„Wie heißt der letzte Zonenkrieger?"

„Philipp Huth. Ein Sechzehnjähriger. Er ist ... nett und erzählt gerne dreckige Witze."

Finn schluckte. Die Grenzen verschwammen. Keine Killer. Keine Ungeheuer. Keine Mafiagesichter mit Eisblick.

Es waren Kinder.

Kinder, die Kinder schlugen.

„Kennen Sie die Wohnorte?"

„Alle in der Stadt. Pattie ist von der Hohl, das weiß ich, und Seppi wohnt auf dem Schlossberg, aber von den anderen kann ich es nicht genau sagen."

Steinmann schrieb die Namen auf. Er würde so schnell wie

möglich Zugriffsteams einweisen und in einer geschlossenen Aktion die Bande dingfest machen.

„Da ist noch ein Name, der irgendwie dazu gehört, Svenja. Ich bin mehrere Male auf eine gewisse Erna gestoßen, Erna Schmidt vielleicht. Wer ist das? Was verlangt sie von den Zonenkriegern?"

Die junge Frau sah ihn unter ihrem Kopfverband nachdenklich an. Er sah, dass sie sich fragte, woher er all diese Kenntnisse besaß.

„Können Sie Gedanken lesen, Herr Steinmann?"

„Nein", sagte er und schürzte die Lippen. „Manchmal wünschte ich, ich könnte es. Wieso fragen Sie?"

„Weil Mike diesen Namen nur unbewusst von sich gibt. Keiner seiner Leute – und auch ich – weiß, warum er ihn immer wieder ausspricht. Es ist wie eine Angewohnheit von ihm. Er ruft sogar im Schlaf nach ihr, wissen Sie? Ich glaube, Erna ist nur eine Traumgestalt. Sie ist mir unheimlich."

‚Er ruft sogar im Schlaf nach ihr', notierte Finn im Geiste. Verbarg sich hier der Schlüssel zu Svenjas Schweigen? Woher wusste sie, was der Schwertmeister im Schlaf murmelte?

„Haben Sie irgendeine Ahnung davon, was Erna von ihm verlangt?"

Sie antwortete mit einer Gegenfrage und einem ungläubigen Gesichtsausdruck. „Sie halten sie für eine reale Person?"

„Ja. Ich bin mir sicher, dass Erna eine alte Frau war, die vor ziemlich genau dreieinhalb Jahren starb. Wie lange kennen Sie Mike Weyrich?"

Svenja Boschlana fröstelte sichtlich und brach in Tränen aus. „Ich habe ihn vor zwei Jahren kennengelernt. Er kam mir so ... verletzlich ... vor. Ich hätte nie vermutet, was in ihm schlummert. Als ich es erkannte, wollte ich ihn verlassen, nichts mehr damit zu tun haben, aber ihm geht seine ‚Mission' über alles, Herr Steinmann. Ich sagte ihm, dass ich vielleicht zur Polizei gehe, sollte er seinen Plan in die Tat umsetzen."

‚Er spricht im Schlaf darüber', dachte Steinmann.

„Hat er Sie zu rekrutieren versucht?“

„Nein.“

„Warum sind Sie dann von ihm so tief in die Materie eingeweiht worden? Sie kennen alle Namen, Sie waren dabei, als der Lack gekauft wurde, und wahrscheinlich wissen Sie noch viele Details, über die wir bis jetzt nicht gesprochen haben.“

Sie zögerte und ihre Lippen bildeten wieder einen weißen Strich. Sie zog die Nase hoch, und ein glasiger Schimmer legte sich über ihre Augen.

Dann sprudelte es aus ihr heraus, hektisch, laut, verweint, unverständlich und mit starkem Akzent, den sie ansonsten völlig im Griff hatte.

„Wissen Sie, wie Scheiße das ist, wenn Ihnen der Mann, mit dem Sie eben noch gebumst haben, plötzlich mit dem verkackten Baseballschwert hinterherläuft?“

‚Darum ist sie fast nackt gewesen‘, dachte Finn entsetzt. ‚Gott im Himmel, was geht im Kopf dieses Jungen nur vor?‘

War es Scham, welche Svenja dazu getrieben hatte, den Schwertmeister zu decken? Die Scham über die eigene Unfähigkeit, den Kerl rechtzeitig genug zu verlassen? Oder war sie ihm hörig?

Die Frage war müßig. Ein Weinkrampf schüttelte sie. Steinmann sah ein paar Sekunden reglos zu, aber dann erinnerte er sich daran, was sie ihm über sich erzählt hatte. Die Eltern verloren, keine näheren Freunde, keine Verwandten. Sofern sie nicht auch hier log, war sie de facto allein, und durch eine Laune des Schicksals an einen Mann geraten, der ihr nach dem Beischlaf plötzlich nach dem Leben trachtete.

Finn tastete nach Svenja Boschlanas Hand, die sie in die weiße Krankenhausdecke krallte. Er streichelte sie nicht – das wäre unpassend und zu vertraut gewesen – aber er packte sie fest und kraftvoll, versuchte ihr zu vermitteln, dass sie nicht ganz ohne mitfühlende Menschen war.

Allein und ohne Halt zu sein war ein Zustand, der ihm sehr bekannt vorkam.

Svenja Boschlanas Finger umschlossen die seinen, und er spürte, dass es ihr guttat. Sie blickte an ihm vorbei zur Tür und wischte sich rasch einige Tränen aus den Augen. Mit dem schiefen Kopf sah das grotesk aus.

Steinmann drehte sich auf dem Hocker. Dr. Korn stand im Türrahmen.

„Alles in Ordnung? Brauchen Sie Hilfe, Svenja?“, fragte der Arzt sanft.

Sie schüttelte den Kopf. Nicht zaghaft, sondern bestimmt.

‚Okay‘, dachte Finn. ‚Diese Hürde haben wir genommen.‘

„Wo wohnt Mike Weyrich?“

„Auf der Struth.“

„Das ist ein Stadtteil von Oberstein, richtig? Über die Brücke und dann den Berg hinauf, ist das korrekt?“

Sie bejahte und gab ihm die genaue Adresse. Es war unweit einer Metall verarbeitenden Firma.

„Dort in der Nähe hat man Sie auch aufgegriffen?“

„Ja. Ich muss irgendwie über die Brücke getorkelt sein und dann direkt in den Garten der ... wie hieß die Familie noch?“

„Dreher. Sie haben die Leute ganz schön erschreckt.“

„Davon weiß ich nichts mehr. Ich kann mich aber daran erinnern, um mein ... Leben gerannt zu sein. Und ich ... er sagte nichts, Herr Steinmann, das ist das Schlimmste daran. Als er mich verfolgte und einholte, sprach er nicht. Als wäre ich nur irgendein Stück Vieh, das man erschlägt. Aber ich weiß noch, dass er etwas murmelte, nachdem er mich zu ...“

Sie deutete auf ihren Kopf.

„... dem hier gemacht hat.“

Finn antwortete für sie. „Erna verlangt es?“

Ihr Mund nahm einen bitteren Zug an, als sie nickte.

„Danach verschwimmt meine Erinnerung, Herr Steinmann. Aber ich hatte einen Schutzengel, glauben Sie mir das? Ich sah nur Lichter und sich bewegene Schatten, und ich hörte mein Herz ganz laut schlagen. Ich mag mein Herz nicht hören, ich habe immer Angst, es könnte plötzlich stehen bleiben. Kennen Sie das?“

Er blinzelte zustimmend mit den Augen.

„Gott hat mich am Leben gelassen, Herr Hauptkommissar. Er schickte mir einen seiner Untergebenen, um mich zu beschützen."

Er ging auf ihre Bemerkung nicht näher ein. Herbert Lanzinger für einen Engel zu halten, war sicher eine bemerkenswerte Randerscheinung bei dieser Ermittlung.

Vor seiner nächsten Frage fürchtete er sich. Sollte Svenja Boschlana darauf mit „Ja" antworten, würde er in Kürze womöglich einer unverrückbaren Tatsache gegenüberstehen. Er empfand Angst, einen ganz anderen Engel erstarrt aufzufinden. Er hatte Angst, Hilde die Wahrheit sagen zu müssen. Aber seine Worte verpflichteten ihn, Horst und seine Frau zusammenzuführen – egal, in welchem Zustand.

„Svenja ... wissen Sie, wo das Versteck der Zonenkrieger ist? Der Ort, der Feldlager genannt wird?"

Sie verneinte, und ein kleiner Teil von ihm war froh darüber.

„Mike hat mir das Feldlager nie gezeigt", murmelte sie und schniefte. „Ich weiß, dass es existiert, aber ich kann nicht genau sagen, wo es ist."

Finn schloss die Augen, aber dann öffnete er sie rasch wieder und zog die Brauen zusammen.

„Nicht genau sagen? Was heißt das? Haben Sie eine Vermutung, wo sich das Feldlager befinden könnte? Hat Mike Weyrich einmal angedeutet, wo es zu finden ist?"

Sie sah auf die Bettdecke nieder. „Er hat mir nicht verraten, wo es liegt. Er sagte, ich als sein Burgfräulein bräuchte über die Details des Krieges nicht Bescheid zu wissen."

Steinmann löste seine Hand von der ihren und verschränkte seine Arme missmutig vor dem Brustkorb.

„Es ist wichtig, Svenja. Ein guter Kollege von mir ist verschw..."

Er unterbrach sich.

„Mein bester Freund ist vielleicht an diesem Ort, verstehen Sie? Wenn er noch lebt, ist er auf jeden Fall schwer verletzt,

Svenja. Und er ist allein. Sie wissen, wie das ist, und ich weiß das auch. Versuchen Sie es bitte. Hat der Schwertmeister etwas zu Ihnen gesagt, was mir weiterhelfen könnte?"

Sie sah auf ihre Finger. „Ein einziges Mal hat Mike etwas über das Lager erwähnt, aber ich weiß nicht, ob es wichtig ist."

Finn rückte wieder an sie heran. „Was war es?"

Svenja Boschlana rutschte unbehaglich auf dem Bett herum. Er sah, dass sie mit dem Gleichgewicht kämpfte.

„Seine Augen leuchteten, als er davon erzählte, Herr Steinmann. Er sagte, es wäre eine rote Zugbrücke über einem Festungsgraben, so als ginge man in einen Burghof hinein. Er meinte, die Kirche würde hoch über dem Hof und dem Graben stehen, und man könne ihr nicht ausweichen. Es ist ein Zeichen, hat er zu mir gesagt."

„Das war alles?"

„Ja."

„Mehr nicht?"

„Nein."

Finn stand auf. „Er sagte ‚Rote Zugbrücke'? Sind Sie da absolut sicher?"

„Ja."

Der Hauptkommissar griff zu seinem Handy. Dann fiel ihm ein, dass er hier auf der Intensivstation besser nicht das Mobilnetz benutzte.

„Svenja, ich komme später noch einmal bei Ihnen vorbei", sagte er und ging eilig zum Ausgang ihres Zimmers.

„Wo wollen Sie denn jetzt hin?"

Er drehte sich im Türrahmen zu ihr um. Sein Gesicht war angespannt.

„Ich muss ein Versprechen einlösen", sagte er.

23.

Er sprach auf dem Weg zu den Suchtrupps mit Stefanie Gorges. Die Schwester im Krankenhaus hatte ihm wenig Konkretes sagen können. Sie wusste nur, dass der Angreifer dort wahrscheinlich einmal gearbeitet hatte.

Gorges hielt Neuigkeiten bereit.

„Finn, die Anzeige im Wochenspiegel wurde von einem gewissen Mike Wey eingestellt. Er hat die Rechnung bar bei der Anzeigenannahme bezahlt. Wir haben den Namen geprüft – es gibt keinen Mike Wey in der Stadt oder in den Randgebieten."

‚Er war es', dachte Steinmann. ‚Die Ähnlichkeit ist zu groß.'

„Der volle Name ist Michael Weyrich", teilte er Stefanie Gorges mit. „Er wird Mike gerufen."

„Hat Svenja ausgepackt?"

„Ja. Weyrich ist der Schwertmeister."

„Hast du noch mehr?" Sie stellte sich schnell auf die neue Lage ein.

„Nimm dir ein Blatt Papier und einen Stift."

„Hab ich. Leg los."

Er gab ihr die Namen durch und die Wohnorte, die er kannte.

„Stell Einsatzteams zusammen, und wenn du eine ruhige Minute findest, rufst du Patrizia Heringers Vater an und fragst ihn, warum er sich nicht gemeldet hat, als bekannt wurde, dass Horst verschwunden ist. Den Schilderungen von Horst nach hat sich Heringer für das Verhalten seiner Tochter geschämt. Wenn er irgendwas von ‚Mein Ruf steht auf dem Spiel' stottert, teilst du ihm mit, dass ich ihn vor Hilde Engel zerren werde, wenn Horst tot sein sollte. Mein Wort drauf. An den Haaren, wenn es sein muss."

„Mach ich, Finn. Ich kümmere mich darum, sobald ich über die Akte Schmidt genug Übersicht habe."

„Es gibt eine Akte?"

„Ja. Ich arbeite mich gerade durch."

Steinmann musste sein Handy in die andere Hand nehmen, weil er die Suchzone an Engels Wagen erreichte und sein Auto stoppte. „Gut. Erstell eine Zusammenfassung. Sobald ich hier eine halbe Stunde Zeit finde, komme ich in die Inspektion zurück."

„Eines muss ich dir jetzt schon sagen."

„Und was ist das?"

„Die Akte Schmidt, Finn ... Horst hat sie angelegt. Er wurde gerufen, weil sie ... nur ein paar Häuser neben ihm wohnte und nach einem Krankenhausaufenthalt mehrere Tage nicht vor der Haustür auftauchte. Die Nachbarn haben sich Sorgen gemacht."

Der Hauptkommissar legte die freie Hand auf das Lenkrad. Das war eine Überraschung. Engel war involviert in diesen Fall? Erna Schmidt hatte in seiner Nähe gelebt? Sie war im Krankenhaus gewesen?

Eine Verbindung deutete sich an. Zwischen Horst Engel und Erna Schmidt gab es einen direkten Zusammenhang, und irgendwo dazwischen versteckte sich Michael Weyrich, der Schwertmeister.

‚Das Krankenhaus...', dachte Finn. ‚... vor dreieinhalb Jahren. Weyrich muss zu jenem Zeitpunkt etwa sechzehn oder siebzehn Jahre alt gewesen sein. Was hat ihn bewegt, die Anzeige zu schalten? Was ist damals passiert?'

„Forsch bei der Krankenhausverwaltung nach Weyrichs Personalakte. Eine der Schwestern hat ihn erkannt. Er muss dort gearbeitet haben. Seinem Alter nach war er zu jener Zeit vermutlich Pflegeschüler. Es könnte sein, dass Erna Schmidts Tod und seine Zeit als Auszubildender irgendwie zusammenhängen. Hat Horst Erna Schmidt in ihrer Wohnung tot aufgefunden?"

„So sieht es aus. Ich habe daraufhin aus Neugier bei der Anzeigenannahme der Nahe-Zeitung angerufen – Horst hat im Namen der Nachbarn sogar die Rechnung für die Traueranzeige beglichen."

Finn fröstelte. Vor dreieinhalb Jahren hatte es angefangen. Er hätte gern mehr gehört, aber seine Gedanken glitten ab zur „roten Zugbrücke".

‚Horst ist hier irgendwo in der Nähe. Finde ihn, dann kannst du Akten lesen – oder ihm Fragen stellen.'

„Stefanie, ich melde mich so schnell wie möglich bei dir. Wir sind jetzt ganz dicht dran."

„Ist der Hund wieder im Einsatz?", fragte er Siborski.

„Nein."

„Dann muss es ohne gehen. Wie weit seid ihr an der zweiten Blutspur?"

„Wir drehen jeden Kieselstein auf der Straße und dem Bürgersteig um. Kaucher hat vor einer halben Stunde wieder ein Knochen- oder Zahnfragment gefunden."

„Wo?"

„Mitten auf der Straße, zwei Meter entfernt von der eigentlichen Lache."

Siborski führte Steinmann zu einer kleinen Markierung am Boden. In Richtung Bürgersteig sah er den krustigen, eingetrockneten Fleck der fächerförmigen Blutspur, und zwei Meter hinter sowie einen Meter seitlich der schwarzroten Lache gähnte der dunkle Schlund des Backsteinganges.

Finn ging einen Schritt darauf zu.

„Wie sieht das aus?", sagte er zu Siborski und deutete auf die enge Gasse.

Der Oberkommissar drehte sich und sah in den Gang hinein. Dann hob sich sein Blick auf die Felsenkirche, die, von der Sonne weiß glühend, den unvermeidbaren Fokus bildete.

„Das habe ich mir heute Morgen schon angesehen", antwortete der Spurensucher. „Starker Anblick. Als ginge man durch ein Tor auf die Kirche zu. Wenn wir auf der Straße fertig sind, kontrollieren wir dort als Nächstes jeden Zentimeter."

„Nein“, ordnete Finn an. „Jetzt sofort.“

„Hast du einen Hinweis erhalten?“

„Ja. Svenja Boschlana hat geplaudert.“

Siborski machte große Augen. „Warte hier, ich hole Kaucher dazu. Er macht gerade Pause und trinkt einen Kaffee am Einsatzwagen. Zu dritt sehen wir mehr.“

Steinmann gab durch ein Handzeichen seine Zustimmung und stemmte die Arme in die Hüften. Siborski entfernte sich im Laufschritt von ihm.

Finn wartete nicht auf die Rückkehr der Spezialisten. Er stellte sich lauernd an den Eingang des Ganges und horchte in sich hinein. Er war felsenfest davon überzeugt, hier die „rote Zugbrücke“ des Wahrzeichens von Idar-Oberstein vor sich zu haben. Einen Moment stand ein finsterer Ausdruck auf seinem Gesicht. Er versuchte sich zu wappnen gegen das Kommende.

Er hörte sich rasch nähernde Schritte aus Richtung des Einsatzwagens, und wollte sich gerade umdrehen, als in seiner Hosentasche der Vibrationsalarm des Mobiltelefons zweimal anschlug.

Eine Textnachricht. Finn zog das Handy aus der Tasche und öffnete die SMS. Siborski sprach ihn an, aber er hob abwehrend die Hand.

Auf seinem Display stand: „Es geht mir nicht gut, Finn. Wir müssen miteinander reden. Dringend.“

Der Absendername, schwarz hervorgehoben, war der Katja Neisingers. Steinmann schluckte und spürte, dass seine Hände zittrig wurden. Er erinnerte sich daran, dass Katja bei ihrem letzten Treffen schon sehr blass gewirkt hatte, fahrig, zerstreut, und als er nach ihrem Wohlbefinden fragte, hatte sie abgewiegelt. Danach war ihr vormals gemeinsamer Pfad getrennt verlaufen. Sie hielt sich von ihm fern, bis auf die Nachricht, dass sie Zeit brauchte. Nun teilte sie ihm mit, dass es ihr nicht gut ginge.

‚Ich verliere sie‘, dachte Finn konsterniert. ‚Ich bin dazu verdammt, alle zu verlieren, die mir nahe stehen. Sie muss krank sein. Ich weiß nicht, warum und wieso, aber es ist so.‘

Er schloss die Textmitteilung, schaltete die Tastatursperre ein, steckte das Handy in die Hosentasche und atmete tief durch.

‚Konzentrier dich', sagten seine Gedanken mit der Stimme von Großmutter Steinmann. Dorothea war streng wie immer. ‚Jammer nicht. Das bringt dich nicht weiter. Horst ist hier, irgendwo. Vielleicht kann er dich schon hören, hat aber keine Möglichkeit, auf sich aufmerksam zu machen. Du hast es versprochen, vergiss das nicht. Beweg dich. Kümmere dich später um Katja. Eins nach dem anderen.'

„Wir durchsuchen jetzt diesen Gang", sagte er. „Und wir gehen da nicht eher raus, bis wir irgendetwas gefunden haben."

Die beiden Techniker warfen sich einen überraschten Blick zu und gingen sofort mit ihren Gerätschaften an die Arbeit. Finn hielt seine Augen offen, aber seine Stärke als Polizist lag nicht im Auffinden von Fingerabdrücken und winzigen Spuren – er kombinierte sie lieber, um zu den richtigen Schlüssen zu gelangen.

Steinmann schob sich an den Technikern vorbei und ging bis zum jenseitigen Ende des Ganges. Der Rand der Naheüberbauung reichte bis dicht an die Gebäude heran. Kurzes Gras und Moos knirschte unter seinen Schuhen. Jahrzehntelang verwehtes Blattwerk und Staub hatte sich hier so lange gesammelt, bis Pflanzensamen genügend Nährstoffe fanden. Eine Betonschicht lag wenige Zentimeter unter dem Gras.

Finn ging aus dem Gang hinaus und bewegte sich suchend in dem kleinen Zwischenraum umher. Er war sicher, die Worte Svenja Boschlanas richtig zu deuten, aber wo lag des Rätsels Lösung?

„Hier sind Kratzspuren", sagte Siborski plötzlich. „Sieht aus, als wäre ein Besoffener mit den Schultern links und rechts an den Wänden entlang geschrammt."

„Oder ein verletzter alter Mann", murmelte Steinmann und sah sich die Sache an.

Der Techniker vom Erkennungsdienst hatte recht. Der SoKo-Leiter rief sich Engels Statur in Erinnerung. Sofern sein Freund im letzten halben Jahr nicht drastisch geschrumpft war, entsprach die Lage der Kratzspuren tatsächlich etwa der Höhe der Schultern.

Steinmann sah an den Wänden hoch. Es gab keine niedrigen Fenster, durch die man ohne Leiter steigen konnte.

„Wir werden in die Häuser müssen", sagte er.

„Das rechte steht leer", gab Siborski zurück, ohne den Blick von den Wänden zu nehmen. „Links wohnen zwei Familien."

„Ein leer stehendes Haus?"

Siborski winkte ab. „Wir haben es schon geprüft. Da drin ist niemand. Das wäre wohl zu einfach gewesen."

Steinmann antwortete nicht darauf und überließ den Gang wieder den Technikern. Erneut betrat er die kleine Fläche hinter den beiden Häusern. Die Naheüberbauung vibrierte unter jedem Fahrzeug, welches über sie hinwegfuhr. Größere Wagen sowie Busse und Lkws versetzten das Bauwerk in starke Schwingungen. Fasziniert betrachtete der Hauptkommissar die Bewegungen der Brückenanlage, denn nichts anderes war die Überbauung – eine Brücke, nur dass sie nicht quer, sondern längs über den Fluss gebaut worden war und dem Verlauf der Nahe folgte.

Eine Brücke. Ein Deckel auf einem Topf.

Finn sah zu Boden. Das verbrannte Gras knackte, als sei es gefroren, kurz, gelb und trotz der Nähe des Flusses dem Austrocknen preisgegeben.

Siborski sagte etwas, aber Steinmann hörte nicht hin. Er schritt die gesamte Länge der Fläche ab, starrte auf den Boden, suchte einen entscheidenden Hinweis. Irgendetwas war hier geschehen.

Ganz am Ende des Zwischenraumes klangen seine Fußstapfen unvermittelt hohl. Das Gras war an dieser Stelle minimal abgesackt. Er probierte aus, trat nach und ließ so eine kreisrunde Stelle von etwa siebzig Zentimetern Durchmesser zum Vorschein kommen.

Finn kniete sich hin und zupfte mit der Hand an dem Gras. Zu seiner Überraschung ließ es sich gleich einem Teppich anheben.

Steinmann zerrte an dem Gras und zog ein passgerecht zugeschnittenes Flickstück ab. Darunter befand sich ein alter Kanaldeckel.

‚Das muss es sein', dachte er. ‚Das muss der Zugang sein.'

„Siborski, Kaucher, kommt her, schnell!"

Die beiden Männer tauchten neben ihm auf. Ihre Beine warfen dünne Schatten auf die frei gelegte Öffnung im Gras. Gemeinsam versuchten sie, den schweren Deckel herauszuheben.

„Wenn da unten etwas ist", ächzte Siborski, „dann frage ich mich, wie ein Haufen dürrer Jünglinge hier ein- und ausgehen soll."

Steinmann sah sich um. Von seiner knienden Haltung aus fiel sein Blick auf die Unterkante der Überbauung. Sie waren alle blind gewesen.

„Ich kann es dir sagen", meinte er und deutete auf seinen Fund. „Sie benutzen ein Hilfsmittel."

Siborski und Kaucher folgten seinem Fingerzeig mit den Augen und erblickten an einer gut versteckten Stelle zwei stabil befestigte Haken, die einen gut einen Meter langen Gegenstand unter dem Beton festhielten.

Ein Stemmeisen.

Finn erhob sich und zog das Eisen aus der Halterung heraus. Damit ließ sich der Deckel problemlos aus dem Boden heben.

Die drei Polizisten sahen staunend in die schwarze Röhre hinab. Brackiger Geruch stieg empor. Etwas gurgelte leise.

„Taschenlampen", knurrte Steinmann knapp.

Kaucher erhob sich und rannte los. Der SoKo-Leiter betrachtete die abgewetzten Steigsprossen, die in der Mitte blank waren und von regelmäßigem Gebrauch zeugten. Er schwang sich über die Öffnung und testete mit seinen Schuhen die Stabilität der Sprossen. Herbert Lanzinger hätte sich hier nicht hinabbegeben können, aber Finn war schlank genug dafür.

War Horst Engel bewusstlos oder tot hier hinabgelassen worden? Würde er nun die bereits verrottende Leiche seines Freundes finden, angenagt von Ratten, deren Augen im Licht der Taschenlampen gierig funkelten? Der Geruch, welcher durch die freie Öffnung wie in einem Kamin nach oben zog, stank nicht nach Verwesung, war aber auf undefinierbare Weise unangenehm und eklig. Er würgte.

Es war seine eigene Angst, die er roch und die ihn würgen ließ. Sie schlich bereits im Schacht herum, wisperte von einer Leiche, die da unten lag, ein wohl bekanntes Gesicht, zerkratzt und geschunden.

„Warte auf die Lampen", sagte Siborski.

„Nein", entgegnete Finn mit eisiger Stimme und stieg ins gluckernde Dunkel hinab. „Bis ich unten bin, ist Kaucher wieder da. Ich mag nicht mehr warten."

Sein Kopf verschwand. Siborski roch den Gestank der Stadt, der in Schüben aus dem Loch drang, hörte Steinmanns Worte dazu, die in dem runden Schacht dumpf und hallend aufstiegen – es war, als spräche jemand aus einem Grab zu ihm. Der Kriminaltechniker schauderte und schrak zusammen, als Kaucher neben ihm wie ein Geist auftauchte.

„Ich bin unten", rief Steinmann. „Lass die Lampe einfach fallen."

Kaucher beugte sich über das Loch, hielt die Lampe mit spitzen Fingern fest und ließ los. Die Leuchte fiel und verschwand in der Öffnung.

„Alles klar", ertönte es aus dem Schacht.

„Warte auf mich", sagte Siborski laut und nahm die verbleibende Lampe aus Kauchers Händen entgegen.

Finn antwortete nicht.

Der Hauptkommissar schaltete das Licht an. Er konnte nicht stehen, fand aber genügend Platz, um sich orientieren zu können. Seiner Schätzung nach befand er sich in einer Querverbindung, die vom Kanalsystem des unteren Bereiches des Stadtteils Hohl in die Nahe floss. Ein dünnes Rinnsal blubberte in einer Vertiefung im Schachtboden. Bei Hochwasser rauschte hier sicherlich ein breiter, brauner Strom durch die Röhre, angefüllt mit Schlick, Müll und toten Ratten, aber derzeit war bemerkenswert, dass überhaupt zusätzliches Wasser in die Nahe gelangte.

Steinmann richtete die Lampe nach rechts. Der Lichtkegel verschwand in der Dunkelheit vor ihm, und es dröhnte immer wieder. Die auf der Naheüberbauung fahrenden Autos ließen den Beton stöhnen, und wenn Großfahrzeuge über die Straße rumpelten, liefen deutlich spürbare Druckwellen durch den Schacht.

Finn überlegte, welche Richtung er einschlagen sollte. Er wurde abgelenkt von einem Beinpaar, das von oben den Schacht hinuntergeklettert kam. Er rückte ein Stück zur Seite.

„Wo lang?“, fragte Siborski.

„Ich weiß nicht recht“, sagte Steinmann und deutete Richtung Fluss. „Ich würde mir gerne die Überbauung von unten mal ansehen.“

„Dann gehe ich in die andere Richtung“, erklärte Siborski und ging gebückt voran.

Sie bewegten sich durch ein unheimliches Reich. Überall hallte und raschelte etwas. Die unterirdischen Wasseradern von Idar-Oberstein besaßen eine enorme Ausdehnung. Kaum ein Normalbürger hatte eine Vorstellung von der Weitläufigkeit dieses Netzes. Die Leute sahen zwar, wie das Regenwasser durch die Rinnsteine rauschte und in den zahllosen Abläufen verschwand, aber dass dieses Wasser in einem großen System zusammengeführt wurde, war den wenigsten wirklich bewusst.

„Wo bist du jetzt?“, rief Steinmann nach einer Weile nach hinten.

Das Dröhnen der Naheüberbauung war überlaut.

„Keine Ahnung“, gab Siborski zurück. Finn hörte ihn kaum. „Aber ich habe die Wasenstraße schon lange unterquert.“

Finn blieb stehen, als er eine Kanalkreuzung erreichte. Er leuchtete mal hierhin, mal dorthin. Die Dunkelheit schien lebendig zu sein. Jedes Mal, wenn er den Lichtstrahl in ein anderes Rohr hielt, nagten böse Fantasien an seinem Mut. Es war ein unheimlicher Ort. Der Gedankte, Horst könnte hier unten liegen, schnürte ihm die Kehle zu.

Das Dröhnen klang wie der Herzschlag eines riesigen Lebewesens. Staubkörner tanzten im Licht seiner Lampe.

‚Es ist, als ginge man in einen Burghof hinein', zitierte Steinmann in Gedanken die Worte des Schwertmeisters. ‚Eine rote Zugbrücke über einem Festungsgraben und die Kirche thront über allem.'

Wer sonst sollte das Stemmeisen an dieser versteckten Stelle angebracht haben? Kanalarbeiter? Männer von den Stadtwerken?

Der SoKo-Leiter ging weiter Richtung Nahe. Es war nicht mehr weit. Der Kanal führte hier nur noch wenige Meter, bis er sich öffnete und seinem staunenden Betrachter ein gigantisches Gewölbe über dem Fluss präsentierte. Schmale Öffnungen an den Rändern der Brückenunterseite ließen dünne, funkelnde Strahlen in die Dunkelheit hinab, welche die Schwärze wie leuchtende Nadeln durchstießen. Finn erschauerte unter der Wucht des Anblickes. Er hatte mit einem stinkenden, grauschleimigen Kerker für den einst so schönen Fluss gerechnet – und an regnerischen, stark bewölkten Herbsttagen mochte das auch zutreffen – aber in diesem Sommer, jenem Sommer, der Jahre später in den Erzählungen der Menschen immer heißer werden würde, schuf das grelle Licht der Sonne unter der Edelsteinstadt eine wurmartige, von gelbweißem Licht durchflutete Kathedrale.

„Finn?", hörte er weit entfernt die Kollegen rufen. „Ist alles klar bei dir?"

Steinmann stand mit offenem Mund am Rand dieses ungeheuren Tempels. Er bewegte den Kopf suchend hin und her. Die Nahe führte kaum noch Wasser, suchte sich verzweifelt einen Weg um dicke, weiße Bachsteine herum und kämpfte ums Überleben. Einige größere Wacken, wie die Menschen der Stadt die an riesige Vogeleier erinnernden Steine nannten, wurden von den Lichtlanzen getroffen und reflektierten die Helligkeit solcher art, dass man glauben konnte, sie würden aus sich selbst heraus leuchten. Immer wieder lief ein tiefes Brummen durch die Kathedrale, und die eigentümlich riechende Luft vibrierte in einem Rhythmus, der Finn wie Ebbe und Flut vorkam. Das Knistern unter der Überbauung rief Gänsehaut auf seinem Rücken hervor, so als wäre er an einem mystischen, Jahrtausende alten Ort, aber die Erschütterungen stammten nur von Fahrzeugen, deren Insassen nicht ahnten, über welch wundersame Welt sie achtlos hinwegbrausten.

Der Blick des Hauptkommissars heftete sich an eine Erhebung unweit seines Standortes. Eine kleinere Sandbank befand sich am Rand der Kathedrale. Sie musste auch bei normalen Wetterbedingungen über die Wasseroberfläche ragen, und hätte wahrscheinlich auch ein Hochwasser gerade noch überstanden.

Zuerst glaubte er, der kleine Hügel am Rande des Flusses hätte Abfall und Schmutz wie ein Filter aufgefangen, aber nach einem genaueren Blick erkannte er, dass es zu geordnet aussah, um zufällig entstanden zu sein. Die weißen Bachsteine waren in einem losen Kreis zu einem kleinen Wall aufgeschichtet worden, sodass ein an einen Sandkasten erinnerndes Gebilde genügend Platz für mindestens zehn Erwachsene bot. Sogar eine kleine Feuerstelle war bei genauem Hinsehen zu erkennen.

An einem Ort, an dem kein Polizist Streife fuhr, fand Finn Steinmann das Feldlager der Zonenkrieger.

24.

Steinmann lehnte an den Stützmauern der Naheüberbauung und lauschte dem leisen Plätschern des Flusses.

Oberkommissar Siborski und zwei seiner Leute durchwühlten sorgsam verpackten Abfall, den diejenigen, die hier lange campiert haben mussten, in der Eile zurückgelassen hatten. Es handelte sich zumeist um Essensreste und Getränkedosen. Steinmann hoffte, auch den Behälter mit dem Silberlack zu finden, aber es war schon zu lange her. Die Ermittler gingen aufgrund der Menge davon aus, in dem Abfallbeutel nur den Müll von etwa zwei Wochen zu finden. Die Zonenkrieger hielten ihr Lager sauber.

Von Stützwand zu Stützwand war straff ein stabiles Kunststoffseil gespannt. Der Sinn und Zweck dieser Vorrichtung war schnell enträtselt: Es bot Halt beim Überqueren des etwa zwanzig Meter breiten Flusses. Finn versuchte es und holte sich dank der weißen Steine nicht mal nasse Füße dabei. Während Siborski und seine Leute aus den Spuren auf der Sandbank ein Gesamtbild erstellten, suchte Steinmann an der Wand der anderen Flussseite – jene, die bis an die Fußgängerzone reichte – und entdeckte rasch eine Kanalöffnung, von der aus die Wassermassen des Stadtteils Oberstein in die Nahe geleitet wurden.

Er war felsenfest davon überzeugt, irgendwo in der Nähe einen weiteren Zugang zu entdecken. Sicher fand sich auch dort ein geschütztes Stemmeisen. Finn nahm an, dass die Bande dafür sorgte, dass an den Zugängen immer eines versteckt war. Es musste zur Strategie der Zonenkrieger gehören, rasch verschwinden zu können, an einen Ort, an dem sie niemand vermutete, und dafür brauchten sie die Sicherheit der Eisen, und jedes Mal, wenn sie irgendwo einstiegen und den Deckel wieder zuzogen, fehlte das Hilfsmittel zwangsläufig.

Die Zonenkrieger funktionierten nur als Gruppe. Einzeln existierten sie nicht. Bei einer Flucht vor Polizisten konnte niemand schnell unter die Oberfläche verschwinden und die Klappe zumachen, ohne auf seine Mitstreiter zu warten, denn dann war das Eisen nicht mehr da und ein langsamerer Jugendlicher der Verhaftung preisgegeben.

Finn hielt diese Erkenntnis für sehr wichtig, denn sie ließ den Vorfall im Krankenhaus in einem anderen Licht erscheinen.

Eine Gruppe. Keine Einzelgänger.

Es war möglich, dass die Motivation des Schwertmeisters Mike Weyrich nicht automatisch für die anderen gelten musste. Wussten der Capitano und die Felsritter überhaupt, dass Svenja Boschlana von ihrem Anführer fast umgebracht worden wäre? Stand Mord auf ihren Fahnen geschrieben, Mord, um die Bande zu schützen?

Svenjas Bericht beschrieb eine nachgerade erschreckende Gruppendynamik. Nette Jugendliche, die sich unter der Fuchtel eines jungen Mannes, der eine tote Frau in Gedanken mit sich schleppte, zu einem marodierenden Haufen verwandelten.

Finn musste daran denken, dass auch er eine tote Frau in sich trug, und versuchte sich vorzustellen, wie er wohl im Kostüm eines Kreuzfahrers aussehen mochte.

„Finn?“, rief eine weibliche Stimme auf der Sandbank.

Er wandte sich um. Stefanie Gorges stand am Rand der Sperrzone, die von Siborskis Leuten durchsucht wurde. Sie trug eine Akte unter dem Arm und achtete darauf, nicht ins flache Wasser zu treten.

„Ich muss dir etwas zeigen.“

„Ich komme rüber“, gab er zurück und hangelte sich an dem Seil auf ihre Seite. „Ist das die Akte Erna Schmidt?“

„Ja.“

„So dringend? Ich sagte doch, ich melde mich bei dir.“

„Das war vor über einer Stunde."

Er sah erschrocken auf die Uhr. Trieb er sich schon so lange hier unten herum?

„Scheiße", murmelte er und sagte laut: „Okay, zeig mir, was du hast."

„Gehen wir hoch, Finn? Nicht, dass mir an diesem hässlichen Ort etwas ins Wasser fällt."

Überrascht hob er die Augenbrauen.

„Hässlich? Stefanie, sieh dich doch mal um, hier ist es ..."

Er sah nach oben. Das Lichtspiel, welches er bei seiner Ankunft gesehen hatte, war verschwunden, und überall stocherten Beamte in braunem Schlick und Sand. Die weißen Bachsteine wirkten im künstlichen Lampenlicht nur mehr wie bleiche Totenschädel. Die Szene besaß keine Magie mehr. Er war der Einzige, der diesen Moment erlebt und gesehen hatte.

„Vergiss es", sagte er. „Gehen wir hoch."

Er übernahm die Führung und stieg als Erster aus dem Schacht an die Oberfläche. Geblendet schloss Finn die Augen. Es dauerte eine Weile, bis sich seine Lider wieder öffnen ließen. Die Sonne war merklich weitergewandert. Er war zu lange da unten herumgekrochen.

„Am Einsatzwagen gibt es frisches Wasser", sagte Stefanie Gorges. „Ich könnte einen Schluck vertragen."

„Ja, okay, gehen wir. Hast du die Adressen der Bande recherchieren können?"

„Jede einzelne. Der Jüngste hat eine eigene Akte."

„Alex Symanzik? Was hat er angestellt?"

„Er wurde am Steuer eines Kleinlasters erwischt. So ein Gitterkastenwagen, beladen mit Propangasbehältern."

„Was hat man ihm aufgebrummt?"

„Nicht viel. Der Laster gehört seinem Vater. Symanzik handelt mit Gas. Der Junge wurde wegen unerlaubten Fahrens nur zu ein paar Sozialstunden verknackt."

Die beiden erreichten das Einsatzfahrzeug. Stefanie Gorges breitete die Akte auf den Sitzbänken des Transits aus, während der SoKo-Leiter etwas zu trinken besorgte. Jemand bot ihm Kaffee an, aber er lehnte dankend ab.

Er reichte der Kommissarin einen Becher Wasser, trank selbst etwas und lauschte dann ihren Ausführungen.

„Horst hat damals viel Herzblut in die Ermittlung gesteckt“, begann sie. „Erna Schmidts Verwandte kümmerten sich nicht um sie, aber die Nachbarschaft ist eng verzahnt – man achtet aufeinander, und alle waren erschrocken, dass sie mitten unter ihnen verstarb.“

„Sie war im Krankenhaus, sagtest du?“

„Ja. Sie brach damals in einer Bäckerei zusammen und kam wegen Kreislaufschwierigkeiten ins Klinikum. Dort blieb sie zwei Wochen, ohne echte Diagnose, wie Horst herausfand. Sie war wohl einfach alt. Horst entdeckte sie in ihrem Schlafzimmer. Sie muss im Schlaf gestorben sein. Einiges deutete darauf hin, dass sich irgendjemand noch um sie gekümmert hat oder zumindest zeitweise bei ihr gewesen ist. Im Hausmüll fanden die Spurensicherer benutztes Pflegematerial, Feuchttücher, leere Klistierbehälter und solche Sachen. Die Obduktion ergab, dass sie an Wassermangel starb. Sie ist schlicht und einfach verdurstet.“

„Hat Horst herausgefunden, wer die unbekannte Person war?“

„Ja. Ein junger Pflegeschüler, dieser Michael Weyrich. Nachbarn konnten ihn beschreiben, aber er tauchte dann ganz von alleine auf der Inspektion auf.“

Finn setzte sich nachdenklich in den Transit. Horst Engel und Mike Weyrich waren sich also schon einmal begegnet. Sie kannten sich. Stefanie Gorges nahm einige Vernehmungsprotokolle aus der Akte und reichte sie dem Hauptkommissar. Ihre Stimme bebte ein wenig, als sie ihm eine Frage stellte.

„Erkennst du die Schrift des vernehmenden Beamten?“

Steinmanns Herzschlag wurde etwas schneller, als er die hart geschwungenen Linien genauer studierte. Manche Dinge vergaß man nie.

„Wieso hat ... er ... die Vernehmung geführt?“, fragte er.

„Weil Horst der Ansicht war, Hinweise auf ein Sittenverbrechen gefunden zu haben. Er irrte sich, wie sich herausstellte, trotzdem zog er ... Klaus ... zu den Ermittlungen hinzu."

‚Klaus Frankenstein', dachte Steinmann.

Der Strohbär.

Ein Mann, der unter diesem Namen unauslöschlich mit der Geschichte der Stadt verbunden war. Ein Jahr, bevor er seinen Rachefeldzug begann. Zu diesem Zeitpunkt war Frankenstein schon mit der Planung für seinen privaten Feldzug beschäftigt gewesen. Es war unheimlich, ein Vernehmungsprotokoll von ihm zu lesen.

Stefanie Gorges ließ Finn das Schriftstück in Ruhe betrachten. Sie konnte die Gedanken des SoKo-Leiters erahnen, denn schließlich hatte er damals dem Treiben des Strohbären ein Ende bereitet.

„Da stimmt etwas nicht, Stefanie", sagte Steinmann, nachdem er Frankensteins Notizen gelesen hatte.

„Ich weiß", antwortete sie. „Die Vernehmung von Klaus liest sich extrem oberflächlich, wie ich finde."

„Ja. Wer bist du, was machst du, was wolltest du – sehr viel mehr ist es eigentlich nicht. Er hat nicht nachgebohrt bei Mike Weyrich. Es scheint ihn nicht interessiert zu haben."

„So war Klaus Frankenstein aber nie, Finn. Trotz allem ... blieb er bis zuletzt ein Polizist."

Finn war anderer Meinung, behielt das aber für sich.

„Horst muss sich als erfahrener Polizist doch gewundert haben über diese Vernehmung."

„Vielleicht, aber er war abgelenkt. Eine Frau stand bei ihm zu Hause vor der Tür, und sie trug unter einem langen Mantel nur Reizwäsche. Hilde muss mit ihr eine Rangelei gehabt haben ... wir fanden das später alle sehr lustig. Wenn ich jetzt darüber nachdenke, bekomme ich Gänsehaut."

Finn hob den Kopf. Etwas machte Klick in seinem Kopf.

„Die Geschichte kenne ich. Horst hat sie mir erzählt ... damals, gegen Ende der Strohbär-Ermittlung. Der Mann der Frau ... ein Trinker ... er hat sie krankenhausreif geprügelt, richtig? Und Horst brachte ihn in den Knast dafür."

„Dort sitzt er immer noch: mehrfache Körperverletzung. Die Frau verließ die Gegend – ihr Sohn blieb mitten in seiner schlimmsten Lebensphase hier allein zurück. Er war ja im Schwesternwohnheim des Krankenhauses vermeintlich gut aufgehoben."

Steinmanns Mund formte ein großes O. „Mike Weyrich? Willst du mir gerade sagen, Horst hat den Vater des Schwertmeisters verhaftet?"

Stefanie Gorges bejahte. „Wahrscheinlich sind sich Mike und Horst schon mehr als einmal begegnet, Finn. Idar-Oberstein ist klein, vergiss das nicht. Horst kennt so gut wie jeden in der Stadt, und das ist keine Floskel."

Steinmann stieg aus dem Transit und lief vor dem Einsatzfahrzeug auf und ab.

‚Frankensteins Verhör ist unzureichend. Warum? Was ist damals geschehen?'

„Wie weit sind die Zugriffsteams?", wechselte er das Thema.

„Vollständig", gab sie zurück. „Wir können losschlagen."

„Dann fahren wir jetzt in die Inspektion und schnappen uns die Bande. Wir müssen gleichzeitig an den Türen klingeln. Niemand darf die Gelegenheit haben, die anderen zu warnen. Es sind Sommerferien, wenn wir Glück haben, sind alle zu Hause."

Stefanie Gorges packte die Akte zusammen. Steinmanns Handy klingelte.

„Ja?"

„Siborski hier. Finn, wir haben im Müll einen verpackten Beutel mit benutztem Verbandmaterial gefunden. Da ist frisches Blut dran, und ein paar Härchen, aus der Nase, schätze ich – graue Härchen. Das Blut kann nicht älter als einen Tag sein."

‚Graue Haare. Blut, einen Tag alt.'

„Finn?"

„Ja, bin noch da. Was glaubst du?"

„Ich spekuliere nicht gerne, Finn, aber es könnte doch sein, oder? Es könnten Horsts Härchen sein."

„Ja. Es könnte sein. Schick es gleich ins Labor."

Er kappte die Verbindung. Stefanie Gorges sah ihn groß an.
„Was hat Siborski gefunden?“
„Frisches Blut und graue Haare. Keiner der Zonenkrieger dürfte schon ergraut sein. Wir halten jetzt die Füße still, auch Hilde gegenüber, aber wenn wir ganz viel Glück haben ... dann lebt Horst noch.“

Engel

Er hätte nie gedacht, jemals in eine Situation wie diese zu geraten. Sein Kopf pochte und tuckerte bei jedem Herzschlag. Es stank in seiner verschobenen Mundhöhle.

Seit die Schwellungen abklangen, tastete er immer wieder mit der Zungenspitze nach den Resten seiner Zähne. Sie waren schroff und abgesplittert, und ein Eckzahn war derart zertrümmert, dass der Nerv freilag. Gelegentlich, wenn Engel röchelnd Luft einatmete, bohrte sich diese gleich einer dünnen, kalten Nadel in sein gequältes Zahnfleisch hinein.

Seit einer ewig wähnenden Zeitspanne bestand sein Wachsein aus einem Dämmerzustand, dessen anfänglich schreckliche Taubheit nun von wachsendem Schmerzempfinden abgelöst wurde.

Horst Engel schmeckte altes Erbrochenes auf seiner Zunge – das erste Geschmackserlebnis nach dem Auftauchen aus einer Bewusstlosigkeit, deren Dauer er nicht kannte.

Die ersten klaren Gedanken hatten sich zumeist mit dem Wo beschäftigt, dann mit Wann und erst zum Schluss mit Wieso. Die Zeitfrage konnte er sich nicht beantworten. Seine Augen waren durch das angeschwollene Gesicht völlig zugeschoben. Tag und Nacht existierten nicht mehr. Er nahm zeitweise an, unter einer Brücke zu liegen. Diese Schlussfolgerung war das Ergebnis fast eines ganzen Tages Lauschens und Nachdenkens. Es fiel ihm sehr schwer, die Aufmerksamkeit seiner geschwächten Sinnesorgane am Schmerz vorbeizulenken und auf die Umwelt zu achten. Er hörte Fahrzeuge, und glaubte, ein plätscherndes Geräusch als Wasserrauschen zu erkennen.

Was war mit ihm geschehen? Er erinnerte sich daran, Pattie Heringer verfolgt zu haben, aber ab einem bestimmten Zeitpunkt versank dieses Bild in Schwärze.

In Horst Engel steckte noch genug Polizist, um seinen Jetztzustand mit der Observierung in Zusammenhang zu bringen. Etwas war passiert. Er war zusammengeschlagen worden, und jemand hatte sich gnädig gezeigt und ihn am Leben gelassen –

obwohl sich sein Dämmerdasein nicht viel von dem eines Sterbenden unterschied.

‚Hilde', dachte er irgendwann. ‚Wie mag es Hilde gehen?'

Er schämte sich, dass er so spät seine Frau in seine Überlegungen einbezogen hatte. Sie hatte ihn gewarnt, das wusste er noch ganz genau, und sollte er sie wiedersehen, würde er ihr sagen, dass sie im Recht gewesen war, dass er besser hätte auf sie hören sollen.

Nach vielen Wach- und Schlafphasen begann er, mit Muskeltraining seinen Körper wieder in Gang zu bringen. Er spannte abwechselnd den Bizeps und die Oberschenkel an, bewegte die Füße, ballte die Fäuste. Er wusste nicht, wie lange er schon an diesem Ort lag, aber er erinnerte sich sehr genau an seine Wohnzimmercouch, und wie schwer es ihm fiel, sich nach nur dreißig Minuten davon wieder zu erheben. Wenn er sich nun aufzurichten versuchte, wäre das in einer Katastrophe geendet. Die alte Maschine lief noch, aber sie stotterte gewaltig.

Inzwischen hatten sich seine Augen zu schmalen Schlitzen geöffnet. Licht drang keines auf ihn ein. Entweder war es gerade Nacht oder er befand sich an einem Ort mit viel Schatten. Den Fahrgeräuschen nach musste Tag sein, denn das Verkehrsaufkommen war hoch. Lag er vielleicht in einem Haus an der Nahe, in unmittelbarer Nähe zu einer Straße?

Er schrak zusammen, als plötzlich ein hellerer Umriss vor ihm auftauchte. Jemand schob ihm etwas Dünnes zwischen die aufgeblähten Lippen. Der hilflose Engel spürte Panik und zuckte wie ein soeben Verstorbener bei einem Reanimationsversuch, doch dann rann frisches Wasser aus dem Gegenstand in seinen Mundraum.

Trinken. Jemand gab ihm mit einem Strohhalm zu trinken. Vorher nicht wahrgenommener Durst endete in gierigen Zügen. Der Geschmack alter Kotze wurde mit nach unten gespült. Wann hatte er sich erbrochen?

Er spürte, wie jemand vorsichtig die Wunden in seinem Gesicht säuberte. Klare, brennende Schmerzen zuckten durch seine Lippen. In Fleisch und Schleimhäuten steckende Bruchstücke wurden entfernt. Er fühlte, dass mit einer Pinzette präzise nach

Dreck und Splittern gegriffen wurde. Der Schmerz nahm Überhand. Er verlor das Bewusstsein.

„Das war dumm von dir, alter Mann", sagte plötzlich eine Stimme.

‚Bin ich wach? Was ist los? Habe ich geschlafen?'

Er kam sich vor wie im Aufwachraum eines Krankenhauses. Sinneseindrücke kamen und gingen in rasender Folge, Gerüche, Geräusche, dann und wann ein Schluck Wasser. Sein Magen rebellierte lautstark gegen die anhaltende Arbeitslosigkeit, aber das einzige Essen, welches er hätte zu sich nehmen können, wäre Astronautennahrung gewesen. Irgendwann bekam er lauwarme Rinderbrühe durch den Strohhalm verabreicht. Danach ging es ihm etwas besser.

Er schlief wieder ein.

Engel erwachte, weil sich jemand an seinem Geschlecht zu schaffen machte. Er brummte und versuchte, den Kopf zu heben, aber schon die kleinste Anstrengung setzte die Dunkelheit um ihn herum in rasende Bewegung. Ein Teil von Engel beobachtete fasziniert die kreisende Schwärze, ein anderer Teil kämpfte gegen Brechreiz an.

„Bleib ruhig", sagte eine Stimme. „Ich muss dich waschen."

War es die gleiche Person von ... gestern, vorgestern ... heute?

„Du hast in die Hose gemacht, alter Mann."

Horst Engel stöhnte, warf den Kopf in unmöglich geglaubter Stärke zur Seite. Grelle Pein flammte in seinem Unterkiefer auf.

Er verlor wieder das Bewusstsein.

„Sie suchen dich", sagte sein unsichtbarer Bewacher. „Das war zu erwarten, aber sie haben einen Jäger in die Stadt geholt, auf den ich hätte verzichten können."

Engels Gehör, nach den Schlägen irritiert, war so weit wieder in Ordnung, um das dunkle Timbre einem Mann zuordnen zu können.

„Er wird immer noch als Held gefeiert", murmelte der Mann, und Engel ahnte, dass er mehr zu sich selbst sprach.

„Held ... schöner Held ... hat ihn einfach erschossen ... abgeknallt wie einen tollwütigen Hund."

Kurzes Schweigen. Engel spürte Entsetzen in sich aufsteigen. Diese Stimme ...

„Was hatte er denn getan, dass er sterben musste? Befreit hat er uns, erlöst von dem Bösen, das in unserer Mitte wandelte. Ein Ungeheuer nennt man ihn heute, aber für mich war er keines."

Engels Entsetzen steigerte sich. Sein Herz schaltete aus dem Stand auf höchste Beschleunigung, als er die Stimme erkannte – und gleichzeitig seinen damaligen Fehler.

Er sah einen verheulten Jungen vor sich, in der Inspektion, und er sah, wie der riesige Schatten eines ehemaligen Kollegen auf den Jungen fiel.

In seiner Erinnerung verschwamm Klaus Frankensteins Gesicht von Jahr zu Jahr mehr, wurde allmählich ersetzt von einer hundeähnlichen Maske, und dann dachte Engel daran, was ihm der spätere Killer nach der Vernehmung des Jungen gesagt hatte.

‚Oh Gott', dachte Horst Engel, und eine Welle aus Scham schwappte über ihn hinweg. ‚Wir haben diesen Jungen auf dem Gewissen. Er tut es ... ich weiß nicht wie und warum erst jetzt, aber er tut es wirklich. Wir haben es zugelassen ... schlimmer noch ... wir haben ihn erschaffen.'

Er war so mit seinen Gedanken beschäftigt, dass er die Abwesenheit des jungen Mannes zunächst nicht bemerkte. Er war allein mit sich und seiner Scham, dachte daran, dass er nie hätte in Pension gehen dürfen, ohne die alten Fälle abzuarbeiten.

Horst Engel, schwer verletzt, geschunden, verbeult, hungernd und hilflos wie ein Baby, musste die schmerzhafte Selbsterkenntnis des Versagens hinnehmen. Die einzige Reaktion, die ihm sein schwacher Körper erlaubte, waren ein paar Tränen, die sich durch die Augenschwellungen hindurchpressten und seine Wangen hinabrannen.

Es sah aus, als würde eine Leiche weinen.

25.

Steinmann öffnete die Tür und stieß sie auf.

Zwei Schutzpolizisten drückten sich mit gezogenen Waffen an ihm vorbei. Er folgte ihnen, bedeutete den anderen Beamten, vorerst im Gang stehen zu bleiben.

Mike Weyrichs Wohnung machte einen aufgeräumten Eindruck. Finn sah in den ersten Raum hinein. Eine kleine Küchenzeile bot sich seinem Blick. Ein gelber Abfallsack stand verschnürt in einer Ecke. Weiterer Müll aus dem Feldlager?

„Die Räume sind leer", riefen die Kollegen nach einer Minute. „Weyrich ist nicht hier."

„Okay", gab Steinmann zurück. „Durchsucht die Wohnung."

Fünfzehn Minuten später hob er sein Handy ans Ohr.

„Gorges."

„Finn hier", sagte er. „Weyrich ist nicht zu Hause. Wie viele haben wir?"

„Vier. Von Philipp Huth und Sebastian Klein kamen die Meldungen gerade rein. Wir haben sie direkt in ihren Elternhäusern erwischt. Widerstandslos. Andreas Böß konnten wir auf seiner Dienststelle festnehmen, und Patrizia Heringer wollte mit ihrer Mutter einkaufen. Sie war die Einzige, die zu flüchten versuchte, als die Streifenpolizisten vor ihr auftauchten. Es wird morgen sicher in der Zeitung stehen. Es ging einiges zu Bruch bei dem Türmversuch."

„Was ist mit dem jüngsten Zonenkrieger?"

„Fehlanzeige. Wir wissen nicht, wo Symanzik ist. Seine Eltern haben keine Ahnung über den Aufenthaltsort ihres Sohnes."

Finn rieb sich das Kinn. „Alex Symanzik ist dreizehn, und sie können uns nichts sagen? Wann haben ihn die Eltern zuletzt gesehen?"

„Gestern Abend. Er sei heute Morgen nicht in seinem Zimmer gewesen. Bei den anderen fanden sich die Kostüme, aber Symanzik hat sein Zeug entweder woanders versteckt oder er ist damit unterwegs.“

„Hat einer der Festgenommenen etwas von Horst Engel sagen können?“

„Nein. Außer, dass Weyrich ihn versorgt hat und dass er sehr schwach war. Selbst der Capitano durfte nicht an ihn heran. Damit haben wir die Bestätigung, dass Horst lebt. “

Steinmann überlegte. Zwei Zonenkrieger fehlten noch. Er nahm an, dass Weyrich Engel bei sich hatte. Wohin und wie konnte man sich mit einem verletzten alten Mann bewegen?

„Finn?“

„Ja“, seufzte er. „Ich frage mich, wo Weyrich steckt. Wo er ist, ist auch Horst. Er kann ihn nicht durch die Gegend tragen. Er muss zu einem anderen Versteck gegangen sein oder er ist irgendwie doch mobil.“

„Mit einem Fahrzeug?“

„Möglich. Weyrich hat aber keinen Führerschein. Kann sein, dass er überhaupt nicht in der Lage ist, einen Wagen ... zu fahren.“

Stefanie Gorges holte überrascht Luft. Finn hörte es im Hörer rascheln.

„Vielleicht fährt jemand anderes für ihn, Finn.“

„Symanzik“, murmelte Steinmann nervös.

‚Er ist ihm am treuesten ergeben‘, hörte er Svenja sagen.

Konnte das sein? Alles auf diese Karte zu setzen, lenkte im schlimmsten Fall von anderen Spuren ab. Es klang verrückt. Ein Dreizehnjähriger am Steuer eines Fahrzeuges, kommandiert von einem jungen Erwachsenen, und mit ihnen ein verletzter, alter Mann.

„Ich prüfe gleich, ob uns ein gestohlenes Auto gemeldet wurde, Finn.“

„Ich warte auf deinen Rückruf, Stefanie.“

Er tigerte unruhig in Weyrichs Wohnung auf und ab. Die Erkennungsdienstler zeigten ihm das Bild einer alten Frau. Es stand in einem schäbig wirkenden Regal im Wohnzimmer des Schwertmeisters. Finn sah es sich lange an. Darauf war ein lächelnder Jüngling zu sehen, stehend an einem Krankenhausbett. Er trug die weiße Kleidung eines Pflegers, und seine Augen verrieten, dass er noch nicht über den mentalen Schutzpanzer verfügte, den sich Krankenhauspersonal im Laufe der Jahre anlegt.

Finns Blick wanderte zu der alten Frau, die in dem weißen Bett klein und verloren wirkte. War dies Erna Schmidt? Von ihrem Gesicht waren nur die Augen und die grauen Haare zu sehen – und eine knöchern wirkende Hand mit einer Infusionsnadel, die quer auf der Decke lag. Warum und wieso die Aufnahme gemacht worden war, ließ sich nicht erkennen.

‚Wenn es Erna Schmidt ist, bleibt sie gesichtslos für mich', dachte Steinmann. ‚Sie ist Weyrichs Fluch.'

Ein Martinshorn ertönte. Einer der Spurensicherer sah kopfschüttelnd hinter Finn auf, aber der KHK bemerkte es nicht.

„Gorges hier."

„Hast du was?"

„Nein. Es ist kein Fahrzeug gemeldet."

„Mist." Steinmann überlegte. „Hast du schon bei Symanziks Vater angerufen?"

„Es ist helllichter Tag, Finn. Die müssten doch merken, wenn ihnen ein Transporter fehlt."

„Es sind immer noch Sommerferien, Stefanie. Kleine Firmen machen oft Betriebsurlaub."

„Warte, bleib dran."

Er hörte leise wie sie Anweisungen gab und dann mit irgendjemand sprach.

„Finn?"

„Ja?"

„Du hast recht. Symanzik war zuletzt vor zwei Tagen in seiner Firma. Er hat bis zum Ende der Sommerferien dicht. Er weiß nicht, ob ein Transporter fehlt."

„Wie viele hat er?“

„Zwei.“

„Stehen beide normalerweise in der Firma?“

„Ja.“

„Schick eine Streife hin. Ich will wissen, ob sie noch da sind.“

„Okay. Ich melde mich.“

Es dauerte dreizehn Minuten, bis Stefanie Gorges wieder anrief.

„Schlechte Nachrichten, Finn. Auf dem Gelände steht nur noch ein Transporter. Die Streife sagt, das Gittertor sei unverschlossen.“

„Scheiße. Ließ sich irgendwie erkennen, seit wann der Transporter fehlt?“

„Nein. Wenn es der Junge war, könnte er schon seit heute Nacht unterwegs sein. Ich habe bei Symanzik nachgefragt. Es ist keine GPS-Verfolgung möglich. Es ist ein alter Transporter.“

„Mist.“

„Da ist noch was, Finn. Der Laster ist beladen. Laut Symanzik müssen darauf über vierzig Propangasbehälter sein. Lass uns hoffen, dass Weyrich den Wagen nur als Fortbewegungsmittel braucht. Falls nicht ...“

„Ja ...“, sagte er leise. „Dann hat er eine fahrende Bombe.“

26.

Die Polizei Idar-Obersteins zog alle verfügbaren Kräfte zusammen, um die potentielle Bedrohung aufzuspüren. Ein Hubschrauber kreiste über der Region. Wie üblich riefen neugierige Bürger an, um zu erfahren, welche Bankfiliale denn nun überfallen worden sei.

Finn saß vor Pattie Heringer. Die junge Frau sah ihn trotzig an. Sie hatte vor zwanzig Minuten zugegeben, zusammen mit Weyrich auf Paul Fink und seinen Hund eingedroschen zu haben.

„Was hast du dabei empfunden, Patrizia?“, fragte Steinmann gerade.

Sie dachte nach. „Nichts.“

„Das glaube ich dir nicht. Dir müssen doch Gedanken durch den Kopf gegangen sein, als du zugeschlagen hast.“

„Er stand der Mission im Weg.“

„Keine Gewissensbisse?“

Sie sah auf ihre Finger. „Das ist irrelevant. Zivile Verluste sind einkalkuliert.“

Finn lehnte sich zurück. „Schöne Litanei. Hast du die von Weyrich?“

Sie antwortete nicht.

„Was hat dich dazu bewogen, Mike zu folgen? Was bringt eine junge Frau dazu, mit einem Baseballschläger auf die Jagd zu gehen? Willst du mir das erzählen?“

Pattie sah ihn an. „Idar-Oberstein stinkt nach Scheiße.“

Finn hob die Nase und sog prüfend Luft ein. Er ahnte, worauf Patrizia hinauswollte und ließ sich auf das Spiel ein.

„Ich rieche nichts“, sagte er. „Wie kommst du darauf? Warum stinkt es hier nach Scheiße?“

„Weil nachts in jeder Ecke Typen mit Bier sitzen und versuchen, möglichst schnell besoffen zu werden. Weil sich die Wichser einen Spaß daraus machen, Leute zu erschrecken und zu belästigen. Und seit einer Weile reicht das nicht mehr aus. Die Leute werden geschlagen, getreten, verstümmelt und grausam gedemütigt. Irgendjemand in dieser ach so tollen Edelsteinstadt hat damit angefangen. Ich weiß nicht, wer es war, aber wenn ich es herausfinde und dieser jemand stirbt, dann setze ich mich auf sein Grab und pisse darauf. Wissen Sie, warum? Weil seit diesem Tag alle Arschlöcher von Idar-Oberstein damit beschäftigt sind, sich mit noch härteren Geschichten zu krönen. Es wimmelt von Arschlöchern in der Stadt, und deshalb stinkt es hier nach Scheiße."

Steinmann hätte ihre Worte gerne durch Gegenargumente ausgehebelt. Er gestand sich ein, dass er es nicht konnte. Einer kleinen Gruppe von Möchtegernen stand eine viel größere Zahl Opfer gegenüber. Die Wölfe rissen die Schafe. Ein Naturgesetz. Manchmal sah es so aus, als würde sich die Rasse Mensch ganz allmählich wieder zurück auf die Bäume begeben, dorthin, wo der Stärkste oben saß und seinen Kot auf die Schwachen unter sich fallen ließ.

„Mein Vater ist auch so ein Arschloch, Herr Steinmann", sagte Pattie plötzlich.

Der Hauptkommissar lehnte sich vor. „Prügelt er auf dich ein?"

„Nein", sagte sie hastig und wischte sich über die Stirn. „Aber er behandelt seine Arbeiter schlecht. Ich hasse ihn dafür. Mama kriecht vor ihm."

Steinmann entgegnete nichts. Er konnte diese Aussage nicht beurteilen. Chef einer Firma zu sein setzte eine gewisse Härte voraus – auch das war ein Gesetz der menschlichen Zivilisation. Vielleicht passte der Heranwachsenden die Art und Weise nicht, wie ihr Vater mit seinen Leuten sprach. Vielleicht hatte sie mitbekommen, wie einzelne Untergebene entlassen worden waren.

„Wie hast du Mike Weyrich kennengelernt?"

„Er hat mich gerettet."

„Gerettet?“

„Ja. Ich war vor zwei Jahren auf einer Abschlussfeier von Schulabgängern. War ‘ne echt starke Fete, und ich hatte mich ein bisschen geil aufgemacht, wissen Sie? Mike war auch da. Er hat den ganzen Abend in der Ecke gestanden und die Leute beobachtet. Er fiel niemandem auf. Wir haben ihn alle übersehen. Er schien ein MoF zu sein. Wissen Sie, was ein MoF ist?“

Er nickte. MoF. Einer jener fürchterlichen Kunstbegriffe der Jugendlichen. Es bedeutete ‚Mensch ohne Freunde‘. Viele Amokläufer wurden im Nachhinein als MoF deklariert. Es markierte den Beginn von Ausgrenzung.

„War er ein MoF?“

„Nein. Er hat mir später erzählt, dass er vor allem die aggressiven Jungs beobachtete. Leider interessierten sich zwei dieser Sorte für mich. Als ich ging, folgten sie mir, und der Schwert... Mike kam ihnen hinterher.“

„Was ist passiert?“

„Sie wollten mir an die Wäsche, Herr Steinmann. Ich würde ja so geil aussehen, ich wolle das ja bestimmt. Sie haben mich abgefangen und in die Unterführung am Bahnhof gedrängt. Einer zwickte mich in die Titten, der andere griff meine Hand und zwang mich, seinen Schwanz anzufassen.“

Finn schluckte. Arschlöcher. Die Stadt stank nach Scheiße.

„Wie alt waren die Jungs?“

„Weiß nicht so genau. Einer war vielleicht vierzehn, der andere etwa sechzehn. Aber gegrinst haben die Schweine wie die Typen aus den Pornofilmen. Die kamen sich ganz groß vor. Wieder eine Geschichte zum Angeben mehr. Ne geile Tusse aufgerissen, eh?“

Sie hielt einen Moment inne und strich sich Haare aus der Stirn. Ihre Finger zitterten leicht und glänzten vor Schweiß.

„Dann tauchte wie aus dem Nichts ein Mann im Umhang auf“, fuhr sie fort. Ihre Augen leuchteten. „Sein Gesicht war nicht zu erkennen. Er trug ein Schwert, Herr Steinmann, glauben Sie mir das? Heute weiß ich, dass es nur ein bemalter Baseballschläger war, aber damals war es ein Schwert für mich, verstehen Sie? Ein Ritter mit einem Schwert. Es glänzte im Licht der Straßenlaternen."

„Moment", hakte Steinmann nach. „Habt ihr nicht erst vor ein paar Monaten zusammen die Farbe gekauft? War Weyrichs ... Schwert ... schon damals silbern bemalt?"

Sie sah ihn irritiert an.

‚Völlige Verklärung', dachte Finn. ‚Sie weiß es nicht mehr.'

Es war nicht wirklich wichtig. Wahrscheinlich hatte die Gruppe in einer Art Zeremonie die Baseballschläger gemeinsam bemalt.

„Hat er die Jungs damit bedroht und verscheucht?", fuhr Steinmann fort.

„Nein. Wenn die Zonenkrieger kommen, wird nicht mehr diskutiert. Wenn die Zonenkrieger kommen, sind alle Worte vorher fruchtlos gewesen. Die Zonenkrieger richten. Die Zonenkrieger handeln. Er hat ihnen die Zähne aus dem Maul gehauen. Er hat kein Wort dabei gesprochen. Er hat es einfach getan. Schnell und ohne Zögern. Ich hörte, wie ihre Knochen knackten. Dann sagte er ganz ruhig drei Worte, die in ihrer Wahrheit unverrückbar sind, und diese Worte habe ich mir trotz meiner Angst gemerkt. Er sagte ..."

„Es muss aufhören", vollendete Finn für sie. „Ihr nutzt die falschen Mittel. Es gibt andere Wege."

„Welche?", höhnte sie. „Kommt jetzt wieder eines der Zauberworte von euch Erwachsenen? Dass die Eltern mehr eingebunden werden müssen? Dass wir vielleicht an Schulen Waffenkontrollen einführen? Dass eventuell eine Videoüberwachung kommt? Dass unsere Gesellschaft enger zusammenrücken muss? Dass Horrorfilme die Schuld tragen?"

Patties Kopf wurde rot vor Wut.

„Während ihr Großen diskutiert, schwafelt und beratet und zu keinem Ergebnis kommt, werden jeden Tag in irgendwelchen Ecken Mädchen gezwungen, die Eier eines grinsenden Schweins anzufassen. Kleine Kinder müssen Schutzgeld in der Schule bezahlen, um nicht verdroschen zu werden. Nein, Herr Polizist. Es muss aufhören. Die Zonenkrieger handeln."

Es war bei allen das gleiche Bild. Sie glaubten an die Sache. Weyrich war ihr Anführer, hatte sie vor körperlicher Gewalt bewahrt und rekrutiert. Er musste sich lange wie ein Schatten durch die Stadt bewegt haben, hatte im Stillen gewirkt, bis sich seiner Ansicht nach genügend „Soldaten" für den großen Schlag um ihn gesammelt hatten.

Seppi Klein, dem Weyrich immer die Schuhe binden musste, war eine bemitleidenswerte Kreatur. Ein tumber Riesenkerl, der einen beschränkten Eindruck machte. „Man hatte ihn gehänselt, bedrängt und mit Essensresten beworfen, letztes Jahr, nach dem Feuerwerk auf dem Spießbratenfest, und plötzlich war ein Mann aus dem Schatten getreten, ein Mann im Umhang, und, bei Gott, Herr Kommissar, glauben Sie mir, er trug ein Schwert."

Phillip Huth, der Junge, der gern dreckige Witze erzählte, war schwul. Betrunkene Schläger hatten ihn in der Schönlautenbachstraße vor sich hergetrieben, weil er mit einem von ihnen in der dort gelegenen, mittlerweile dichtgemachten, Diskothek versehentlich geflirtet hatte. Er bezahlte dafür mit Todesangst – und dann war ein Mann im Umhang gekommen, stellte sich dem tobenden Mob entgegen. „Er hat getanzt", erzählte Phillip Huth mit glänzenden Augen.

„Herr Steinmann, er hat mit dem Schwert getanzt und mich gerettet. Die Kerle liefen heulend davon, und dann drehte er sich zu mir um. Er hatte eine Kapuze über dem Kopf. Ich konnte sein Gesicht nicht sehen. Er hielt mir seine Hand hin und zog mich vom Boden hoch. Ich fragte ihn, wer er sei, aber er gab keine Antwort. Wissen Sie was? Ich glaube, er war müde. Sehr, sehr müde."

Andreas Böß, ein junger Bundeswehrsoldat, den die anderen „Capitano" nannten, griff Weyrich nach einer Schlägerei am Bahnhof auf. Böß war mutig genug gewesen, sich vor zwei junge Burschen zu stellen, die einer Bande von zehn Deutschen und Russen gegenüberstanden. Er teilte tapfer aus, war aber nicht gnadenlos genug, um effektiv zu kämpfen.

Weyrich schon. Sein „Schwert" hielt wahrhaft blutige Ernte. Er schlug wie ein Blitz mitten in die Gruppe ein, knüppelte mit wuchtigen Schlägen jeden nieder, der in seine Reichweite kam. Sein erster Angriff galt den beiden Rädelsführern der Bande, und als sie mit zerfetzten Lippen zu Boden gingen, suchte der schäbige Rest schnell das Weite.

Weyrich scheuchte die beiden Jungen davon, und dann sagte er zu Böß: „Folge mir!"

Und der Soldat folgte ihm.

Steinmann saß in den Abendstunden im Besprechungsraum und sah seine Notizen durch. Stefanie Gorges beobachtete ihn und sagte kein Wort.

„Sie sehen ihn als eine Art Heiligen", meinte der SoKo-Leiter nach einigen Minuten. „Sie sind ihm völlig ergeben."

„Wundert dich das?"

Er hob den Blick. „Nein ... nicht wirklich. Ich hätte nur nicht mit einer solchen Zusammensetzung bei den Zonenkriegern gerechnet."

„Es ist, als ob Weyrich aus zwei Personen besteht", sagte Stefanie Gorges. „Wie Jekyll und Hyde. Er vereint Ritter und Straftäter in sich."

Die Tür öffnete sich. Ein Kriminalpolizist der SoKo steckte den Kopf in den Raum hinein.

„Chef, wir haben etwas."

„Was gibt es?"

„Ein Förster rief gerade an. Ein Kleinlaster steht ihn einem Waldstück außerhalb der Stadt, an einer abgelegenen Stelle. Es kam dem Mann komisch vor. Mehr konnte er nicht sagen. Er hat sich nicht getraut, näher heranzugehen."

„Schick die Streife dorthin", ordnete Steinmann an. „Wer ist unterwegs?"

„Lanzinger und Müller haben sich freiwillig gemeldet."

Finn sah aus dem Fenster. Es wurde dunkel.

27.

Herbert Lanzinger sah noch einmal auf die Karte.

„Hier muss es sein“, sagte er mürrisch.

Frank Müller stieg aus dem Wagen. Der Waldweg war zerfurcht. Eingetrocknete Traktorspuren zerbröselten unter seinem Gewicht. Zwischen den Bäumen war es schon stockfinster.

„Du bist dir ganz sicher?“, fragte Müller und steckte den Kopf in das Streifenfahrzeug.

Lanzinger warf einen Blick auf den Zettel mit den Angaben des Försters. Er sah seinen Partner an und nickte.

Frank Müller trommelte mit den Fingern auf dem Dach des Wagens einen kurzen Rhythmus und schaltete dann seine Stableuchte ein. Die Scheinwerfer des Kombis erhellten den Weg. Lanzinger stieg ebenfalls aus und untersuchte die andere Seite.

„Siehst du etwas, Frank?“

„Nein. Hier ist ... warte mal. Was ist denn das?“

Lanzinger drehte sich um und sah über das Dach des Fahrzeugs hinweg. Müller stapfte über den rissigen Waldboden auf eine extrem dunkel aussehende Stelle zwischen den Bäumen zu. Er bückte sich und berührte den Boden.

„Hier hat etwas gebrannt, Herbert. Es ist noch ganz warm.“

Lanzinger ging zu seinem Kollegen und suchte den Boden mit der Lampe ab. Eine fast kreisrunde Fläche von sieben oder acht Metern Durchmesser wirkte wie mit einem Flammenwerfer bearbeitet.

Lanzinger schwenkte die Stableuchte nach rechts. Ein Blinken erregte seine Aufmerksamkeit. An einem Baum reflektierte etwas das Licht. Er sah genauer hin und näherte sich dem Stamm.

„Da steckt etwas im Holz“, sagte er. „So lang wie mein Mittelfinger. Sieht nach einem Stück Metall aus ... ja, scharfkantig, steckt drin wie ein geworfenes Messer.“

Frank Müller erhob sich aus seiner knienden Position, leuchtete die verbrannte Fläche und den Baum an.

„Sind da noch mehr Metallstücke?“

Lanzinger fand keine. Dafür entdeckte er etwas anderes. „Schau mal, Frank“, meinte er. „Es sieht so aus, als habe jemand rund um die Brandspur Geröll und Blätter weggeschoben.“

Müller ging zum Rand der schwarzen Fläche und sah sich die Sache an. „Was meinst du, Herbert? Könnte das von einer Druckwelle kommen? Ist hier etwas explodiert und hat den Boden leergefegt?“

Lanzinger nickte und leuchtete den Metallsplitter an. „Vielleicht stammt das von einem Propangasbehälter. Aber die kriegt man nicht so einfach zum Platzen. Denk nur an die Koffer-Terroristen von Köln mit ihren Gasbomben damals. Die wären nicht hochgegangen, sagten die Experten. Es hätte höchstens eine große Stichflamme gegeben.“

„Ja, ich erinnere mich. Es war nicht genug Gas in den Behältern. Aber die von Symanziks Laster müssten doch voll sein, oder?“

„Wahrscheinlich. Man bräuchte einen unkontrollierten Gasausstoß und dann so etwas wie einen Zündfunken, um das Ganze zur Explosion zu bringen.“

„Vielleicht kennt sich Symanziks Junge damit aus, Herbert. Vielleicht sehen wir hier das Ergebnis eines Sprengtests.“

Lanzinger kaute auf seiner Unterlippe. Müller rollte mit den Augen, als der dicke Oberkommissar an seinem Ring kratzte.

„Herbert, bitte lass das. Das Geräusch macht mir Gänsehaut.“

„Was?“

„Hör bitte auf, an deinem Ring herumzufummeln. Das hast du doch früher nicht gemacht.“

Lanzinger hob die Hand und sah auf seine Finger.

„Ja ... dumme Angewohnheit. Manchmal habe ich Angst, den Ring zu verlieren.“

„Keine Sorge, er wird dir schon nicht abhanden kommen. Ich weiß noch, wie schlank du warst, als Rosi ihn dir aufgesteckt hat. Ich war Trauzeuge, falls ich dich daran erinnern darf. Du hast seitdem ein wenig zugelegt, Dicker. Der rutscht dir nicht mehr vom Finger."

Lanzinger sah ihn zweifelnd an.

Müller rollte mit den Augen. „Ich helfe dir suchen, solltest du ihn verlieren, okay? Darauf hast du mein Ehrenwort, Herbert, aber hör bitte auf rumzukratzen."

Lanzinger zog einen Schmollmund und setzte sich in den Wagen. Er aktivierte den Digitalfunk.

„60-40 an Porta60. Kommen."

„Hier Porta60. Kommen."

„Hier 60-40. Der Laster ist nicht mehr im Wald, aber dafür haben wir eine Brandspur gefunden."

„Hier Porta60. Brandspur? Erklär das, Herbert."

Das war Steinmanns Stimme. Er saß mit am Funk.

„Hier 60-40. Es ist eine runde Fläche von zirka sieben Metern Durchmesser, schwarz verbrannt und noch warm. Wir haben einen Metallsplitter gefunden, und etwas, das aussieht wie das Resultat einer Druckwelle. Wir glauben, hier könnte etwas explodiert sein."

„Hier Porta60. Seid ihr sicher?"

„Hier 60-40. Ja, sind wir. Wir wissen halt nicht, ob es tatsächlich der Gastransporter war, der hier gesehen wurde."

„Hier Porta60. Bringt den Splitter mit und markiert die Stelle. Wir kümmern uns später darum. Ende."

„Hier 60-40. Alles klar, wir sind bald zurück."

Die Streifenpolizisten benötigten fast acht Minuten, um den Splitter aus dem Baum zu entfernen. Es zeigte sich, dass er fast doppelt so lang war und tief im Holz steckte.

Lanzinger bugsierte den Kombi vorsichtig über den holprigen Waldweg. Es dauerte seine Zeit, bis die Räder wieder über Teer rollten.

Kurz bevor die Streife Idar-Oberstein erreichte, brandete eine Flut von Meldungen aus dem Funkgerät. Lanzinger gab Vollgas.

28.

Der Schwertmeister kam wie ein Reiter der Apokalypse. Er näherte sich aus Richtung Birkenfeld über die B 41 und war über den Stadtteil Algenrodt in den Bereich der beiden Bundeswehrkasernen gefahren.

Weder die ehemalige Artillerieschule noch die Klotzbergkaserne waren sein Ziel.

Zwischen diesen beiden militärischen Bereichen lag ein Wohngebiet, der Barbararing, der kein gutes Ansehen in der Bevölkerung hatte. Früher hatten hier zumeist Soldaten gewohnt, heute jedoch war das anders.

Die Jugendlichen, die in der warmen Sommernacht in dieser Reihenhaussiedlung umher zogen, sahen zwar den Transporter, dachten sich aber nichts dabei.

Erst als eine flammende Kugel von der Ladefläche flog, reagierten sie und sprangen auseinander. Es gab ein fauchendes Geräusch, und eine mehr als vier Meter lange Stichflamme schoss flackernd in den Himmel. Die Jugendlichen schrien panisch, als der Behälter brüllend explodierte. Die Druckwelle riss sie von den Beinen. Im Umkreis von fünfzig Metern vibrierten die Fenster, Fahrzeugscheiben platzten, und in mehreren Autos heulte der Alarm los. Eine kleine, überdachte Bushaltestelle wurde völlig zerfetzt.

Der Schwertmeister hatte noch nicht genug. Ein zweiter Behälter landete direkt zwischen zwei parkenden Wagen, hinter welchen sich Jugendliche versteckten.

Fünf Sekunden lang konnten sie laufen, bis eine Feuerwalze die Autos in die Höhe warf. Glas- und Metallsplitter pfiffen durch die Luft, zerschnitten die dünnen T-Shirts wie Butter. Ein

Junge trug plötzlich rötliche Muster auf seinem Rücken, austretendes Blut, welches sich rasch ausbreitete. Es sah aus wie Blumen, die sich in einer Zeitrafferaufnahme öffneten.
Der Transporter wendete und kam zurück.

„Bomben, hier wirft jemand Bomben auf uns!“, schrie eine verzweifelte Stimme am Telefon.
Schneider konnte nicht sagen, ob es sich um einen Mann oder eine Frau handelte.
„Ganz ruhig“, sagte er. „Von wo rufen Sie an?“
„Barbararing! Barbararing! Hier fährt so ein Laster rum und ...“
Es donnerte im Hörer und Schneider hörte Menschen um Hilfe rufen. Dann brach die Verbindung ab. Er gab sofort Alarm über Funk und informierte sowohl die Feuerwehr als auch das Krankenhaus. Eine Minute nach dem Anruf fuhren drei Streifenfahrzeuge aus verschiedenen Richtungen zum Barbararing.

Wagner und Peters kamen mit ihrem Wagen direkt von der Inspektion und erreichten den Fuß des Klotzbergs an seiner Ostflanke. Eine Straße wand sich in Serpentinen den steilen Hang hinauf, vorbei an einem Altenwohnheim.
Die beiden Polizisten erhielten keine Gelegenheit mehr, diese Straße zu erklimmen. Von oben kam ihnen ein schlingernder, deutlich zu schneller Transporter entgegen. Wagner musste in der zweiten Kurve bremsen und ganz rechts an den Rand fahren, weil der Fahrer des Transporters die Kurve nicht richtig nahm. Das Gesicht hinter dem Steuer war erschreckend jung.
„Das ist er!“, schrie Peters. „Symanzik! Fahr hinterher!“
Wagner wendete in der Kurve. Peters sah aus dem rechten Seitenfenster den Berg hinauf. Irgendwo weiter oben erhellte rötlicher Schein die Nacht.
„60-10 an alle, 60-10 an alle“, sagte Peters hastig ins Funkgerät. „Wir verfolgen den Laster unterhalb der Klotzbergkaserne, passieren gerade das Wohnheim. Es müssen die Zonenkrieger sein. Am Steuer sitzt ...“

Peters unterbrach sich und starrte mit offenem Mund aus der Frontscheibe. Auf der Ladefläche des Transporters hantierte eine bizarre Gestalt mit den Propangasbehältern. Ein Umhang flatterte im Fahrtwind, und ein rotes Kreuz leuchtete im Schweinwerferlicht glühend auf.

„Was macht der da?“, rief Wagner. „Ist der wahnsinnig?“

Peters langte hinter sich und griff das Megaphon. Er beobachtete den Zonenkrieger, der an dem Behälter etwas befestigt hatte und nun mit einem Hammer auf die Verschlusskappe einschlug. Die Polizisten sahen, wie ein Stück abbrach, dann brannte plötzlich die Außenseite des Behälters.

Wagner reagierte blitzschnell, als der Gastank von der Ladefläche gerollt wurde und auf die Straße prallte. Er zog den Wagen nach links, am Behälter vorbei.

Der Transporter bremste an der scharfen Kurve stark ab. Wagner verlangsamte ebenfalls und sah in den Rückspiegel.

Der Behälter kam wie ein Steinschlag die Straße runter.

„Er rollt hinter uns her, scheiße, er rollt ...“

Ein Blitz erhellte die Nacht, und trotz der Bremse wurde der Streifenwagen wie von einer Titanenfaust nach vorne geschleudert. Die Heckscheibe flog den Männern um die Ohren. Wagner verlor die Kontrolle über das Fahrzeug und rammte das Heck des Transporters. Die Polizisten wurden durchgeschüttelt, den Schwertmeister riss es auf der Ladefläche von den Beinen. Die Airbags entfalteten sich im Inneren des Streifenwagens und verhinderten Schlimmeres. Peters hörte, wie sich der Transporter entfernte.

„Alles in Ordnung bei dir?“, rief er und sah Wagner an.

Sein junger Kollege rieb sich die Stirn und nickte langsam.

„Können wir noch fahren?“, hakte Peters nach.

Wagner betätigte träge den Anlasser, aber der Wagen blubberte nur noch. Zwei Treffer vorne und hinten waren zu viel gewesen. Wahrscheinlich war auch die Auspuffanlage durch die Explosion heckwärts beschädigt.

Aus dem Funkgerät plärrten Anfragen.

„Hier 60-10“, sagte Peters. „Der Schwertmeister steht auf der Ladefläche des Transporters und wirft mit dem Propangas um sich. Wenn wir das richtig beobachtet haben, hat er eine Art Zündschnur befestigt oder eine kleine Flasche mit Benzin, und zerstört dann mutwillig die Sicherungsvorrichtung an den Behältern. Wenn er einen Fehler macht, fliegt ihm der ganze Laster um die Ohren. Vorsicht! 60-10 ist ausgeschaltet, Wagen nicht mehr fahrtüchtig. Wir sind so weit unverletzt. Kommen.“

„Hier Porta60. Verstanden. Habt ihr sehen können, wohin der Wagen gefahren ist? Kommen.“

„Hier 60-10. Nein. Wir haben keine Sicht auf die Mainzer Straße. Kommen.“

„Hier Porta60. Verstanden. Porta60 an alle verfügbaren Kräfte: Beeilt euch, wir kreisen die Zonenkrieger ein. Schusswaffeneinsatz wird autorisiert. Versucht die Reifen zu zerschießen oder Weyrich auf der Ladefläche handlungsunfähig zu machen.“

Lanzinger und Müller erreichten die Stadt aus Richtung Birkenfeld. Sie bestätigten die Anweisungen der Zentrale.

Frank Müller deutete nach oben. Auf der Wilhelm-Leuschner-Brücke, die den unteren Klotzberg mit der anderen Talseite verband, fuhr ein Transporter Richtung Bahnhof. Die Ladefläche war hell erleuchtet, flackerte wie eine Kerze.

„Das ist der Bastard“, stieß Lanzinger hervor und beschleunigte abermals.

Müller griff zum Funk. „60-40 an alle. Der Transporter fährt zum Bahnhof. Wir konfrontieren ihn und versuchen ihn zu stoppen.“

Lanzinger schaltete das Signal an. Der Streifenwagen passierte das leer stehende Juwel-Kino. Lanzinger zog den Kombi scharf um eine Rechtskurve herum, in eine Steigung hinein. Die Reifen heulten auf, als das blausilberne Fahrzeug mit dem Heck leicht ausbrach. Frank Müller klammerte sich am Dachgriff fest. Der Bahnhof lag am Ende der Steigung, nur etwas mehr als zweihundert Meter entfernt.

Ein gleißender Blitz blendete die beiden Polizisten für einen Moment. Vor dem Bahnhof wurden einige Ruhebänke von einer Detonation zerstört. Holz- und Betonbauten sprangen mit Urgewalt auseinander.

Der Laster wendete stotternd unterhalb des Bahnhofs. Der Fahrer reagierte nicht auf den sich nähernden Streifenwagen und steuerte wieder auf den Bahnhof zu. Ein Behälter wurde über die Ladekante gestoßen. Etwas daran brannte, löste sich jedoch kurz vor dem Aufprall und landete auf den Pflastersteinen. Erst jetzt erkannten Müller und Lanzinger die wenigen panisch flüchtenden Menschen.

Es kam nicht zu einer Explosion. Die Schutzpolizisten sahen einen wild gestikulierenden Mann auf der Ladefläche des Transporters. Er schien sich zu ärgern über den Fehlschlag. Dann waren sie mit dem Kombi nahe genug. Müller ließ die Seitenscheibe herab und richtete die Pistole auf die Reifen.

Der Laster wendete erneut mitten auf der breiten Straße. Der Fahrer verschaltete sich dabei. Frank Müller schoss zweimal auf die Reifen, aber die Projektile verfehlten ihr Ziel. Lanzinger drehte ebenfalls. Die beiden erhaschten nur einen kurzen Blick auf die Schäden auf dem Bahnhofsgelände.

„Er attackiert die Stellen der Stadt, die einen schlechten Ruf haben“, sagte Müller laut, während sie dem Transporter folgten und er aus dem Fenster hing.

„Ja“, rief Lanzinger. „Da gibt es viele. Er will den Teufel mit dem Beelzebub austreiben. Es darf keine Toten geben, Frank. Nicht dieses Mal.“

29.

Steinmann raste in seinem Privatfahrzeug den Brückenausleger hinunter. Er hatte ein Funkgerät bei sich, um die Meldungen weiter zu verfolgen. Frank Müller gab gerade durch, dass Lanzinger und er den Transporter weiter verfolgten.

Die Naheüberbauung näherte sich viel zu schnell. Steinmann bremste scharf und zog den Wagen nach links. Die alte Kiste war für solche Manöver nicht konstruiert und bockte störrisch. Er erkannte einen Laster, der weiter vorne rechter Hand aus den Häuserschluchten auftauchte und schlingernd Richtung Bad Kreuznach abbog. Er wurde gejagt von einem Streifenwagen mit Signallicht.

Steinmann drückte sein Gaspedal wieder voll durch. Wäre die Streife einem schnelleren Fahrzeug auf den Fersen gewesen, hätte er sie nicht einholen können, aber der Laster beschleunigte nicht so schnell wie der betagte Kombi des SoKo-Leiters.

Finn hoffte, dass die Schutzpolizisten seinen Wagen gleich erkannten und ihn nicht als Störfaktor betrachteten. Er wusste nicht genau, wer von beiden am Steuer saß, aber dem rauen Fahrstil nach konnte es nur Lanzinger sein. Der dicke Oberkommissar versuchte, links am Transporter vorbeizukommen, aber Symanzik blockierte beide Spuren, indem er auf dem Mittelstreifen fuhr.

Steinmann schloss auf. Er näherte sich auf der rechten Fahrbahn. Frank Müller lehnte sich aus dem Fenster und hatte die P 99 auf dem Außenspiegel aufgesetzt. Ein kurzer Lichtblitz kündete von einem abgegebenen Schuss – und ein plötzlicher Ruck am Heck des Transporters folgte.

Müller hatte den linken Hinterreifen getroffen. Der Gummi verlor schnell Luft, spliss auf und brach auseinander.

Symanzik hielt den Laster mühsam auf Kurs. Mike Weyrich stolperte auf der Ladefläche hin und her, machte sich aber daran, einen weiteren Gasbehälter abzuwerfen. Steinmann schob sich mit seinem Wagen an dem Streifenfahrzeug vorbei und ließ das Fenster herabsinken.

„Mike, hören Sie auf!", brüllte er in der Hoffnung, der Schwertmeister würde ihn vielleicht hören. „Es ist noch nicht zu spät!"

Steinmann fuhr noch näher an den Transporter heran. Er rief erneut aus dem Fenster, schrie sich die Seele aus dem Leib. Links hinter ihm hupte Lanzinger hektisch. Der SoKo-Leiter zog instinktiv seinen Wagen nach rechts. Ein Feuer spuckender Behälter prallte hinter dem Laster auf den Teer. Auch Lanzinger wich mit einem Schlenker aus. Steinmann sah im Rückspiegel den flackernden Lichtschein, aber er konnte nicht erkennen, ob das Gas sich nur als Flammenstrahl entlud oder den Behälter sprengte.

Die nächste Kreuzung kam in Sichtweite. Die Ampel schaltete auf Rot. Zum Glück standen dort keine Fahrzeuge. Steinmann sah, dass Weyrich auf der Ladefläche zum Führerhaus taumelte und auf das Dach klopfte. Es ließ sich später nicht rekonstruieren, was er von seinem Fahrer erwartet hatte, aber der Dreizehnjährige reagierte auf das Zeichen: Er lenkte den Transporter nach links auf die Abbiegespur, die unterhalb der Felsenkirche in die Fußgängerzone führt.

Er wurde zwangsläufig langsamer dabei. Steinmann rollte neben den Laster und schob die Pistole aus dem Fenster. Er kam nicht mehr zu einem Schuss. Weyrich warf erneut einen Behälter hinter dem Laster auf den Beton der Naheüberbauung, genau in dem Augenblick, in welchem Symanzik fast vollends abbremste und das gestohlene Fahrzeug in einer sehr engen Kurve nach links zog.

Herbert Lanzinger, der mit dem Streifenwagen dicht am Heck des Transporters fuhr, sah das entweichende Propangas als waberndes Etwas, wie eine geisterhafte Erscheinung, und dann entzündete es sich mittels der brennenden Plastikflasche, die Weyrich mit Klebefolie an dem Behälter befestigt hatte. Die heiße Luft wallte am Laster hoch, und Lanzinger erkannte Weyrich einen kurzen Moment undeutlich auf der Ladefläche. Die komischen Lichtverhältnisse ließen ihn wie einen bulligen Glatzkopf aussehen, die erhitzte Luft umflirrte sein Gesicht wie ein mächtiger Vollbart, und über seine Wange glitt ein Schatten, als trüge er dort eine mächtige Narbe.

Der Eindruck verschwand ebenso schnell, wie er gekommen war. Lanzinger trat auf die Bremse. Einen unendlich scheinenden Sekundenbruchteil bewegten sich die drei Fahrzeuge kaum merklich in langsamem Gleichklang.

In ihrer Mitte rollte der fauchende Behälter, bis sich die chemische Reaktion in einer donnernden Explosion schlagartig entlud.

Symanziks Gastransporter hob sich links in beinahe unmöglichem Winkel auf der Seite an. Ein großes Bruchstück des Behälters hämmerte in den Streifenwagen. Lanzinger versuchte noch, nach links wegzuziehen, zwischen dem fallenden Laster und der Ampelanlage hindurch, aber es reichte nicht mehr. Er rammte mit dem rechten Kotflügel in die Unterseite des Transporters und brachte ihn vollends zum Kippen. Gewaltiger Donner hallte durch das enge Tal von Oberstein, als der Laster auf die Betondecke der Überbauung schlug.

Steinmann, der den weitesten Radius fuhr, stoppte mitten auf der Kreuzung. Von seinem Standpunkt aus hatte er nur einen Teil der Ladefläche im Blick. Wo war Weyrich? War der Schwertmeister abgesprungen? Der SoKo-Leiter stieß hastig die Tür seines Kombis auf und sprang auf die Straße. Seine Knie wurden weich, als er hellen Lichtschein zwischen den umherrollenden Gasbehältern sah.

„Kommt da raus, verdammt“, brüllte er. „Kommt raus!“

Herbert Lanzinger versuchte, die Tür des Streifenwagens aufzustoßen.

„Scheiße“, knurrte er schwitzend, „der Rahmen hat sich verzogen. Wir steigen durch die Fenster aus, Frank.“

„Ich kann nicht“, gab Müller keuchend zurück. „Meine Füße sind eingeklemmt.“

„Was?“

„Ich komme nicht raus, Herbert! Irgendwie hat sich der Motorblock ...“

Ein donnerndes Grummeln ließ die Männer zusammenfahren. Herbert Lanzinger dachte nicht lange nach und zerrte an seinem Freund herum.

„Lass das, lass das“, stöhnte Müller. „Das dauert zu lang. Ich versuche es allein. Schaff dich aus dem Wagen und hilf Finn.“

Lanzinger sah seinen langjährigen Partner durchdringend an. Er zwang sich, den Kopf nicht zu drehen, denn diesmal war er sicher, dass ihm die schreckliche Zukunft bis zu dieser Kreuzung gefolgt war. Sie stand hinter ihm und wartete, breitete dunkle Schwingen aus. Er hatte Angst, wie diese Zukunft aussehen mochte.

Es war so weit. Das, was das Schicksal vorsah, würde am Fuß der Felsenkirche geschehen.

„Ich hole dich gleich hier raus, Frank“, sagte Lanzinger und kratzte wild an seinem Ring.

„Dicker, mach hin, sonst hau ich dir eine runter! Da draußen läuft Weyrich rum, und Horst ist vielleicht im Führerhaus eingeklemmt!“

Lanzinger nickte und zog sich durch das Fenster auf die Kreuzung. Er überlegte noch, wie seltsam es war, dass kein Verkehr herrschte – als hätte das Schicksal eine Bühne vorbereitet, zu welcher nur ganz bestimmte Personen Zutritt erhielten.

Er lief um das Führerhaus herum. Ein Junge torkelte gerade auf Steinmann zu, der ihn vor seinem Kombi in Empfang nahm.

‚Symanzik‘, dachte Lanzinger zufrieden. ‚Er hat die Zeichen der Zeit erkannt und stellt sich.‘

„Wo ist Engel?“, brüllte er. „Wo ist der alte Mann?“

Symanzik drehte sich zitternd um und deutete auf die Fahrerkabine. Etwas zischte auf der Ladefläche. Der Schwertmeister war nicht zu sehen. Gasbehälter lagen dicht an dicht aufeinander. Irgendwo inmitten der Menge glomm Licht.

‚Beeil dich', dachte er. ‚Du hast vielleicht nur Sekunden.'

Er sah in die Fahrerkabine hinein. Die Frontscheibe war zersplittert. Symanzik war hier durchgeklettert.

„Horst?", rief Lanzinger ins Innere hinein. „Horst?"

Keine Antwort.

Lanzinger schob sich in die Kabine. Im Fußraum des Beifahrersitzes lang eingequetscht ein älterer Mann. Hätte Lanzinger nicht gewusst, um wen es sich dabei handelte, hätte er ihn wahrscheinlich nicht erkannt.

„Scheiße, scheiße, scheiße", fluchte der Polizist und drehte sich zu Steinmann um. „Finn, hilf mir. Ich krieg ihn allein nicht hier raus!"

Der SoKo-Leiter bedeutete dem Dreizehnjährigen etwas. Der Junge nickte benommen und setzte sich vor Steinmanns Kombi auf den Boden. Dann rannte der Hauptkommissar zu dem umgestürzten Laster.

Frank Müller wand sich wie eine Schlange im Streifenwagen. Er spürte, dass sich seine Unterschenkel aufscheuerten. Beide Füße wurden vom Motor niedergedrückt. Etwas stach ihm bereits durch das Leder der Schuhe ins blanke Fleisch. Durch das Fenster hindurch starrte ihn die Unterseite des Lasters wie ein dunkler See an. Er schien zu brodeln, verströmte Hitze wie ein lodernder Vulkan.

Der Oberkommissar biss die Zähne zusammen und zerrte mit aller Gewalt am linken Fuß. Warmes Blut sammelte sich in seinen Schuhen, der Stoff der Hose riss knirschend auf, und dann bekam er das Bein frei.

Müller stöhnte vor Schmerz. Lanzinger schrie irgendetwas auf der anderen Seite des Lasters.

Das rechte Bein fehlte noch. Müller drehte sich auf die Seite und versuchte, den Fuß abzukippen, als er plötzlich Lanzingers Stimme wieder hörte.

Er verharrte, lauschte, und schloss geblendet die Augen, als unvermittelt die Sonne aufging.

Steinmann hetzte zu Lanzinger. Er war sicher, dass der Schwertmeister unter den Behältern begraben lag. Er konnte ihnen nicht mehr gefährlich werden.

„Wir müssen ihn frei kriegen, Finn!“, rief Lanzinger. „Er liegt mit dem Kopf nach unten, allein schaffe ich das nicht. Wir müssen gemeinsam ziehen!“

Steinmann nickte mit großen Augen. Es war zu früh, sich über Horsts Befreiung zu freuen. Sie wussten nicht, ob er noch lebte. Zuerst musste er aus dieser Todesfalle raus. Es blieb nicht genug Zeit, um auf die Feuerwehr zu warten.

„Wir ziehen ihn an den Füßen raus!“, sagte Lanzinger. „Das müsste gehen.“

„Okay“, erwiderte Steinmann. „Auf Drei.“

„Eins … Zwei … Drei!“, riefen sie gemeinsam und zerrten Engels Beine nach oben.

Es knirschte und knackte bedrohlich. Die beiden Polizisten ächzten. Lanzinger schob seine Hände weiter nach unten. Er schien irgendwo festzuhängen, aber dann ruckte er nach oben. Engel glitt aus dem Fußraum heraus. Lanzinger fing ihn auf, hob ihn mühelos auf die Arme.

„Ich hab ihn! Er atmet! Er atmet! Jetzt weg vom Laster“, schrie der dicke Oberkommissar lachend. „Er lebt! Er lebt!“

Steinmann entfernte sich schnell vom Kleintransporter. Symanzik hatte sich wieder erhoben und taumelte ihm benommen lächelnd entgegen. Lanzinger stapfte nach rechts weg, den verloren gegangenen Freund auf den Armen.

Und dann kam die Zukunft …

30.

Ein vom Schwertmeister präparierter Behälter platzte.

Eine gleißende Lohe sprühte unter hohem Druck aus der Masse der Gasflaschen hervor. Das kreischende, sich gewaltsam teilende Metall gab Funken von sich, die genügten, um zwei weitere Brandsätze in Feuerlanzen zu verwandeln.

Herbert Lanzinger stand in der Bahn dieser rot glühenden Zunge. Die Walze leckte über den Oberkommissar mit all ihrer tödlichen Hitze.

Steinmann, frontal dem gekippten Laster zugewandt, schloss geblendet die Augen. Er duckte sich unter dem glühend heißen Strahl, spürte, dass Haare auf seinen Unterarmen sternschnuppengleich verbrannten. Er hörte das Pfeifen umherfliegender Trümmer. Die Druckwelle warf ihn zu Boden. Als er die schmerzenden Lider wieder hob, sah er eine furchtbare Szene durch das tosende Inferno hindurch vor sich.

Alex Symanzik kniete reglos vor Finn. Seine Augen waren weit aufgerissen. Ein ungläubiger Ausdruck lag in ihnen. Er war umrandet von rotem Feuerschein.

Aus seinem Brustkorb ragte ein armlanges Metallstück, spitz, scharf, mit roter Flüssigkeit und Teilen seines Körpergewebes überzogen. Finn starrte mit tumber Fassungslosigkeit darauf, und als er begriff, dass der Junge in weniger als zwei Minuten tot sein würde, fragte er sich, welch grässlicher Muskelreflex ihn davor bewahrte, zu Boden zu stürzen.

Dann plötzlich kippte Symanzik Steinmann entgegen.

Rechts davon torkelte Lanzinger mit brennenden Haaren aus dem Feuer heraus und ließ Horst Engel einfach fallen. Sein Körper hatte den ehemaligen Kollegen vor den Flammen geschützt, nur die Hose des Alten war angebrannt. Engel war bewusstlos, klatschte regungslos auf den Boden.

Lanzinger sackte in die Knie und schrie. Er brannte lichterloh, war von einer magisch scheinenden Korona umhüllt. Die Wucht der Entladung hatte den liegenden Transporter ein Stück gedreht und den Streifenwagen mitgeschoben. Müller konnte sehen, was mit Herbert Lanzinger geschah.

Der Eingeschlossene gebärdete sich wie wild. Er musste zusehen, wie sein bester Freund in Flammen aufging, konnte ihm nicht helfen, hämmerte verzweifelt mit seinen Fäusten auf das Armaturenbrett. Der Regisseur dieses schrecklichen Theaterstücks gewährte ihm keinen Zugang.

Unter Lanzingers Schmerz regte sich Überlebenswille. Der Oberkommissar rollte sich auf dem Boden hin und her, aber das Feuer ließ sich dadurch nicht löschen – im Gegenteil, er verteilte es, bis er vollständig in Flammen stand. Ein donnernder Knall ertönte, als sich ein weiterer Gasbehälter entzündete und seinen Inhalt über die Kreuzung fauchte. Lanzinger war eingeschlossen zwischen dem neuen Strahl und dem Laster.

Steinmann hatte keinerlei Chance, Lanzinger und Engel zu erreichen. Er hielt den Dreizehnjährigen in seinen Armen, aus dessen Brust ein überdimensionales Schwert zu ragen schien.

„Babba?“, fragte Symanzik ins Leere hinein.

Er starb. Alle starben. War Weyrich unter den Behältern ebenfalls verbrannt? Lanzinger schrie. Steinmann hörte das Feuer zischen. Es klang wie eine wütende Kobra.

„Babba?“

Finn hob sein rußiges Gesicht. In welcher Hölle befand er sich?

„Babbabistdudas?“

Lanzingers Schreie verebbten. Steinmann sah auf. Die Gasflasche hatte sich entleert. Er konnte den Oberkommissar wieder sehen. Er lag auf der Seite. Seine Haare waren verglüht, Teile seines Gesichts schwarz wie die Nacht. Horst Engel lag verkrümmt in seiner Nähe.

„Babba? Nichmehrmamahauengell?“

„Nein“, wimmerte Finn. „Bei Gott, nein.“

Er blickte zu Lanzinger hinüber, dann rasch zu Frank Müller zurück. Der große Oberkommissar hatte seine Versuche gestoppt, aus dem Wagen auszubrechen, starrte mit offenem Mund auf das Sterben vor ihm. Speichel hing ihm vom Kinn. Er war nahe dran, den Verstand zu verlieren.

„Babba? Nichmehrzigarettnaufmeimarmausdrückengell?“

‚Ich bin in der Hölle.‘

Steinmann sah nach unten. Symanziks Augen waren bereits stark getrübt.

„Nichmehrausdrückngell? Babba?“

Er sah auf den Unterarm des Dreizehnjährigen. Die Hemdärmel waren hochgerutscht. Mehrere centgroße Narben waren auf der Haut zu sehen, kleine Krater, wie auf der Oberfläche des Mondes. Finn erinnerte sich an Svenjas Bemerkung, dass Symanzik immer lange Pullis trug. Jetzt wusste er, warum.

„Babba?“

„Nein“, sagte Finn sanft und streichelte dem Jungen über den Kopf. Er konnte seine Hand nicht ruhig halten. „Nie mehr Mama hauen. Nie mehr Zigaretten ausdrücken.“

Ein Krampf lief durch Alex Symanzik. Der Kopf des Dreizehnjährigen kippte zur Seite. Ein großer Schwall Blut quoll aus seinem Mund. Dann war er tot.

Finn ließ den Jungen so sanft wie möglich zu Boden gleiten. Er legte ihn auf die Seite, weil das verdammte Bruchstück sowohl vorne als auch hinten herausragte. Erst jetzt sah er an sich herab, stellte fest, dass viel Blut von dem Jungen bei dem Einschlag auf ihn gespritzt war. Unbewusst begann er, die rote Flüssigkeit mit klammen Händen abzuwischen. Der Hauptkommissar handelte automatisch, ohne nachzudenken.

Die Feuersbrunst aus dem Laster versiegte mit hohlem Brausen, als söge das Fahrzeug Luft ein wie ein Wal. Steinmann näherte sich Herbert Lanzinger. Er hatte niemandem helfen können. Der Tod war mit gnadenloser Härte unter sie gefahren.

„Babba?“, hörte er eine kreischende Stimme in seinem Kopf. „Nichmehraufmarmausdrückngell?“

Die Flammen auf Herbert Lanzinger hatten ihr grausiges Werk verrichtet und ließen den Streifenpolizisten nur mehr als verbranntes Fleisch zurück. Das Orakel der Inspektion Idar-Oberstein strahlte Hitze aus.

Finn berührte ihn, sah Haut, die gleich verkohltem Papier zusammengefallen war – und plötzlich öffnete sich Lanzingers linkes Auge, rollte panisch hin und her, und durch einen offen gebliebenen Spalt der geschmolzenen Lippen schnappte der Oberkommissar nach Luft.

Frank Müller heulte auf und drehte sich wieder wie ein Besessener im Streifenwagen umher, schlug dabei immer wieder gegen die Tür. Das wummernde Geräusch begleitete die letzten Sekunden von Herbert Lanzingers Leben als dramatischer Trommelwirbel.

Das offene Auge sah Steinmann direkt an. Der SoKo-Leiter wusste nicht, ob ihn Herbert noch erkannte. Lanzinger bewegte die Finger, und nach kurzem Zögern ergriff Finn sie.

Eine Welle lief durch Lanzingers Körper. Seine Finger zuckten wild, klapperten auf Steinmanns Hand herum, und er gab undefinierbare Geräusche von sich.

„ösl ... ösl ... ösl...“

Dann ging er. So plötzlich, wie er das Auge aufgerissen hatte, schloss er es wieder, und ein letzter Atemzug pfiff aus seinem verzerrten Mund.

Herbert Lanzinger war tot.

31.

„Herbert!“, brüllte Frank Müller. „Herbert, tu mir das nicht an! Scheißkerl! Steh auf, steh auf, verdammt ...“

Müller gurgelte unvermittelt und kotzte sich in seinem Gefängnis in den eigenen Schoß. Finn erhob sich. Er schwankte und suchte Horst Engel mit seinem Blick.

Der alte Mann lag bäuchlings in der Nähe des Transporters – unversehrt, was Brandverletzungen betraf. Lanzinger hatte sein Leben gerettet und dafür mit dem eigenen bezahlt.

‚Das ist irre‘, dachte Finn. ‚Einer stirbt, um einen anderen zu retten.‘

Steinmann zog Engel aus der unmittelbaren Gefahrenzone. Müller saß im Wagen und würgte immer noch. Finn ging steif weiträumig an dem Laster vorbei. In der Ferne hörte er Sirenengeheul.

‚Zu spät‘, dachte er wütend. ‚Ihr kommt alle zu spät.‘

Er wusste, es war falsch, Feuerwehr oder Rettungssanitäter verantwortlich zu machen, aber auf irgendetwas musste er seinen Zorn jetzt richten.

Er fand Mike Weyrich auf der anderen Seite des gekippten Fahrzeugs. Der Schwertmeister lag kaum noch erkennbar unter den Gasflaschen. Steinmann war versucht, in den Leichnam des jungen Mannes hineinzutreten. Seine Seele sollte im Jenseits die Last der Verantwortung für den Tod von Herbert Lanzinger und Alex Symanzik spüren.

Aber er tat es nicht, stemmte stattdessen die Arme in die Hüften und brach in Tränen aus.

„Du dämlicher Hund“, greinte er. „Du verdammter Idiot.“

Er betrachtete die Arme des Schwertmeisters. Es sah so aus, als habe sich Weyrich noch hochdrücken wollen. Die Ellenbogen standen nach oben, als wolle die zerrissene Leiche einen letzten Liegestütz versuchen.

‚Er ist allein gestorben', dachte er mit Großmutter Dorotheas Stimme. ‚Den anderen beiden wurde wenigstens die Gnade eines Begleiters erwiesen.'

Finn wandte sich um und torkelte zurück zu Horst Engel. Welch Paradoxon. Bevor sich einer der Behälter entzündete, hatte Lanzinger gerufen: „Er lebt! Er lebt!", nur um dann von einem Feuerstrahl verbrannt zu werden.

Engel sah noch schlimmer aus als erwartet. Sein Gesicht war ein Kaleidoskop. Es schillerte in allen Farben. Sein Mund war verschoben und durch aufgedunsene Haut zogen sich bläuliche Äderchen wie ein Spinnennetz.

Frank Müller tat einen weiteren, wuchtigen Schlag gegen die verkeilte Fahrzeugtür. Das restliche Glas fiel aus dem Rahmen, knirschte, als sie endlich aufsprang.

Der große Oberkommissar lachte irre und drehte sich aus dem verbeulten Wagen. Er bot einen der denkwürdigsten Anblicke auf jener Kreuzung. Sonst ein ruhiger Felsblock selbst in stürmischer See, war er im Moment ein Bild des Elends. Auf seiner Hose klebten Fäden ziehende grüne und gelbliche Reste seines Mageninhalts. Seine Augen glänzten fiebrig und von seinen geballten Fäusten tropfte Blut. Er hatte sich die Hände wund geschlagen, um aus dem Unfallwagen zu kommen, und so wie er seine Rechte hielt, war sie vielleicht gebrochen. Seine Hose war unterhalb der Knie völlig zerschlissen. Die Schienbeine glänzten nass vom Blut.

„Jetzt geht das Dreckding auf, jetzt, wo alles vorbei ist."

Finn saß bei Horst Engel und wiegte den Alten auf seinem Schoß, Lanzingers verbrannter Leichnam drei Meter entfernt. Symanziks verkrümmte Schaschlikspieß-Leiche lag dahinter.

Steinmann wurde schlecht. Wassermangel, die große Hitze, Wut, Zorn, Verzweiflung, Todesangst – es war einfach zu viel. Er legte Engel langsam ab, erhob sich, taumelte zu den Betonkübeln hinter der Ampel und würgte ein wenig Gallenflüssigkeit hervor.

Er hörte Müller schnaufen, als dieser sich bei Lanzinger niederließ.

„Wir müssen den Verkehr abriegeln“, keuchte Finn.

„Leck mich“, gab Müller zurück.

Steinmann erwiderte nichts.

Er sah sich um. Schaulustige sammelten sich bereits auf der Seite der Fußgängerzone. Einige Sensationsgeile liefen auf die Brücke über der Kreuzung, um bessere Sicht zu erhalten. Die Faszination des Todes war Bestandteil der menschlichen Natur. Finn ließ sie gewähren, obwohl ihn der Gedanke wahnsinnig machte, dass irgendjemand die drei Leichen fotografieren könnte. Er war nicht in der Lage, es zu verhindern.

Als endlich die Rettungskräfte eintrafen, wippte Müller auf den Knien vor Lanzingers Leiche hin und her. Steinmann hielt Engels Oberkörper wieder auf seinem Schoß. Der alte Mann atmete schwer.

Man sprach sie an, aber sie konnten sich später an die ersten an sie gerichteten Worte nicht mehr erinnern. Stattdessen dachten sie immer wieder an das Bild des umkippenden Lasters, an die Feuerlohe, an die Schreie.

Und Finn Steinmann ging die Stimme Alex Symanziks nicht mehr aus dem Kopf.

„Babba? Nichmehrmamahauengell?“

32.

Der SoKo-Leiter hatte nur einige Schürfwunden davongetragen. Er saß demoralisiert auf einem der Plastikstühle im Notfallbereich des Klinikums von Göttschied. Auf seiner Stirn klebte ein Pflaster, und eine Rippe schmerzte etwas. Müllers Handrücken waren aufgeschnitten, seine Rechte stark geprellt. Gebrochen war nichts. Er trug einen stützenden Gips. Die Wunden an den Beinen waren versorgt. Der große Oberkommissar hockte drei Stühle von Finn entfernt und sah müde auf seine zerkratzten Schuhe. Schmerz schien er nicht mehr zu empfinden.

Es dauerte eine halbe Stunde, bis Horst Engel das Bewusstsein erlangte und nach Finn verlangte.

„Komm mit, Frank", sagte Steinmann und erhob sich.

„Warum?" Müller klang immer noch aggressiv.

Der Kriminalhauptkommissar sah den Gang hinunter und überlegte einen Moment.

„Weil Herbert dafür gestorben ist. Er würde jetzt aufspringen und Horst begrüßen wollen. Also steh von dem Stuhl auf und erweise deinem Partner die Ehre."

Müller wischte sich über das Gesicht. Er erhob sich nickend und sah seltsam alt aus.

„Weiß Hilde schon, dass wir Horst haben?", fragte er.

Es war seine erste vernünftige Bemerkung seit der Kreuzung.

Finn schüttelte den Kopf. „Ich rufe sie erst an, wenn mir ein Arzt sagt, dass es Horst gut geht."

„Und Herberts Frau?"

Steinmann holte tief Luft. „Das machen wir gleich im Anschluss."

„Lass mich das übernehmen, Finn."

Der SoKo-Leiter blickte nachdenklich auf seine Finger. Sie zitterten immer noch. Dreck hatte sich unter den Nägeln gesammelt. Trug er Lanzingers Hautpartikel mit sich herum? Er beschloss, sich jetzt gleich die Hände zu waschen.

„Schaffst du das, Frank?"

„Ja."

„Okay."

Die beiden sahen sich auf gleicher Augenhöhe an.

„Hat Herbert eigentlich noch was gesagt, als ... du ihn bei der Hand nahmst?"

„Nein ... er stammelte nur sinnloses Zeug und ... seine Hände zitterten."

„Und der Junge?"

Finn schluckte und zuckte mit den Schultern.

‚Babba? Nichmehraufmarmausdrückngell?'

Aus Richtung des Krankenhausfoyers näherten sich Streifenpolizisten und Stefanie Gorges. Die geschockten Gesichter der Kollegen sprachen Bände.

„Stefanie", sagte Steinmann anstelle einer Begrüßung. „Du musst etwas für mich übernehmen. Du wirst dir zwei Mann schnappen und zu Symanziks Eltern fahren. Wenn ich das selbst mache, gehe ich dem Mann an den Hals."

Er erzählte mit stockender Stimme von den speckigen Narben auf Alex' Armen.

„Das ist ein Scheißauftrag", sagte er zu Stefanie Gorges. „Ihr müsst ihnen vom Tod ihres Sohnes erzählen und gleichzeitig prüfen, ob sich der Mann schwerer Körperverletzung schuldig gemacht hat."

Gorges nickte und wandte sich um.

„Finn?", fragte sie über die Schulter hinweg. „Was ist, wenn ich selbst dem Mann an den Hals gehe?"

„Ich weiß von Nichts."

Stefanie Gorges verließ das Krankenhaus wieder. Die Tür des Behandlungsraums öffnete sich. Ein Arzt in grünem Kittel trat auf den Gang.

„Sie haben drei Minuten“, sagte er. „Er kommt gleich in den OP.“

„Wie geht es ihm, Doktor?“

„Den Umständen entsprechend. Er hat große Schmerzen, also beschränken Sie sich bitte auf das Nötigste. Er spricht sehr undeutlich.“

Die Polizisten nickten und schoben sich an dem Arzt vorbei. Horst Engel lag auf einem Behandlungstisch. Man hätte ihn für eine Leiche kurz vor der Obduktion halten können. Er wirkte blass, fast durchsichtig. Einen Moment fürchtete Finn, Engel wäre in den letzten Sekunden plötzlich doch noch gestorben, aber dann drehte Horst ganz langsam seinen Kopf in ihre Richtung und hob eine Hand.

Steinmann rang sich ein Lächeln ab. Es fiel ihm unendlich schwer.

„Na, alter Krieger?“, sagte Frank Müller plötzlich ganz unbekümmert. „Das war ein wilder Ritt, was?“

Die beiden stellten sich neben Engel und berührten ihn sachte. Finns Kehle war wie zugeschnürt. Seinen Vater hatte er vor vierzig Jahren nicht durch ein Wunder zurückerhalten.

Engels Augen füllten sich unversehens mit Tränen. „‘ab ... ‘erbert ... ‘reien ...‘hört. Dod?“

Müller wandte sich ab. Steinmann klopfte Horst leicht auf die Schulter. „Ja. Er hat es leider nicht geschafft.“

„‘as ... ist ... ‘eine ...‘uld, ‘inn.“

„Das darfst du nicht denken, Horst.“

Engel sah an die Decke und heulte. Der Arzt kam herein und geleitete die beiden Polizisten auf den Gang.

„Engel.“

„Finn Steinmann hier. Hilde, wir haben Horst. Er lebt, und es geht ihm ...“

Sie schrie so laut in ihren Hörer, dass Finn den seinen vom Ohr nehmen musste.

„Er wird gerade operiert, Hilde. Man hat ihm den Unterkiefer zertrümmert. Daher kamen die Fragmente in den Blutlachen, erinnern Sie sich?"

Sie schrie immer noch, brüllte einige Worte, die Finn nicht verstand. Irgendwann ging ihr Geschrei in Weinen über, dann riss sie sich zusammen, sagte, dass sie sich gleich auf den Weg ins Krankenhaus machen würde.

Ihr mitzuteilen, dass Horst noch lebte, war das einzig Positive an jenem Tag. Finn standen nun die schlimmsten Momente eines jeden Polizistenlebens bevor. Es lastete auf ihm mit dem Gewicht eines ganzen Berges. Und irgendwo in seinem Inneren erwachte der Hauptkommissar wieder, nahm seine Arbeit auf.

33.

Steinmann stoppte den Wagen vor Lanzingers Haus. Seine Beine fühlten sich schwer an. Er stieg langsam aus dem Wagen.

Frank Müller war umso stiller geworden, je mehr sie sich dem Haus seines Freundes näherten, fast so, als wäre er eingeschlafen. Er brütete über den schrecklichen Worten, die zu sagen sie gekommen waren. Es brauchte nicht viel Fantasie, um sich vorzustellen, was gleich geschehen würde.

Im Haus brannte Licht. Rosalinde Lanzinger war wach. Womöglich saß sie immer die ganze Nacht im Wohnzimmer, wenn wichtige und brisante Einsätze liefen. Ihr Mann war ein Haudegen, sie wusste das. Er hatte schon mehr als einmal sein Leben riskiert.

Steinmann hielt sich zwei Meter seitlich von Müller und zwang sich, nicht auf den Boden zu starren. Er fühlte, dass seine Kraft bald erschöpft war. Es war dringend Zeit, sich an einen stillen Ort zurückzuziehen, nachzudenken, einfach mal zu heulen.

Symanzik tot. Weyrich tot. Lanzinger tot.

Wartete auf ihn noch eine weitere Hiobsbotschaft? Würde Katja Neisinger ihm bald etwas Schreckliches verkünden?

Er vermisste sie. Ihre Schulter wäre jetzt ein guter stiller Ort gewesen.

Finn schrak auf, als sich die Tür zu Lanzingers Haus öffnete. Er hatte gar nicht mitbekommen, dass Müller die Sache schnell hinter sich bringen wollte.

Rosalinde Lanzinger wirkte misstrauisch. Sie sah an Frank Müller vorbei, ohne ein Wort zu sagen. Ihr Blick streifte Steinmann, und er war sich nicht sicher, ob sie ihn erkannte. Dann glommen plötzlich Angst und Wut in ihren Augen auf.

„Rosi...“, sagte Müller.

„Nein!“, herrschte sie ihn ohne Vorwarnung an. „Nein!“

Mehrere Sekunden sagte niemand etwas. Finn hielt den Atem an. Er hörte sein Herz im Brustkorb mit Urgewalt hämmern. Die Szene vor der Haustür hatte etwas Surreales. Kein gesprochenes Wort störte die Ruhe des Morgens, und dennoch ...

Rosalinde Lanzinger hatte keinen Grund zur Annahme, die beiden Polizisten könnten ihr gute Nachrichten überbringen. Sie war immer angerufen worden, wenn Herbert Verletzungen durch seinen Wagemut davongetragen hatte. Aber Kollegen ihres Mannes, die aussahen, als seien sie in die Hölle und zurück marschiert, kamen nicht, um ihr das Krankenhauszimmer zu nennen, in welchem Herbert mit gebrochenen Händen lag.

Sie kamen, weil es ihre Pflicht war. Sie kamen, um ihm die Ehre zu erweisen, und ihr zu sagen, was für ein großartiger Mann er doch gewesen war. Die Augen der bangenden Ehefrau registrierten jede Unregelmäßigkeit bei den beiden Beamten.

Frank Müller machte einen zerschlissenen Eindruck, die Hand des großen Oberkommissars war frisch gegipst. Seine Hose zeigte immer noch einen vagen Fleck und war an den Unterschenkeln aufgerissen. Sein Gesicht war eine steinerne Maske und darunter bewegten sich zahlreiche Muskeln, um dieses Antlitz aufrechtzuhalten.

In Finns Augen regte sich stille Verzweiflung über Vergangenes und Kommendes, und seine Kleidung wies Brand- und Schmauchspuren auf. Es war deutlich zu sehen, wo sich Wasser aus seinen Augen einen Weg durch Schmutz und Dreck die Wangen hinuntergebahnt hatte.

An jenem Morgen vor dem Haus blieb es bei den drei gesprochenen Worten. Rosalinde Lanzinger sackte einfach mit dem linken Bein weg. Sie ließ die Arme hängen und prallte mit der Stirn gegen den gemauerten Eingangsbereich vor der Tür. Frank Müller fing sie noch mit seiner verletzten Hand ab. Steinmann beobachtete geschockt, dass sie die Augen beim Aufprall nicht schloss.

Mehrere Minuten hielt Frank Müller Herberts Frau im Arm, saß mit ihr auf den Treppenstufen, wiegte sie mit sachten Bewegungen. Es war nicht mehr nötig für ihn, sein Steingesicht zu wahren. Er weinte still mit ihr. Finn stand, zur Untätigkeit verdammt, zwei Meter von ihnen entfernt, die Arme respektvoll hinter dem Rücken verschränkt.

Erst das Auftauchen von Lanzingers Tochter brachte wieder Bewegung in die Sache. Sie kam träge aus dem oberen Stockwerk, war offenbar gerade aufgewacht. Steinmann hatte sie nur ein einziges Mal gesehen. Herbert hatte oft mit väterlichem Stolz von ihr gesprochen. Wie hieß sie noch mal?

‚Tanja ... ihr Name ist Tanja.'

Sie mochte in Pattie Heringers Alter sein. Sie war intelligent genug, um die Situation sofort zu begreifen.

„Mama?"

Finn hörte die Vibration in ihrer Stimme, die mühsame Beherrschung. Er trat an Müller und Lanzingers Witwe vorbei und berührte die junge Frau leicht am Oberarm. Sie hob den Kopf und sah ihn mit ausdruckslosen Augen an. Gewisse Aspekte in ihrem Gesicht zeigten deutlich, wer ihr Vater gewesen war, auch wenn sie mehr nach ihrer Mutter kam. Steinmann atmete tief durch.

„Warum?", fragte Tanja Lanzinger leise.

Der Hauptkommissar war versucht, mit den Achseln zu zucken.

‚Gute Frage', dachte er. ‚Warum? Es war alles vorbei, Weyrich gestellt, Engel gerettet. Warum also?'

Sein Gesicht war bleich, als er antwortete: „Weil das Schicksal heute Morgen ein Monster mit Reißzähnen war."

Er hatte dieses Monster als Fünfjähriger schon einmal gesehen.

34.

Steinmann saß neben Engels Bett. Sie tauschten Höflichkeiten aus, aber deswegen war der SoKo-Leiter nicht hier. Engel spürte es.

„Es wird Zeit, dass wir beide uns über Mike Weyrich unterhalten“, sagte Finn. „Für seine kleine Armee war er eine Art Messias. Wir bekommen nur Glorifizierung aus den Zonenkriegern heraus.“

Engel kommentierte Steinmanns Ausführungen nicht. Er hörte stumm zu.

„Der Akte Erna Schmidt war zu entnehmen, dass du und der Stroh...“

Finn stockte und setzte neu an. „Ihr habt Weyrich seinerzeit als heimlichen Besucher bei Erna Schmidt identifiziert. Die Protokolle weisen Ungereimtheiten auf. Irgendwie fehlt etwas. Stefanie Gorges und ich sind der Meinung, dass du oder ... Klaus ... nicht alles notiert hattet, was damals gesprochen wurde.“

„Er war ein Opfer der Umstände, Finn. Kein Verbrecher. Nur ein siebzehnjähriger Junge mit verweinten Augen.“

Steinmann holte tief Luft. „Ich habe die Nachbarn noch einmal befragt, Horst. Eine ältere Frau erzählte mir, sie habe damals Mike Weyrich in Erna Schmidts Wohnung gesehen. Er soll Krankenhauskleidung und einen Koffer mit sich geführt haben, aber was mir noch interessanter schien, war die Tatsache, dass er wohl deutliche Wunden im Gesicht hatte, wie nach einem Unfall oder dergleichen. Die Zeugin sagte, sie hätte diese Beobachtungen zwei Polizisten gemeldet – einem älteren und seinem sehr großen, finster blickenden Kollegen. Das könnt nur ihr zwei gewesen sein. Ich finde die Aussage aber nicht in der Akte,

Horst. Ihr habt Weyrich nicht über seine Verletzungen ausgefragt oder diese Details wissentlich im Protokoll ausgelassen. Es gibt auch keine Vermerke über eine Strafverfolgung gegen Unbekannt. Warum?"

„Ich war bei der Hauptvernehmung nicht zugegen, Finn. Klaus Frankenstein hat sie allein durchgeführt. Es ... es war genau ein Jahr, bevor er sein Strohkostüm anlegte, verstehst du? Ich habe ihn gefragt, was er mit dem Jungen besprochen hatte, aber er rückte nur einige Nebensächlichkeiten heraus. Ich kann mich an einen Satz von ihm erinnern, der mir seit ein paar Tagen ständig im Kopf herum geht. Er sagte: ‚Ich kann Weyrich gut verstehen'."

„Was meinte er damit?"

Engel zögerte. „Weyrich gab an, verprügelt worden zu sein. Ich traf ihn auch auf Ernas Beerdigung. Den blauen Flecken nach konnte es noch nicht lange her gewesen sein. Vielleicht kurz vor dem Tod der alten Frau. Ich fragte ihn, was er nun zu tun gedenke."

Finn lehnte seinen Oberkörper nach vorne. „Was hat er darauf geantwortet?"

„Er sagte wortwörtlich: ‚Ich werde kämpfen'. Ich wollte wissen, was er damit sagen wollte. Er sah mich nicht an, als er erwiderte: ‚Weil es aufhören muss.' Ich habe mich lange gefragt, was in dem Jungen vorging, Finn. Du weißt, wie das abläuft. Du nimmst dir vor, ihn im Auge zu behalten, an einem ruhigen Tag der Sache noch einmal nachzugehen, und dann verlierst du den Fall doch aus den Augen, weil ständig neue Scheiße um dich herum passiert. Zu viele Messer, Finn. Zu viele Messer in zu vielen Säuen."

Steinmann rieb sich die Stirn. „Ich habe nachgebohrt, Horst. Weyrich wurde in der Fußgängerzone überfallen. Die behandelnden Ärzte konnten sich daran erinnern, weil er hier Pflegeschüler war und in seiner Arbeitskleidung eingeliefert wurde. Drei Tage, bevor Erna Schmidt starb. Er war zeitweise völlig weg. Wieso habt ihr nicht erkannt, was passiert war? Oder habt ihr es ignoriert?"

„Klaus hielt die Sache für erledigt. Wie hätten wir in die Zukunft sehen sollen, Finn? Ich konnte nicht wissen, was er tun würde."

„Du beantwortest meine Frage nicht, Horst. Leider habe ich keine Möglichkeit mehr, den Schwertmeister zu befragen. Mir bleibt nur die Spekulation, das Zusammenfügen von Bekanntem und Vermutetem. Ich sage dir, was sich meiner Meinung nach ereignet hat: Weyrich betreute Erna Schmidt schon hier im Krankenhaus. Das lässt sich aus seiner Ausbildungsakte und Protokollen herauslesen. Er war auf ihrer Station eingesetzt. Sie wurde mit unklarer Diagnoselage entlassen. Ich habe mit den Ärzten gesprochen. Weyrich bekam mit, wie sie quasi auf Weisung der Krankenversicherung entlassen wurde, weil die Regelzeit für ihre Behandlung überschritten war. Das muss Mikes Weltbild völlig erschüttert haben. Man hat mir hinter vorgehaltener Hand berichtet, wie sich die jungen Pflegeschüler über diese Bürokratie aufregen. Mike entschloss sich, Erna Schmidt auf eigene Faust in ihrer Wohnung zu unterstützen. Vielleicht hat der Sozialdienst versagt, und ihr wurde keine Hilfe zugesprochen. Vielleicht machte er einen dummen Fehler, das lässt sich nun nicht mehr sagen. Er muss viel Frust in sich gespürt haben. Genug Frust, um sich noch in Arbeitskleidung in einer Kneipe zu besaufen. In derselben Nacht wurde er niedergeschlagen und mit einer Gehirnerschütterung eingeliefert. Er kam erst drei Tage später wieder richtig zu sich. Drei Tage, Horst. Am Ende des dritten Tages ist Erna Schmidt in ihrer Wohnung verdurstet. Ich habe die Zeiten verglichen. Der Leichenbeschauer hat den ungefähren Todeszeitpunkt in Weyrichs Krankenhausaufenthalt gesetzt. Es hat sich überschnitten."

„Er hat sich die Schuld an ihrem Tod gegeben", murmelte Horst Engel.

„Ja ... ja und nein. Die Schuld an Erna Schmidts Tod trugen vor allem diejenigen, die ihm in der Fußgängerzone auflauerten. Weyrich war verletzt und konnte die alte Frau nicht versorgen. Also ist sie gestorben. Vielleicht war aber auch einfach ihre

Zeit abgelaufen. Es ist eine Verkettung unglücklicher Umstände."

„Er hat keine Anzeige aufgegeben, Finn. Unsere Strafverfolgung ergab nichts. Irgendwelche Typen hatten ihn verdroschen."

„Ich glaube, er wusste sehr genau, wer ihn überfallen hat, Horst. Er hat es nur nicht öffentlich gemacht. Du hast mir eben Klaus Frankensteins Worte genannt. Für mich ergibt das durchaus Sinn."

Engel dachte nach. „Er sagte, er könne Weyrich verstehen ... Glaubst du, Frankenstein hat ihn ermutigt, die Täter auf eigene Faust zu bestrafen?"

„Ich halte es für möglich. Ich glaube, dass der Strohbär irgendwie ... den Schwertmeister erschaffen hat. Ich könnte mir denken, dass Mike gegenüber Klaus Frankenstein Rachegedanken äußerte. Sie waren zwei Verwandte im Geiste, verstehst du?"

„Was wirst du nun tun, Finn?", fragte Engel. „Ich habe damals nicht nachdrücklich genug gebohrt. Ich habe Klaus Frankenstein das Ruder übernehmen lassen. In gewisser Weise bin ich ebenfalls schuldig. Ich ließ zu, dass Mike ohne Hilfe mit seiner Situation zurechtkommen musste. Gott, ich hatte seinen Vater eingebuchtet. Er hatte schon genug durchgemacht. Wie hätte ich ahnen können, dass er so konsequent auf sein Ziel hinarbeiten würde?"

„Gar nicht. Du konntest unmöglich wissen, welche Ungeheuer er und Frankenstein im Begriff waren zu werden."

Sie schwiegen eine Weile.

„Ich habe mich immer für einen guten Polizisten gehalten, Finn. Je länger ich außer Dienst bin, umso mehr erkenne ich, wie oft ich Fehler gemacht habe. Weyrich war einer davon. Mein letzter Fehler kostete drei Menschen das Leben. Ich hätte die Wache anrufen sollen. Ich musste ja unbedingt den beiden folgen. Das Schlimme ist, dass ein anderer den Preis dafür bezahlt hat. Ich lebe. Herbert ist tot."

Steinmann sah aus dem Fenster. „Die Beerdigung ist in wenigen Stunden. Wirst du da sein?"

„Ich komme nicht, Finn. Ich fühle mich noch nicht gut genug."

„Der Arzt meinte aber, es spräche nichts dagegen. Frische Luft täte dir gut."

Engel sah ihn an. Die OP war nun acht Tage her. Gestern hatte er die erste Nahrung – mit Ausnahme der Brühe – seit fast zweieinhalb Wochen zu sich genommen. Die Mediziner stellten ihm völlige Genesung in Aussicht, bis auf die Zähne, die unwiederbringlich verloren waren. Es würde dauern, bis er wieder über genug Kraft zum Kauen und Beißen verfügte.

„Du willst nicht", sagte Steinmann mit verschränkten Armen.

Engel drehte sein Gesicht von ihm weg und sah aus dem Fenster. Steinmann fragte sich, wie viel Horst wohl abgenommen haben musste. Sein Gesicht war hager geworden, was die verhärmten Züge noch betonte.

„Ich kann es nicht, Finn. Ich schaffe das nicht. Alle werden mich anstarren. Rosi wird mit ihrem Finger auf mich zeigen. Ich habe ihr den Mann weggenommen. Ich musste ja unbedingt den Detektiv spielen."

„Schnack kein dumm tüch", fluchte Steinmann in nordischem Platt. „Herbert hat dich aus dem Führerhaus gezogen. Er hat dich gerettet. Er hat die Flammen abgefangen. Wenn du dich schuldig fühlst, musst du erst recht zur Beerdigung kommen und ihm die letzte Ehre erweisen. Du verdankst ihm sein Leben. Niemand wird dir Vorwürfe machen. Wir Menschen sind nicht dazu in der Lage, alle Folgen unserer Handlungen vorherzusehen. Wie hättest du wissen sollen, wohin die Observation führen würde?"

Engel schwieg. Er sprach inzwischen wieder verständlich, aber es strengte ihn sehr an. Sein Unterkiefer öffnete sich noch nicht vollständig.

„Ich hätte ... Gefahren einkalkulieren müssen, Finn. Und dann mein Alter dagegen stellen. Vernunft walten lassen."

Steinmann lehnte sich nach vorne, rückte dichter an Engel heran.

„Wenn Herbert immer alle Gefahren einkalkuliert hätte, wäre er vorletztes Jahr sicher nicht mit dem Streifenwagen gegen den

Hubschrauber gefahren. Er wäre auch nicht auf dem Dach der Börse dem Strohbär entgegengetreten."

„Das ist deine Sichtweise, Finn. Nicht meine. Kannst du auch für Rosi sprechen? Sieht sie das genauso? Oder denkt sie vielleicht, dass er nur wegen mir sterben musste? Was muss sich der alte Sack auch nachts in den Straßen herumdrücken? Hätte doch bei seiner Hilde zu Hause bleiben können und den Ruhestand genießen."

Steinmann erhob sich und ging zur Tür. „Selbstmitleid ist fehl am Platz, Horst. Du hast eben von Fehlern gesprochen. Dies wäre wieder einer. Heute Mittag ist Herberts Beerdigung. Er wird nicht wieder aufstehen und den Dienst antreten. Du hingegen wirst in Kürze das Krankenhaus verlassen und deiner Wege gehen. Hilde hat ihren Mann wieder, und sie weiß, wem sie das zu verdanken hat. Ich bin sicher, sie ist mächtig stolz auf dich, wenn du seiner Beerdigung fern bleibst."

„Verschwinde", stieß Engel hervor. „Ich brauche keine zynische Belehrung von einem Mann, den man auf Frauen erst hinaufheben muss."

Finn presste die Lippen zusammen. Es war erschreckend, wie schnell alles, was er als gut und richtig kannte, auseinander brach. Ihm schwirrten Schimpfwörter durch den Kopf, und er verspürte den Wunsch, Engel eine Ohrfeige zu verpassen.

„Wie du willst", sagte er knapp und verließ das Zimmer.

Er ging nachdenklich aus der Station. Engel haderte mit dem Schicksal. Frank Müller war kaum ansprechbar, seit er Rosi die Todesbotschaft überbracht hatte. Die ganze Inspektion kämpfte mühsam gegen lähmendes Entsetzen an. Der Verlust von Lanzinger hatte ein tiefes Loch in das Kollegium gerissen. Sein Humor fehlte. Sein Mitgefühl fehlte. Sein tollkühner Mut fehlte. Es war, als habe die Polizei von Idar-Oberstein ihre Seele verloren.

Steinmann verließ das Krankenhaus durchs Foyer. Als er ins Freie trat, stand linker Hand am Rande einer Gruppe graugesichtiger Raucher ein Junge mit einer gebrochenen Nase.

Es war Kevin. Zwischen seinen Füßen hatte er eine große Tasche stehen, und vor ihm sog seine Mutter eine schnelle Kippe in die Lungen ein.

„Hallo", sagte Finn. „Bist du entlassen worden?"

„Klar", meinte Kevin. „Der Rest heilt zu Hause, hat der Doktor gesagt. Was machst du hier, Herr Hauptkommissar?"

„Ich habe ... einen Freund besucht."

„Ein Polizist?"

„Ja."

„Ah. Hat er sich gefreut?"

„Nein."

„Warum nicht?"

„Das ist eine lange Geschichte."

Steinmann wandte sich ab und wollte gerade gehen, als er sah, dass Kevin noch eine Frage hatte.

„Warst du dabei, als die Schweine erwischt wurden, Herr Hauptkommissar?"

„Ja."

Der Junge nickte. „Im Radio hamm se gesagt, es gab Tote. 'N Typ in meinem Alter und noch einer und sogar ein Polizist."

„Ja, leider."

„War das auch ein Freund von dir?"

Finn schluckte. „Ja."

Dann fiel ihm noch etwas dazu ein. Er hielt es für wichtig.

„Ich glaube, er war so etwas wie ein echter Held, Kevin."

Die Augen des Jungen leuchteten auf. „Hast du nicht gesagt, es gäbe keine?"

Steinmann dachte kurz nach. „Ich habe mich wohl geirrt."

Kevin starrte auf seine Füße. Man sah ihm an, dass er das Gehörte verarbeiten musste. Er wippte mit den Füßen. Seine Mutter blickte in die andere Richtung. Finn seufzte. Der Junge war allein. Niemand würde ihm helfen.

Die Schiebetür zum Foyer öffnete sich erneut. Zwei Jugendliche kamen mit betont wiegendem Gang aus dem Krankenhaus ans Tageslicht.

Butch und Sixpack. Auch sie trugen Taschen mit sich. Hinter ihnen erkannte Finn undeutlich deren Eltern. Er beachtete sie nicht, sondern wurde stumm Zeuge, wie die beiden Älteren an Kevin vorbeigingen. Der Dreizehnjährige wippte immer noch vor und zurück.

„Wir sehn uns, Stinker", meinte Butch im Befehlston.

Kevin hob den Kopf, blinzelte in der Sonne. Dann sah er Steinmann direkt in die Augen und lächelte.

„Nein", sagte er in Richtung Butch.

Der Jugendliche drehte sich um. „Was?"

„Nein", wiederholte der Junge tapfer. „Sucht euch einen anderen."

Butch und Sixpack blickten ihn argwöhnisch an, unsicher, wie sie darauf reagieren sollten. Obwohl Steinmann still blieb, behielten sie ihn ebenfalls misstrauisch im Auge.

„Ach, fick dich", brummte Butch und wandte sich ab.

Finn hielt einen Moment den Atem an. Er hatte das Gefühl, soeben eine Weiche gesehen zu haben, einen ganz entscheidenden Augenblick in Kevins Leben. Er klopfte dem Jungen auf die Schulter und nickte ihm lächelnd zu.

Steinmann sah auf die Uhr, als er seinen Wagen erreichte. In vier Stunden würde die Beerdigung auf dem Friedhof Almerich stattfinden. Ihm graute vor diesem Ereignis. Es wurde mit mehreren hundert Trauergästen gerechnet. Ein Heer schwarz gekleideter Menschen würde kommen, um Herbert Lanzinger gebührend zu verabschieden, aber die wichtigsten Personen schienen dazu nicht in der Lage.

Steinmann war auch bei Weyrichs und Symanziks Beerdigung gewesen. Die Bestattung des Schwertmeisters war ein Ereignis, zu dem nur sehr wenige Gäste erschienen waren. Finn war froh, als sie zu Ende war.

Symanziks Trauerfeier hingegen würde ihm noch lange in Erinnerung bleiben. Eine große Zahl Mitschüler war gekommen. Stefanie Gorges hatte den Vater des Dreizehnjährigen festnehmen müssen. Bei der Überbringung der Todesnachricht war es zu einer bösen Szene im Haus der Symanziks gekommen. Mutter und Vater hatten sich plötzlich in den Haaren gelegen, und dabei war die Bluse von Alex' Mutter zerrissen. Gorges Stimme hatte gestockt, als sie davon erzählt hatte, was dann zum Vorschein gekommen war.

Die Brüste der Frau waren übersät von Brandnarben.

Finn schwang sich müde in sein Auto. Es war schon wieder grässlich heiß. Wann fand diese Hitze endlich ein Ende? Sein Handy klingelte.

„Steinmann."

„Stefanie Gorges hier. Finn, wir haben Schwierigkeiten."

Es setzte sich kerzengerade hin. „Schieß los."

„Lanzingers Tochter sitzt bei mir. Sie ist völlig aufgelöst."

„Tanja? Müsste sie nicht zu Hause sein und ihrer Mutter bei den Vorbereitungen helfen?"

„Das ist es ja, Finn. Sie meint, Rosalinde glaubt nicht, dass Herbert tot ist. Sie werde gezwungen, irgendeine fremde Leiche zu beerdigen."

Steinmann schloss die Augen.

‚Oh, nein', dachte er.

„Ich komme sofort", beeilte Finn sich zu sagen. „Wir lassen uns etwas einfallen."

Fünfter Teil

Das Orakel

35.

Lanzingers Tochter blickte ihn verzweifelt an. Frank Müller und Stefanie Gorges saßen bei ihr. Müller hatte einen Arm um Tanja gelegt. Er sah zu Boden. Steinmann fragte sich, ob er Trost spendete oder selbst welchen suchte.

„Es fing an, als die Ärzte Mama verweigerten, meinen Vater zu sehen."

„Ich verstehe. Tanja, Herbert ist ..."

„Verbrannt, ich weiß. Das sagten die Ärzte schon, und sie sagten auch, dass sein Anblick nicht gut für uns wäre. Er sollte so schnell wie möglich eingeäschert werden."

Sie kämpfte einen Moment mit ihrer Trauer, wirkte abgeschlagen. Steinmann sah ihr an, dass sie mit der Situation überfordert war.

„Mama war das egal. Sie wollte ihn unbedingt sehen, wurde hysterisch, schrie herum, dass sie den Ärzten kein Wort glauben würde und dass sie jetzt sofort Papa sehen wolle."

„Es ist aber nicht dazu gekommen", vermutete Finn.

„Nein", sagte Tanja Lanzinger. „Danach begann sie plötzlich davon zu sprechen, dass Papa in Wirklichkeit noch lebe und untergetaucht sei, einen Geheimauftrag habe oder so etwas. Sie ist davon nicht abzubringen. Sie steigert sich da rein. Papa ist tot, aber sie will das nicht wahr haben. Sie haben doch gesehen, wie er verbrannt ist, nicht wahr?"

Sie starrte Steinmann an. Der Hauptkommissar erkannte einen Funken Hoffnung in Tanjas Augen, als warte sie darauf, dass er sie beiseite nehmen und in Lanzingers geheime Mission einweihen würde.

„Ihr Vater ist fünf Meter entfernt von mir gestorben", sagte

Finn langsam und bestimmt. „Wir müssen das Ihrer Mutter beweisen. Soll ich mit ihr reden?“

„Sie wird Ihnen nicht glauben“, meinte Tanja Lanzinger. „Ihrer Ansicht nach steckt ihr alle unter einer Decke. Ich hätte die Anzeichen früher erkennen müssen. Als der Ring fehlte, hätte ich schon etwas tun sollen.“

Frank Müller hob den Kopf.

Steinmann runzelte die Stirn. „Welcher Ring?“

„Papas Ehering. Er fehlt. Er hätte übrig bleiben müssen nach der Einäscherung, aber da war nichts. Er schien auch vorher schon nicht da gewesen zu sein. Mama wollte ihn haben. Sie sagte, Papa habe ihr geschworen, niemals zu gehen, ohne an sie zu denken, ohne sich von ihr zu verabschieden, versteht ihr? Deshalb glaubt sie, dass er noch lebt. Der Ring ist weg, und er hat nicht ‚Auf Wiedersehen‘ gesagt. Mamas Logik ist da unerschütterlich.“

‚Auf Wiedersehen?‘, dachte Finn. ‚Da war nichts mit rührseliger Verabschiedung. Er ist einfach nur elendig verreckt.‘

Frank Müller nahm den Arm von Tanjas Schulter und stand von seinem Stuhl auf. Niemand achtete auf ihn. Sein Gesicht war eigentümlich blass.

„Ich muss noch mal los“, murmelte er. „Ein paar Besorgungen machen.“

Er wollte sich lösen, da griff Lanzingers Tochter nach seiner Hand. „Frank, wo gehst du hin?“

Müller strich ihr sanft über das Haar. Steinmann erkannte, wie vertraut die beiden miteinander waren. Wahrscheinlich hatte der große Oberkommissar Tanja aufwachsen sehen.

„Ich ...“, stammelte Müller. „Ich habe es ihm verspr...“

Er unterbrach sich und holte tief Luft. „Ich verspreche dir, dass ich etwas tun werde, okay? Ich ... wir lassen dich nicht allein.“

Sie nickte und ließ Müllers Hand gehen. Lanzingers ehemaliger Partner wandte sich um und ging überraschend schnell davon. Steinmann sah ihm nach.

„Wie bist du eigentlich hierhergekommen?“, wollte er von

Tanja wissen, fiel ohne es zu merken in die vertraute Anrede. „Hast du ein Auto?“

„Ja.“

„Weiß deine Mutter, dass du hier bist?“

„Nein. Ich glaube, sie hat nicht mal gemerkt, dass ich das Haus verlassen habe.“

„Am besten, du fährst jetzt gleich zurück. In ein paar Stunden werden wir dir und deiner Mutter beistehen. Du hast mein Wort darauf. So wie Frank es eben gesagt hat: Wir lassen euch nicht allein, okay?“

„Okay.“

„Gut. Schaffst du die Fahrt nach Hause?“

„Es wird gehen“, sagte sie und erhob sich.

Nachdem sie gegangen war, sah Stefanie Gorges Steinmann durchdringend an.

„Was machen wir jetzt?“

„Keine Ahnung“, entgegnete er und rieb sich die Stirn.

36.

Über dreihundert Menschen kamen zur Beerdigung. Fast ein Viertel davon war in Uniform. Es gab hier und da ein schwaches Lächeln, wenn sich alte Freunde begegneten.

‚Beerdigungen sind immer zwei Feste gleichzeitig', dachte Finn, als er still die Menge betrachtete. ‚Auf der einen Seite die Trauernden, auf der anderen Seite diejenigen, die sich lange nicht mehr gesehen haben.'

Er blickte sich suchend um. Weder Stefanie Gorges noch Frank Müller waren da. Der Erste Kommissar der Inspektion stand beim Gros der anwesenden Kollegen. Sie hatten losen müssen, wer auf der Wache die Stellung halten sollte. EPHK Bohn war auf Steinmanns Vorschlag hin einen Kompromiss eingegangen. Er trug ein Mobiltelefon bei sich, mit einer vorbereiteten Textnachricht, die er zu einem ganz bestimmten Zeitpunkt versenden würde.

Rosalinde Lanzinger stand unbeteiligt am Rande des Geschehens. Sie trug Schwarz, aber auch nur, weil ihre Tochter sie dazu gedrängt hatte. Beileidsbekundungen nahm sie ohne Regung entgegen.

Finn beobachtete jede ihrer Bewegungen. Er dachte fieberhaft nach, suchte nach einer Lösung, einer Eingebung, um den Panzer um die Witwe zu zerbrechen. Sie war nicht in der Lage zu trauern und zwang dadurch ihre Tochter ebenfalls aus diesem wichtigen Prozess heraus. Die meisten Gäste hielten instinktiv Abstand zu ihr. Sie verstrahlte eine ablehnende Aura, als wisse sie nicht, was sie hier zu suchen habe.

Finn sah sich wieder um. Er hatte die Menge gut im Blick. Stefanie Gorges konnte er jetzt ausmachen, aber von Frank

Müller war immer noch nichts zu sehen. Vom Himmel brannte die Sonne herab. Steinmann spürte bohrenden Kopfschmerz.

Es dauerte eine Weile, bis sich auch der Pfarrer durch die Trauergäste wühlte. Ein schweigsamer Assistent mit professionellem Mitleidsgesicht brachte die Urne. Manchmal trugen die nächsten Angehörigen die Asche der Verstorbenen. Heute nicht.

‚Es ist falsch', dachte Finn. ‚Hier läuft alles falsch.'

Tanja Lanzinger neigte sich zu ihrer Mutter hinüber. Sie sagte etwas, aber die Witwe reagierte nicht. Die Tochter des Toten blickte verzweifelt um sich.

Der Pfarrer – stark schwitzend und wenig Würde ausstrahlend – begann seine Rede. Die Worte waren sicher wohlmeinend gewählt, aber niemand ließ sie tief genug in sein Gedächtnis sickern, um sich später daran erinnern zu können.

Die meisten starrten auf das Drama, welches sich völlig stumm zwischen Mutter und Tochter abzeichnete. Finn schob sich nach vorne. Ihm war, als müsse er eingreifen, etwas tun.

Aber was?

Eine Redepause des Pfarrers wurde begleitet vom Schweigen der dreihundert Gäste. Die Stille wurde unterbrochen durch das Geräusch zufallender Autotüren.

Einige wandten sich um. Steinmann erhaschte einen Blick auf die Neuankömmlinge, weil sich eine Lücke in der Menge auftat. Das Licht der Sonne blendete ihn für einen Moment. Er hob unbewusst die Hand über die Augen.

Er erkannte zwei ältere Menschen, einen Mann und eine Frau. Die Mundpartie des Mannes wurde verdeckt von einer Schutzmaske.

Es war Horst Engel.

Seine Frau hielt ihm den Arm. Finn sah, dass Hilde ihn nicht nur stützte, sondern gleichzeitig auch mit sich zog. Da die Maske vor allem die weit aufgerissenen Augen hervorhob, war seine Angst deutlich sichtbar.

Hilde führte ihn an den äußeren Rand der Trauergäste, dann

hinein, und als sie Steinmann entdeckte, auf ihn zu. Engels Maske wölbte sich hastig vor und zurück.

Irgendjemand klopfte ihm sachte auf die Schulter, und dann war es so, als würde Engel nach Hause kommen. Von allen Seiten berührten ihn die alten Kollegen, packten ihn am Arm, drückten ihn kurz oder nickten ihm verbunden zu.

Finn sah, dass dem ehemaligen Kriminalhauptkommissar Tränen aus den Augen liefen. Sie färbten das helle Blau der Maske mit dunklen Streifen.

Hilde Engel schob ihren Mann neben Finn und wartete mit strengem Blick.

„Herbert wird sich freuen, dass du gekommen bist", sagte Finn, und Horst nickte ihm beschämt zu.

Tanja Lanzinger beugte sich erneut zu ihrer Mutter hinüber. Sie deutete auf Horst Engel und sagte etwas. Die Witwe reagierte nicht.

Der Pfarrer setzte seine Rede fort, sprach stockend von Erlösung und Hoffnung. Seine Worte verbrannten sprichwörtlich in der Hitze des Tages. Auch er schien die Situation als äußerst schwierig zu empfinden. Jeder wartete auf eine Reaktion Rosalinde Lanzingers. Herberts Tochter bedeckte ihren Mund und presste die Augen zusammen.

„Machen Sie schon", sagte die Witwe plötzlich mit knarrender Stimme.

Sie wirkte mit ihren dunklen, streng nach hinten gebundenen Haaren und dem schwarzen Kleid wie das Oberhaupt eines Mafiaclans. Ihr Gesicht war finster.

„Stopft endlich diese Urne in die Erde", fauchte sie weiter.

„Mama ... lass die Leute sich von Papa ..."

„Das ist nicht dein Papa!", keifte Rosalinde Lanzinger.

‚Jetzt musst du handeln', dachte Steinmann. ‚Sonst endet diese Beerdigung in einer Katastrophe.'

Er war nicht überrascht darüber, dass es die Stimme von Großmutter Dorothea war, die er dabei hörte. Vielleicht war es sein Gewissen, welches auf diese Weise zu ihm sprach. Er trat aus der entsetzten Menschenmenge hervor.

„Frau Lanzinger ...“, begann er.

Er erschrak, als ihr Kopf zu ihm herumruckte. Ihre Augen waren rot umrandet, das Gesicht verhärmt. Sie war in den letzten Tagen um zehn Jahre gealtert.

„Was?“, zischte sie.

‚Sie weiß es‘, stellte Finn fest. ‚Bei Gott, irgendwo da drin weiß sie es.‘

Irgendeine geistige Barriere hinderte sie daran, ihren Gefühlen freien Lauf zu lassen. Es würde sie zerfressen.

„Frau Lanzinger ... ich habe es gesehen. Ich war dabei.“

„Ich glaube Ihnen kein Wort. Wo ist er? Wohin haben Sie ihn geschickt?“

Die Trauergäste stöhnten kollektiv auf. Viele schlugen die Hände vor das Gesicht. Ein alter Mann hinter Rosalinde Lanzinger bekreuzigte sich sogar. Dem vertrauten Antlitz nach war es Herberts Vater.

Erneut entstand Unruhe. Seitlich von Steinmann schob sich jemand nach vorne. Der Hauptkommissar wandte sich um, dankbar über den Zeitgewinn. Auch Rosalinde Lanzinger wurde abgelenkt. Ein weiterer Neuankömmling betrat den inneren Kreis rund um das ausgehobene Grab.

Frank Müller wirkte auf zurückhaltende Weise schmutzig in seiner Uniform. Er schien mit seinen Händen in Erde gewühlt zu haben, und auf dem Hosenstoff zeigten sich einige Flecken, die er unbeholfen zu säubern versucht hatte. Seine rechte Hand war zu einer Faust geballt. Die Knöchel traten weiß hervor.

„Bin ich zu spät, Rosi?“, fragte er murmelnd. „Tut mir leid. Ich hatte es ihm versprochen.“

Müller öffnete die geballte Faust und drehte die schmutzige Handfläche nach oben.

Steinmann schluckte. Rosalinde Lanzinger wandte den Blick von Müller ab. Ihre Tochter stieß einen Seufzer aus. Ein Raunen ging durch das Heer der Trauergäste.

Finn starrte einige Sekunden ungläubig auf den Ring, der auf der Hand des Oberkommissars lag. Er erkannte ihn sofort wieder.

„Wo hast du ihn gefunden, Frank?“, flüsterte er.

„Er war noch im Laster“, nuschelte Müller. „Herbert muss ihn verloren haben, als er Horst aus dem Führerhaus gezogen hat. Ich hätte ihn fast nicht entdeckt.“

Steinmann hielt den Atem an. Natürlich. Er erinnerte sich daran, wie Lanzinger heftig an Engel hatte rucken müssen.

„Hier“, sagte Müller und hielt ihm den Ring hin. „Übergib du ihn. Du warst bei ihm, als er ging. Du hast seine Hand gehalten.“

Steinmann nahm den Ring mit spitzen Fingern entgegen.

„Er hat es gewusst, Finn“, wisperte Müller mit weit aufgerissenen Augen. „Irgendwie vorausgeahnt ...“

Das Metall war in seiner Hand ganz warm geworden. Steinmann sah den Ring nun zum ersten Mal von Nahem. Auf der Innenseite stand etwas Eingraviertes.

Röslein. Der Kosename von Lanzingers Frau.

Finn hob den Kopf.

Röslein?

Herbert Lanzingers verbranntes Gesicht war ganz nah. Steinmann sah es direkt vor sich. Hinter ihm breitete sich langsam Alex Symanziks Blut auf dem Teer aus. Es tropfte aus dem toten Körper gleich einem undichten Wasserhahn.

Lanzingers verbliebenes Auge fixierte ihn.

„...ösl...ösl...ösl...“, stieß der Sterbende durch die unförmig gewordenen Lippen hervor.

‚Kann das sein?‘, dachte Finn fast panisch. ‚Was ist, wenn ich mich verhört habe? Ich werde mich lächerlich machen – schlimmer noch, ich werde seiner Frau eine Lüge auftischen.‘

Hatte Herbert nach ihr gerufen? Waren die Wortfetzen, die er zuletzt sagte, der Kosename Rosalindes gewesen?

Röslein? Hatte er versucht, Finn etwas mitzuteilen?

‚Sieh noch einmal hin!‘, donnerte Großmutter Dorothea in Steinmanns Kopf.

Oh ja, sie war sein Gewissen.

Er spulte seine Erinnerungen noch einmal zurück, verharrte reglos auf der Stelle, den Ring in der Hand. Er merkte nicht, dass ihn alle ansahen. Niemand wusste, dass er im Begriff war, den vielleicht wichtigsten Fall seiner Karriere zu lösen, aber alle spürten, dass etwas Entscheidendes bevorstand.

Steinmann rückte in Gedanken noch näher an Lanzinger heran. Er versuchte, seine Aufmerksamkeit auf Herberts verformten Mund zu richten. Es fiel ihm unendlich schwer. Er war müde gewesen, gleichzeitig noch berauscht von der Verfolgungsjagd, erschüttert von der brutalen Wucht, mit der Alex Symanzik aus dem Leben gerissen worden war, und in ebensolchem Maß angefüllt mit Zorn auf dessen Vater.

‚Babba? Nichmehraufmarmausdrückngell?'

Er hatte Symanziks Beerdigung als Zaungast miterlebt, und ebenso Weyrichs Bestattung beigewohnt. Steinmann strich sich nervös über die Stirn. Er mühte sich, die vielen schrecklichen Eindrücke aus dem Weg zu räumen, sich darauf zu konzentrieren, was jetzt am wichtigsten war, sich zu erinnern, was genau passiert war.

Herbert hatte etwas zu ihm gesagt. Der Blick der beiden Männer war sich definitiv begegnet. Drei Mal waren die ösl-Laute an Finns Ohr gedrungen, dann zitterte Lanzingers Hand und er starb.

‚SIEH GENAUER HIN!', donnerte Großmutter Dorothea.

Lanzingers Hand zitterte in seiner. Er trommelte mit den Fingern auf Steinmann Handrücken herum.

‚WAS SIEHST DU? WAS HAST DU WIRKLICH GESEHEN? ERINNERE DICH!'

Jeder Polizist lernte, nur Beobachtungen zu speichern, das, was man tatsächlich sah, nicht das, was man vielleicht hineininterpretierte – es führte manchmal zu falschen Annahmen.

So wie hier.

‚SIEH HIN!'

Er hatte das Zittern von Herbert für eine letzte Schmerzwelle gehalten.

‚Nicht seine Hand zitterte ...', erkannte Finn, als er die Szene

wieder und wieder betrachtete. ‚Nur ... nur ein einziger Finger hat sich bewegt.‘

Der Ringfinger.

Als Finn Steinmann verstand, welches kleine Wunder in jener furchtbaren Nacht wirklich geschehen war, schämte er sich dafür, es so lange übersehen zu haben. Er verstand auch, welche Ehre ihm zuteil wurde, und es war ihm sehr wohl bewusst, was Herbert Lanzinger von ihm verlangte.

‚Es tut mir leid, alter Teufelskerl‘, dachte er. ‚Ich hätte es fast vermasselt.‘

Er verspürte eine seltsame Freude in sich, als er vor Rosalinde Lanzinger trat und den Ring zwischen Daumen und Zeigefinger nahm. Er überlegte einen Moment, sich bei der Witwe für seine Unfähigkeit zu entschuldigen, aber dann gestand er sich ein, dass er nur der Überbringer der Botschaft war, nicht die Hauptperson.

Dies war Herberts Moment, nicht der seine. Er hatte nicht das Recht, ihn durch Eitelkeiten zu zerstören. Das Orakel der Polizeiinspektion Idar-Oberstein würde ein letztes Mal ein Leben, eine Seele, retten.

Die seiner Frau.

Steinmann griff sanft nach Rosalindes Hand. Die Witwe hatte grässliche Angst im Blick. Finn hob ihre Hand bis auf Brusthöhe. Ihr makellos polierter Ehering schimmerte golden in der Sonne.

„Herbert hat mir etwas aufgetragen“, sagte Steinmann.

Er sah ihr dabei nicht in die Augen. Er war nur der Bote. Seine Person war nicht wichtig. Er musste es nur sauber über die Bühne bringen.

„Er wollte, dass ich Ihnen etwas mitteile.“

Rosalinde Lanzinger legte den Kopf schief und starrte auf den Ring ihres Mannes.

„Röslein“, sagte Finn leise – und schlug dann ganz sachte Herberts Ring auf den seiner Frau.

Es war diese wunderbare, kleine Geste, die Steinmann überbringen sollte, diesen lächerlich anmutenden Ausdruck tiefer Verbundenheit, den man eher verliebten Teenagern zusprach als einem seit vielen Jahren verheirateten Paar. Die Geste, die er heimlich in Hilde Engels Wohnzimmer beobachtet hatte.

Ein helles Klacken ertönte, leise und doch durchdringender als jedes Glockengeläut.

Noch Jahre später würden die Anwesenden behaupten, sie hätten das Geräusch der aufeinander treffenden Ringe bis in die letzte Reihe gehört.

Vielleicht stimmte das sogar.

Aus Rosalinde Lanzingers Kehle drang ein gutturaler Laut, der Ansatz eines Schreis – und es klang mehr nach Befreiung denn nach Trauer. Finn drückte ihr den Ring in die Hand. Sie klammerte sich an ihn, und sogleich kamen sowohl Tanja als auch Herberts Vater heran, um sie zu stützen.

Steinmann atmete tief durch und trat einen Schritt zurück. Er achtete darauf, dass der aufgeschüttete Kies zwischen den Gräbern nicht allzu laut unter seinen Schuhen knirschte. Seine Aufgabe war erledigt. Die Botschaft war überbracht. Er spürte weiche Knie und stellte sich wieder zu Horst und seiner Frau.

„Das haben Sie gut gemacht, Finn“, sagte Hilde Engel. „Was immer es auch war.“

Steinmann sah die beiden an, und dann traf sein Blick den von Frank Müller. Der Oberkommissar wirkte wie jemand, der gerade eine anstrengende Reise hinter sich gebracht hatte.

„Herbert ist ein glücklicher Mann gewesen“, sagte Horst Engel unter seiner Schutzmaske. „Nicht jeder hat einen solch treuen Freund.“

Der Pfarrer nahm die Zeremonie behutsam wieder auf. Rosalinde Lanzinger war im Kreis ihrer Familie verschwunden. Als die Urne in die Erde gesetzt wurde, griff der Erste Kommissar Bohn in seine Jackentasche und sendete die vorbereitete Textnachricht.

Polizeikommissar Schneider trat aus der Telefonzentrale hervor. In seiner Hand zitterte ein Mobiltelefon. Er wischte sich über die Augen.

„Sie lassen ihn jetzt hinunter“, rief er laut und legte die Arme seitlich an die Hüfte.

Aus den Büros der Inspektion kamen Beamte auf den Gang, uniformierte wie zivile. Sie alle blieben reglos stehen, nach Osten gewandt, dorthin, wo der Friedhof Almerich lag.

Im großen Kreisverkehr von Idar, am Fuß der Edelsteinbörse, hielt Streifenwagen 60-30 an. Die Warnblinker leuchteten auf, dann öffneten sich die Fahrzeugtüren. Zwei Polizisten stiegen aus, nahmen die Mützen ab und froren in ihren Bewegungen ein. Einige Passanten auf dem Maler-Wild-Platz sahen das seltsame Schauspiel, aber der Ausdruck in den Gesichtern der Polizisten verhinderte, dass Fragen gestellt wurden. Es schien, als hielte die gesamte Stadt für einen Augenblick die Luft an.

37.

Steinmann sah nervös auf die Uhr. Um acht sollte er Katja Neisinger anrufen. So hatten sie es vereinbart. Die Minuten verstrichen quälend langsam. Seine Hände schwitzten, und er spürte einen kleinen, eisigen Klumpen im Magen.

Nach der Beerdigung hatte er noch einmal die Wache aufgesucht, um sich von allen zu verabschieden. Danach war er nach Trier gefahren und reichte telefonisch ein Urlaubsgesuch bei seinem Chef ein.

Seitdem saß er in seinem Wohnzimmer und sah auf die Uhr. Er trank immer wieder Wasser. Gestern hatte er es vergessen, bis sich sein Urin dunkel färbte und unangenehm brannte.

Zehn Minuten vor acht hielt er es nicht mehr aus und griff zum Telefon.

„Finn?"

Ihre Stimme zitterte ein wenig. Er war sonst nicht für seine Sensibilität gegenüber Frauen bekannt, aber er erkannte sofort, dass sie Angst hatte.

„Hallo Katja", sagte er so freundlich wie möglich, versuchte dabei zu lächeln.

Lächeln kann man hören, hatte Großmutter Dorothea immer gesagt.

„Hallo", gab sie zurück, immer noch zittrig, aber sie schien sich zu freuen.

Finn sah sie jetzt genau vor sich. Ihr Telefon stand auf einem kleinen Rolli, rechts davon befand sich ein Hocker, auf dem sie immer saß. Wenn sie verlegen oder unsicher war, schob sie ihre roten Strähnen hinter das Ohr. Er hatte sie ein paar Mal dabei beobachtet. Er liebte diese Geste.

„Wie geht es dir?“, fragte er.

„Naja“, antwortete sie. „Ziemlich schlecht, ehrlich gesagt.“

„Willst du es mir erzählen?“

Er stellte überrascht fest, dass seine Nervosität verschwunden war. Die Zukunft kam. Er konnte ihr sowieso nicht ausweichen.

„Ich muss es dir sogar erzählen, Finn. Ich muss deine Meinung hören, weil es für mich sehr wichtig ist, wie du darüber denkst, aber ganz egal, wie deine Reaktion sein wird – meine Entscheidung steht fest. Ich habe eine Weile gebraucht dafür, aber jetzt bin ich mir sicher.“

Er schluckte. „Möchtest du unsere Beziehung beenden?“

Sie schwieg.

„Katja?“

„Ich weiß es noch nicht, Finn. Das hängt von dir ab. Vielleicht geschieht es automatisch.“

Er runzelte die Stirn. „Das verstehe ich nicht, Katja. Ich ... will das nicht. Ich habe zu lange gebraucht, um ... Warum sollte ich etwas Falsches tun, etwas, das dich abstößt? Ich habe gerade zusehen müssen, wie eine Frau ihren Mann verloren hat ... das möchte ich ... uns ersparen.“

Steinmann dachte über seine eigenen Worte nach. Er hatte mehrere Dinge gleichzeitig zu einem unverständlichen Kauderwelsch vermischt.

Einen Moment sagte keiner der beiden etwas.

„Ich habe Angst, Finn“, unterbrach sie die Ruhe.

„Warum?“

„Weil wir sehr leichtsinnig waren, und ich weiß nicht, ob ich das alleine meistern kann. Ich weiß nicht, ob du mir helfen wirst.“

„Wobei?“

‚Ich wusste es‘, dachte er und schloss die Augen. ‚Ich verliere sie. Sie stirbt mir einfach weg. Was ist es? Brustkrebs?‘

„Bist du sehr krank, Kleines?“, fragte er.

Die vertraute Bezeichnung rutschte ihm ungewollt über die Lippen. Jetzt vibrierte seine Stimme ebenfalls. Er hörte sie am Hörer verzweifelt aufschluchzen.

„Scheiße, Finn, ich weiß nicht, ob wir beide schon so weit sind. Hätten wir nur mehr Zeit miteinander gehabt ..."

‚Großer Gott, sie zählt schon die Tage.'

„Finn?"

„Ja?"

„Ich bin schwanger."

‚Warum müssen immer alle sterben, die mir etwas ... Was hat sie da gerade gesagt?'

„Ich werde das Kind behalten, Finn", sagte Katja Neisinger hastig, als wolle sie einen vorbereiteten Text hinter sich bringen. „Ich dachte anfangs daran, es ... entfernen zu lassen, aber ... ich werde es nicht tun. Ich bin Gerichtsmedizinerin, Finn. Ich sehe viel zu oft tote Menschen. Jetzt kann ich ein Leben erschaffen. Klingt das verrückt? Bin ich verrückt?"

‚Schwanger? Wir haben ...' Er zählte mit einer Hand nach. ‚Wir haben vier Mal ...'

„Finn?", fragte sie, und da war wieder der ängstliche Ton in ihrer Stimme.

„Ja", sagte er leise. „Bin noch da."

‚Ich werde Papa.'

Er hielt inne. Der Gedanke schoss ihm als unverrückbare Tatsache durch den Kopf. Er war im Begriff, Vater zu werden.

„Finn?"

Steinmann hielt sich die Augen zu. Seine Unterlippe zitterte. Das Leben war eine Achterbahn.

„Finn?"

Nachwort und Danksagung

Nach Vollendung des zweiten Steinmann-Bandes „Totenbaum“ stand ich vor dem Problem, mit einer erneuten Mordserie in Teil drei in das typische Hollywoodschema „Mehr von allem“ zu verfallen. Daher erschien es mir logisch, einen deutlichen Schnitt zu ziehen, und deshalb enthält der Roman, den Sie hoffentlich gerade gespannt zu Ende gelesen haben, keinen einzigen Mord (zumindest nicht an einem Menschen). Ohne einen Killer als Bösewicht braucht es dann zwangsläufig deutlich mehr menschliches Drama, um Sie, den Leser, an die Geschichte zu fesseln.

Ich hoffe, es ist mir gelungen.

Am Ende von „Zonenkrieger“ stehen alle Handlungsträger vor Scherbenhaufen, und es ist klar, dass ich viele dieser Fäden in einem möglichen vierten Steinmann-Roman aufgreifen werde. Den wichtigsten davon haben Sie soeben auf der allerletzten Seite erfahren. Als Dramaturg kann ich mir dieses Potential nicht entgehen lassen, und deswegen werde ich im nächsten Band Finn Steinmann genau dort angreifen, wo er am verwundbarsten ist. Echte Helden erfahren Belohnung nur über einen holprigen Pfad aus Blut, Schweiß und Tränen, manche jedoch ... erweisen sich am Ende als zu schwach.

Wir werden sehen, wie stark Finn Steinmann ist, um bei dieser Bedrohung standhaft zu bleiben.

Ein weiteres Unterscheidungsmerkmal im Vergleich zum „Totenbaum“ war die zusätzliche Recherche. Diesmal musste ich nicht in Bücher hineinschauen, sondern habe alle Details und Informationen direkt von hilfsbereiten Mitmenschen erfahren, denen daher mein aufrichtiger Dank gilt.

Armin Petry gestattete es mir, einige wichtige Szenen in den von ihm geleiteten Baumarkt spielen zu lassen. Michaela Willms gab mir bereitwillig Auskunft über das Anzeigenwesen in einem Lokalanzeiger. Das Laborteam des Klinikums Idar-Oberstein gab mir einige wertvolle Hinweise. Das Ehepaar Stefanie und Dino Berljavaz prüfte die Krankenhausszenen auf allzu falsche Aussagen. Dennoch habe ich speziell in diesen Kapiteln die realen örtlichen Begebenheiten den Erfordernissen des Romans behutsam angepasst.

Ebenfalls bedanken möchte ich mich bei der Evangelischen Kirchengemeinde der Stadt Idar-Oberstein. Ich hatte die Erlaubnis, die historischen Daten der Homepage über die Felsenkirche zu benutzen – leider fiel das entsprechende Kapitel am Ende der Schere zum Opfer. Es streckte den Roman unnötig, obwohl es einen versteckten Hinweis auf die Motivation des Schwertmeisters enthält. Vielleicht werde ich diesen Abschnitt irgendwann einmal auf meiner eigenen Homepage veröffentlichen.

Schließlich komme ich zur zweiten Gruppe jener, denen Dank ausgesprochen werden muss, meinen Testlesern. Die Eheleute Yvonne Florschütz und Dr. Ing. Andreas Schmidt haben ebenso wie meine Verlegerin Ulrike Schmoll und meine Fotografin Michaela Stümke mit spitzen Fingern im Roman herumgewühlt und die Schwachstellen hinausgeworfen. Das tut mir meist weh, weil dann die Arbeit von mehreren Tagen in den Müllkorb wandert, aber es hat sich bisher immer ausgezahlt.

Michaela Stümke gebührt doppelt Dank, weil sie sich mit dem wunderbaren Titelbild ungemein viel Arbeit gemacht hat. Die einzelnen Segmente des Covers sind real existierende Orte in Idar-Oberstein, wurden aber der Thematik entsprechend von ihrem Mann Andreas Stümke zu dieser Collage mit ihrer herrlich düsteren Stimmung zusammengefügt.

Am Schluss möchte ich Sie alle, liebe Leser, noch um etwas bitten. Sollten Sie meine Frau persönlich kennen oder irgendwann einmal kennenlernen, so sprechen Sie ihr doch bitte Mitleid aus – Mitleid darüber, Jahr für Jahr einen grummelnden Griesgram zu ertragen, wenn die Geschichte mal wieder stockt und die Muse partout keine Lust hat, sich von ihm küssen zu lassen. Sie trägt ganz enorm zur Vollendung der Bücher bei und dafür gebührt ihr der größte Dank von allen.

Thomas A. Ruhk, im Februar 2010

Finn Steinmanns erster Fall

Thomas A. Ruhk
„Strohbär“
13,5 x 20,0 cm, Pb
270 Seiten
ISBN 978-3-934524-90-3

Der anonyme Anrufer spricht „von einem Stück Gerechtigkeit“, das die Polizisten in der leerstehenden Schmiede erwarte. Der furchtbare Anblick der nack-ten männlichen Leiche inmitten eines Strohkreises schockiert selbst die abgebrühtesten Kollegen, denn die sorgfältige Herrichtung des Tatorts deutet auf einen Ritual-Mord hin.
Kriminalhauptkommissar Finn Steinmann, Spezialist für Verbrechen mit okkultem Hintergrund, leitet die einberufene SoKo, die sich kurze Zeit später mit weiteren immer grauenvolleren Strohkreis-Tatorten auseinandersetzen muss, denn der Täter führt seinen Rachefeldzug kontinuierlich fort. Er beginnt die SoKo für seine Zwecke zu instrumentalisieren.

„Flüssige Erzählweise ... aber nichts für schwache Nerven.“ (Marc Schütz, Nahe-Zeitung)

„Vorsicht (Lese-)Suchtgefahr!“ (Magazin Durchblick)

Finn Steinmanns zweiter Fall

Thomas A. Ruhk
„Totenbaum“
13,5 x 20,0 cm, Pb
288 Seiten
ISBN 978-3-934524-96-5

Durch Zufall entdecken Spaziergängerinnen eine skelettierte Hand, die unter einer gigantischen Fichte aus dem Waldboden herausragt. Dadurch wird die Polizei auf eine entsetzliche Verbrechensserie aufmerksam. Ebenfalls gefundene Stäbe mit Oghamschrift lassen die Nähe zur Druidenszene vermuten.
Finn Steinmann, Spezialist für okkulte Kriminalfälle, wird wieder in die Ermittlungen eingeschaltet. Für den Leiter der SoKo „Totenbaum“ beginnt ein gefährliches Spiel, denn die Suche nach dem sogenannten „Dunklen Druiden“ führt ihn zunehmend in die eigene Vergangenheit, offenbart seine angeschlagene Psyche, und macht ihn so für seinen dämonischen Gegenspieler angreifbar.